T0262485

La muerte de
Erika Knapp

Luca D'Andrea

La muerte de
Erika Knapp

Traducción del italiano de Xavier González Rovira

NEGRA
ALFAGUARA

Papel certificado por el Forest Stewardship Council®

Título original: *Il respiro del sangue*
Primera edición en castellano: octubre de 2020

© 2019, Luca D'Andrea
Publicado originalmente en Italia por Einaudi/Stile Libero en 2019
Esta edición ha sido publicada gracias al acuerdo con Piergiorgio Nicolazzini Literary Agency (PNLA)
© 2020, Penguin Random House Grupo Editorial, S. A. U.
Travessera de Gràcia, 47-49. 08021 Barcelona
© 2020, Xavier González Rovira, por la traducción

© Diseño: Penguin Random House Grupo Editorial, inspirado en un diseño original de Enric Satué

Printed in Spain – Impreso en España

ISBN: 978-84-204-3593-0
Depósito legal: B-11572-2020

Compuesto en MT Color & Diseño, S. L.
Impreso en Unigraf, Móstoles (Madrid)

AL35930

Penguin
Random House
Grupo Editorial

Para Alessandra,
que es el camino a casa

Uno

1

—No te creas lo que dicen, muchachote. Lo difícil es empezar. Luego todo es cuesta abajo.

Freddy, irritado, se volvió hacia él y le dirigió una mirada que decía más o menos: «Deja ya de observarme o nos quedaremos aquí hasta mediodía».

Luego, tras un perezoso movimiento de cola, el san bernardo levantó la pata de nuevo y se concentró en lo que estaba intentando hacer antes de que lo interrumpieran: transformar el borde del camino en un Pollock en miniatura.

2

Si alguien le hubiera hecho notar lo triste que era la idea de tener como único amigo a un san bernardo de ciento diez kilos, Tony —Antonio Carcano según el registro civil—, o el hombre al que habían endosado la etiqueta de «Sophie Kinsella en pantalones tiroleses» (definición que traslucía esa forma suculenta de envidia que el mundo literario reservaba a los escritorzuelos tocados por el éxito), se habría caído de las nubes. ¿Triste? ¿Él? ¿Y por qué motivo?

No, el verdadero problema era que desde hacía un tiempo el rinconcito de su cerebro dedicado a mantenerlo despierto por las noches no hacía más que repetirle las palabras que el doctor Hubner le había dirigido durante la última revisión. «Debes ir pensando que este cachorrillo tiene ya una edad, prepararte para el caso de que...»

Maldito charlatán. Freddy no era viejo. Freddy tenía diez años y Tony había leído sobre san bernardos que habían alcanzado los once e incluso los doce años de vida.

Por supuesto, la bola de pelo que cuando tronaba en el exterior se ponía a temblar tan fuerte que la única manera de calmarlo era cantar *Another One Bites the Dust* era solo un recuerdo, y en consecuencia Freddy tampoco era ya el animal saltarín que al amanecer se le echaba encima en la cama para recordarle sus deberes (ahora se limitaba a jadearle en la cara, esperando su despertar con mirada acusadora), pero... ¿que además tenía un pie en la tumba? Ni en broma.

Freddy estaba bien. Mejor dicho, perfectamente. Tan solo se había vuelto un poco lento debido al exceso de calor. De hecho, en ese mismo instante, casi para apaciguar sus temores, por debajo de la pata trasera del perrazo brotó un chorrito. Una tímida salpicadura y no el gallardo chorro de algunos años atrás, pero en todo caso una sana meada que permitió a Tony respirar tranquilo y percatarse del insistente zumbido que rompía el silencio del campo. Una motocicleta, nada excepcional. Se daba el caso de que algunos emuladores de Valentino Rossi confundían aquel laberinto de carreteritas en medio de los manzanos con un circuito de carreras, pero como Tony pertenecía a la escuela de pensamiento según la cual uno nunca es demasiado prudente, le puso a Freddy la correa y se apartó todo lo posible de la calzada. La prudencia es la madre de la rutina. Y la rutina es la base de una larga y próspera vida.

Tras haber recorrido algunos metros al calor de esa mañana de domingo de junio, el zumbido se transformó en el rugido de una Yamaha Enduro blanca y sucia de barro que fue bajando de marchas, giró hacia un lado y, trazando una larga franja negra en el asfalto, detuvo su carrera justo delante de Tony y Freddy, obligándolos a retroceder unos precipitados pasos.

La chica que conducía la Enduro llevaba unos pantaloncitos que dejaban al aire unas piernas largas y delgadas y una camiseta de tirantes de un rojo chillón en la que había dibujada una estrella, pero no fue su vestimenta lo que alarmó a Tony hasta el punto de proteger al san bernardo detrás de él. Fue la navaja. Según su experiencia, los individuos que sentían la necesidad de llevar encima un instrumento de esa índole casi nunca albergaban buenas intenciones.

La navaja asomaba por el bolsillo trasero de los pantalones cortos cuando la fanática de las dos ruedas se exhibió con una ágil pirueta: se bajó de la Yamaha, se quitó el casco y se giró hacia él, lanzándole una mirada cargada de odio, sin decir ni una palabra.

Pelo largo, rizado. Rubio, del tipo muy rubio. Constitución esbelta. Ojos claros. Los rasgos delicados, casi felinos, recordaban a una cantante, aquella con la voz empalagosa y un aire desconsolado-pero-sexy que había estado de moda en los años noventa, una estrella del pop de cuyo nombre Tony, de repente (y con una pizca de pánico), sintió que era importante, incluso vital, acordarse.

En vano.

Durante largos segundos la muchacha no movió un solo músculo: de pie y con los brazos cruzados, se quedó mirándolo fijamente y nada más. Furibunda hasta el punto de que uno se preguntaba cómo era posible que un cuerpo tan menudo pudiera contener toda esa cólera sin estallar.

Tony la juzgó inquietante. Tal vez incluso peligrosa. Y eso era absurdo porque, con navaja o sin navaja, la chica pesaba más o menos cincuenta kilos, y si hubiera intentado atacarlo a Tony le habría resultado fácil desarmarla y dejarla indefensa. Y además, ¿por qué iba a atacarlo?

La respuesta llegó cuando la desconocida se descolgó de los hombros una pequeña mochila de tela, extrajo un sobre y se lo tendió a Tony, que lo aferró con unas manos que de golpe se habían quedado heladas.

El sobre contenía una foto que sacaba a la luz unas cuantas cosas que a Tony le había costado bastante enterrar. Un sabor, lo primero de todo. El sabor del barro en primavera. El sabor del lugar en el que se había tomado la fotografía, veinte años atrás: un pueblecito con geranios en las ventanas encerrado en un valle del nordeste del Tirol del Sur cuyo nombre era Kreuzwirt. Un vistazo fue suficiente para que todo le quedara claro.

Pánico incluido.

A la izquierda de la foto, desenfocado, un carabinero aparecía congelado en el momento en que la frase «¿Qué coño estás haciendo, gilipollas?» se le dibujaba en los labios. En el centro de la escena, a cuatro patas y sucio de barro, Tony. Un Tony veinteañero que, mirando directamente al objetivo, *sonreía* junto al tercer elemento de la instantánea, tomada a las diez de la mañana del 22 de marzo de 1999: una sábana en el suelo de la que asomaban una mano, una cara y una cascada de rizos rubios.

La sábana cubría a duras penas el cadáver de una chica de unos veinte años: Erika. Erika Knapp. O, como la llamaban en Kreuzwirt, Erika la Rarita.

Erika Knapp, que se parecía a Fiona Apple, la cantante de aire desconsolado-pero-sexy cuyo nombre surgió de la memoria de Tony con tal fuerza que a punto estuvo de hacer que le estallara la cabeza. Erika Knapp, llamada Erika la Rarita, que la noche del 21 de marzo de 1999 había dejado huérfana a una niña con un nombre extravagante: Sibylle.

Y veinte años después de esa muerte, Sibylle Knapp, que al igual que su madre se parecía a la versión rubia y rizada de aquella estrella del pop pasada ya de moda, la chica de la Yamaha, la chica de la navaja en pantalón corto y camiseta de tirantes chillona, con la cara sonrojada, incapaz de seguir conteniéndose, bramó una simple pregunta.

—¿Por qué... estabas... *riéndote?*

Tony se estremeció. Habría querido explicarle, contarle. En cambio, no pudo por menos que sobresaltarse de nuevo cuando la muchacha se le acercó, lo miró a los ojos y, sacudiendo la cascada de rizos rubios, le soltó un bofetón en plena cara que hizo que la nariz le sangrara.

—Eres tú. Tú —silbó la muchacha—. Cabrón.

Luego, asqueada, le dio la espalda. Volvió sobre sus pasos, se puso el casco y brincó al sillín. Con un golpe de gas que hizo ulular a Freddy, la Yamaha desapareció en medio de una nube de polvo. El estruendo del motor volvió a ser un zumbido y el zumbido se desvaneció.

Tony se quedó inmóvil, estremeciéndose y mirando la sangre que goteaba cada vez más despacio al suelo, escuchando el silencio del campo hasta que Freddy, impaciente y quizás también un poco asustado, le dio un golpecito con el hocico.

Tony lo tranquilizó con una caricia sobre su arrugada cabezota, dobló la fotografía (en el dorso, una letra femenina había escrito un número de teléfono y una dirección: Kreuzwirt, no hacía falta decirlo), la guardó en el bolsillo de los vaqueros y se limpió la cara al modo de los niños, utilizando saliva y un pañuelo de papel. Luego se puso en marcha, haciendo caso omiso de las miradas inquietas del san bernardo.

En menos de media hora estaba en el barrio donde había nacido y se había criado, al que la gente de Bolzano llamaba, algunos con afecto y otros no tanto, Shanghái. Una vez en casa, llenó el cuenco de Freddy de agua fría, tiró la ropa sucia al suelo y se metió en la ducha. Cuando salió, se refugió en su estudio, encendió el ordenador y buscó la canción que en aquella época había hecho famosa a Fiona Apple: «Criminal». En cuanto el bajo y la batería empezaron a marcar el ritmo, a Tony le entraron náuseas, pero no se abrumó. No se lo permitió. Quería saber. Averiguar quién le había dado a Sibylle aquella maldita fotografía y por qué. Se valió de la música y las náuseas para evocar rostros, situaciones, palabras. El tictac del teclado. El olor del café rancio y el del Jim Beam.

El *Sol de los Alpes*.

¿Cuánto había durado esa especie de aventura? ¿Un mes? ¿Dos? El periódico había echado el cierre en 2001, en su lugar ahora había una agencia de trabajo temporal. El único miembro del equipo con el que en aquella época Tony tenía (a su pesar) relación era Michele Milani, un fanfarrón de marca mayor y fotógrafo del periódico. Y aunque había sido el propio Milani quien había sacado la maldita instantánea, Tony lo excluyó de la lista de sospechosos. Había asistido a su funeral en 2008. Había depositado una botella de bourbon junto a su lápida, seguro de que ese puto charlatán apreciaría el gesto.

Pero, entonces, ¿quién le había dado a Sibylle la fotografía? Alguien mezquino, pensó Tony, tan rencoroso y carente de pudor como para conservarla durante dos décadas sin...

Giò.

Giovanna Innocenzi. Pómulos altos, media melena. Cierta predilección por la ropa oscura. Sonrisita insolente incluso en medio de las peores tragedias. Giò, la reina de la crónica de sucesos. Giò, la princesa del cotilleo. O bien, como la había rebautizado Michele Milani: Giò, la gran duquesa del reino de las gilipolleces.

Giò, que...

El san bernardo apoyó la cabezota en sus piernas.

—Estoy de acuerdo contigo, Fred: claramente es una pésima idea.

Dos

Cuando Sibylle terminó su turno eran las cinco de la tarde y el termómetro colgado en la puerta del Black Hat marcaba veintinueve grados. La tía Helga decía que el verano más caluroso había sido el del 81, pero a Sib le costaba creerlo. Casi le parecía sentir el calor del asfalto a través de las suelas de los zapatos.

Sin embargo, si a los mil doscientos metros de altitud de Kreuzwirt la temperatura había subido hasta ese punto, en Bolzano, asentado en el fondo de un valle a menos de trescientos, Tony estaría sin duda nadando en un mefítico caldo de bochorno y sudor.

Magro consuelo. Y breve, además. La periodista vestida de negro le había contado que los libros de Carcano se vendían bien («el mundo está lleno de amas de casa frustradas a las que quitar las penas»), y por tanto era más que probable que Tony tuviera aire acondicionado. Uno que funcionara, no como aquel que Oskar tarde o temprano arreglaría. O el inexistente de la casa de Erika, donde vivía Sib.

Tony...

Sibylle no lograba apartar de su mente la expresión en los ojos del escritor cuando lo había abofeteado. ¿Estupor? ¿Sentimiento de culpa? Estaba casi segura de que era miedo. ¿Pero de qué? ¿Del cortacapullos que dejaba bien a la vista en el bolsillo trasero porque era ahí donde los salidos del Black Hat apuntaban cuando ella estaba en las inmediaciones? Bueno, sí, quizá. El cortacapullos servía para eso.

15

Pero Tony no le había dado la impresión de ser un gallina. Le parecía más bien una de esas herramientas recubiertas de goma que a primera vista parecen juguetes y en cambio esconden una hoja de metal. Como si los vaqueros desgastados, la camiseta barata y el perro con correa no fueran más que una pantalla en la que proyectar una película demasiado banal para resultar sospechosa. Una muralla rodeada de un gran foso.

¿Pero para protegerse de qué?

Sibylle no lo sabía, y después de la escenita en medio de los manzanos probablemente no lo sabría nunca. Y esto, sumado al calor y a lo que le estaba ocurriendo desde el entierro de Perkman, el sobre anónimo, las noches revolviéndose entre las sábanas y todo lo demás, la ponía de los nervios.

Porque Sib no había salido de Kreuzwirt con la idea de chuparse cien kilómetros de curvas cerradas para luego darle una tunda (una buena tunda, tenía que admitirlo) a un tipo que se ganaba la vida vendiendo rollos sentimentales. Con todo lo que consumía la Yamaha, no habría valido la pena. No, Sibylle había malgastado tiempo y gasolina para hablar con Tony.

Estrecharle la mano, presentarse, mostrarle la fotografía de Erika a orillas del lago, preguntar.

Escuchar.

¿Pero cuándo había sido capaz Sib de atenerse a un plan? Nunca, de hecho. Porque era impulsiva. Porque en el momento menos oportuno le salía esa parte por la que la tía Helga la había bautizado como Sibby Calzaslargas, y cuando Sibby Calzaslargas asomaba la zarpa todo se iba al carajo. Podías apostarte cualquier cosa.

Sibby Calzaslargas nunca echaba el freno a su lengua y metía las narices en asuntos de los que era mejor mantenerse a distancia, y esa mañana, al encontrarse frente al hombre que veinte años antes se había echado a reír junto al cadáver de Erika, Sibby Calzaslargas había tenido la brillante idea de darle una bofetada, tachando con una hermosa cruz una de las más prometedoras posibilidades de llegar a entender qué le había sucedido a Erika la noche del 21 de marzo de 1999.

Se enfurecía solo de pensarlo. Con Sibby Calzaslargas. Consigo misma. Con el mundo entero. Con Erika. *Sobre todo* con Erika.

Erika te arruina la vida. Erika trae problemas. Erika «viene a por ti», como decían los chiquillos de Kreuzwirt cuando creían que ella no estaba escuchándolos. Sib había crecido con esas gilipolleces. A pesar de esas gilipolleces.

—¡Mierda! —exclamó en voz alta.

No porque ponerse el mono de motorista que utilizaba cuando tenía ganas (o necesidad) de quemar rueda un poco con la Yamaha por pistas sin asfaltar y senderos fuera como sumergirse en una bañera de agua hirviendo, sino porque hasta el día del funeral de Friedrich Perkman Sibylle había sido tan estúpida que había creído todo lo que le habían contado: Erika la Desgraciada, Erika Corazón Sensible.

El 8 de junio, mientras sus conciudadanos y los peces gordos de la Autonome Provinz daban el postrer saludo a Friedrich Perkman, alguien (Sibylle aún no había descubierto quién, y de haber sido sabia habría dejado de preguntárselo) había deslizado una fotografía en su buzón.

No la instantánea que le había proporcionado la periodista vestida de negro, la de Erika bajo la sábana y Tony sonriendo. La *otra* fotografía. La foto imposible.

La de la sonrisa del colibrí.

La fotografía que decía: ¿de verdad te lo has creído? Quita la palabra «suicidio». Sustitúyela por «homicidio». Y verás cómo suena.

A partir de ese día, Sib dejó de dormir y empezó a hacer preguntas. Discretas. Aunque, sospechaba, no lo bastante, a juzgar por determinadas miradas que le pareció captar. O quizá fuera solo su paranoia. Ahí tenía un nuevo regalito de Erika: Sibylle se estaba volviendo paranoica. Porque la fotografía de Erika, el lago y la sonrisa del colibrí, la fotografía que aún no había tenido el valor de enseñarle a nadie (ni siquiera a la tía Helga), le habían abierto los ojos.

En la muerte de Erika había algo que no cuadraba. Y cuanto más escarbaba, más conexiones surgían: contradicciones y coincidencias que no le daban tregua y confirmaban que no había perdido por completo la cabeza. De ninguna manera.

Erika no se había suicidado.

A Erika la habían asesinado.

Una vez más: «Mierda».

Sibylle se puso el casco, dio gas. La Yamaha rugió. Desde las cristaleras del salón de baile, algunas cabezas se volvieron para mirarla. Sib no les mostró el dedo medio solo porque ya había salido disparada. Necesitaba aire. Correr. Solo eso. Correr. La velocidad tenía el poder de vaciarle el cerebro. La adrenalina, el de calmarla.

Sibby Calzaslargas nunca se callaba nada, no era capaz de seguir un único plan y era un desastre en cuestión de escritores y san bernardos, pero sabía conducir la Yamaha como un auténtico demonio.

Salió de Kreuzwirt, abandonó la carretera asfaltada para enfilar los estrechos caminos de tierra entre los árboles, sendas que hasta la quiebra de la serrería habían sido un continuo ir y venir de jeeps y leñadores y que solo a un loco se le habría ocurrido intentar cartografiar; dejó a sus espaldas el olor de la turbera y se internó en el bosque, acelerando aún más, esquivando ramas, emprendiendo el vuelo cuando las protuberancias del trazado lo permitían, sorteando rocas, cambiando las marchas y *sonriendo*.

Funcionaba.

Siempre funcionaba.

También funcionó esa tarde. Hasta que algo grande, rojo y malvado le cortó el camino.

Tres

1

Encontrar a Giò fue un juego de niños: su dirección estaba en la guía telefónica. Montar en bicicleta, sin embargo, con los treinta y nueve grados («¡Y que no baja!», había gorjeado la señora Marchetti, su vecina, con ese extraño tono entre triunfal y feroz que algunos ancianos utilizan para las malas noticias) en que la ciudad estaba flotando, hasta llegar a la puerta de su casa, una empresa titánica.

Llamar al timbre, aceptar un café y soportar las alusiones a los escritores que vendían basura haciéndola pasar por caviar fue atroz.

Dejarse inmortalizar mientras firmaba un ejemplar de *El beso al final de los días,* la última de sus novelas, imaginando los comentarios de los usuarios de la web de chismes (Giò la había definido como «información alternativa» y Tony se había tenido que tragar eso también) que había otorgado una segunda juventud a la exjefa de redacción de la crónica negra del *Sol de los Alpes,* puso a prueba su sistema nervioso, hasta el punto de que, en cuanto acabó ese encuentro, el aire candente del exterior le pareció tan fresco y regenerador como una brisa primaveral.

Resumen del partido: el *Sol de los Alpes* ya no existía, Michele Milani estaba muerto y enterrado, Fiona Apple había desaparecido de la programación radiofónica, pero Giò la sanguinaria seguía idéntica a como la recordaba. Quizá incluso había empeorado. Y había quien tenía el valor de tratarlo a él de misántropo.

En cualquier caso, no había sido una pérdida de tiempo.

Mientras pedaleaba por las calles desiertas a causa del calor sofocante, empapado en sudor y reflexionando sobre lo que Giò había dejado que se filtrara entre una y otra gota de veneno, Tony llegó a la conclusión de que, le gustara o no, solo cabía hacer una cosa: ir a Kreuzwirt. En persona. Se lo debía a Erika. A Sibylle. A sí mismo.

Por desgracia, también sabía que solo había una forma justa de volver a ese lugar.

Así que, menos de media hora después, perro y amo se hallaban en el garaje situado bajo el supermercado Eurospar de via Resia. Freddy babeaba sobre el cemento, que apestaba a humedad y cloacas, y Tony observaba de soslayo el cierre metálico de su garaje, pensando que estaba a punto de violar un juramento al que se había mantenido fiel durante doce años. Cuando el san bernardo, impaciente, le dio un toquecito con la pata, Tony sonrió.

«Pinocho tenía a Pepito Grillo —se dijo mientras se enjugaba el sudor de la frente— y yo a un san bernardo gordinflón. Podría ser peor. A Peter Pan le tocó en suerte Campanilla».

Introdujo la llave en la cerradura y dio un tirón. Las bisagras chirriaron. El cierre metálico vibró. Un poco de herrumbre cayó al suelo. Freddy la olisqueó y se escabulló dentro, en la oscuridad que olía a moho, polvo y aceite de motor.

El interruptor todavía estaba donde Tony lo recordaba, a su izquierda. Los fluorescentes parpadearon. Freddy meneó la cola, alegre. A Freddy le gustaban los coches, Tony prefería las bicicletas. Aun así, debía admitirlo, ese coche era un espectáculo. No se trataba de un Mustang cualquiera. Era un cupé verde botella como el que conducía Steve McQueen en *Bullitt,* con un motor 428 y 335 caballos. Ocho cilindros listos para desencadenar el infierno a la primera ocasión. Perfecto en todos los detalles salvo en uno: en 1968 no había lectores de CD. Una blasfemia, había protestado por teléfono el artesano californiano al que Tony le había hecho el encargo; un insulto. ¿Por qué estropear esa joya? Una gratificación desorbitada había silenciado sus quejas.

Acomodándose en el asiento del conductor, Tony pensó (y en parte tuvo esa esperanza) que los años pasados allí dentro habrían convertido al Mustang en un valioso objeto decorativo.

El motor, en cambio, arrancó a la primera y Tony comprendió que aquello no iba a ser nada fácil.

2

«Si no puedes evitar el impacto, acompaña la caída.» Eso fue lo que Lucky Willy le dijo cuando Sib lo convenció para que le enseñara a conducir la moto. «Si has de caer, hazlo bien.»

Sibylle soltó el manillar, abandonó la moto a su destino, se dejó ir y se preparó para hacer el muelle. Ese era el truco. Volar y rodar. En ese orden.

«Los muelles brincan de un lado a otro, rebotan contra las paredes, los lanzas desde un avión y resisten. Los muelles no absorben el golpe, porque los muelles son inteligentes. Reciben la energía del choque y la utilizan. Haz lo mismo que el muelle y sobrevive.

»Pero recuerda que este truquito funciona siempre que no vayas a estamparte contra una pared de ladrillos a la velocidad de la luz. Porque en ese caso, seas muelle o no, prepárate para ir al encuentro con tus antepasados. Mejor evitarlo, ¿no crees?»

Sib no iba directa contra una pared de ladrillos y ni siquiera circulaba a demasiada velocidad, de manera que siguió las indicaciones de Lucky Willy. «Vuela y rueda.»

Lo que Lucky Willy no le había dicho es que aquello iba a doler. Un dolor de la hostia.

Mientras la Enduro se estrellaba contra el tronco de un abeto, salpicando metal, plástico y corteza, Sibylle vio, desde el otro lado de la visera del casco, cómo el mundo se convertía en un caleidoscopio verde y negro; sintió una punzada en la cadera, otra en el brazo, y una más dolorosa aún en el hombro. Cerró los ojos y no volvió a abrirlos hasta que el mundo se estabilizó en una pantalla de ramas de abeto y cielo.

Casi de inmediato, las ramas de abeto y el cielo se oscurecieron por algo que Sib no logró enfocar más que de modo fragmentario. Ojos veteados de rojo. Un espacio entre los incisivos. Hoyuelo en la barbilla. El capullo de la camioneta roja, imaginó.

El tipo, inclinado sobre ella, no hacía más que repetir:

—¿Estás viva? ¿Estás bien? ¿Estás viva? ¿Estás bien?

Sib lo ignoró.

Movía la cabeza y eso era buena señal. Pero ¿y el resto? Probó con los pies y las piernas. Allí estaban. También los brazos respondían a sus órdenes.

Un hurra por Lucky Willy.

El tipo no dejaba de balbucear. Sibylle levantó una mano para hacerlo callar.

—Estoy viva —farfulló—. Estoy bien. Estoy bien y estoy viva. Déjame respirar, ¿vale?

Se obligó a incorporarse, se quitó el casco y abrió la cremallera del mono. Inspiró el aire que olía a pino y recuperó la posición erecta. Un terrible esfuerzo y con dudoso resultado.

—¿Seguro que no necesitas un médico?

—Estoy...

Mentira.

Sib se inclinó hacia delante. Las manos en los muslos, el pelo cayendo sobre la cara, la boca abierta de par en par. Lucky Willy había olvidado explicarle eso. El pánico. El *shock*. No había una sola célula de su organismo que no estuviera temblando.

Inspira. Espira. Repite. Y otra vez.

Inspira. Espira. Repite.

El temblor fue cediendo poco a poco.

—La moto —graznó, incapaz aún de levantar la cabeza—. ¿Ha quedado muy mal?

Oyó cómo el tipo rodeaba su camioneta y soltaba un silbido.

—Conozco a un mecánico en Bresanona. Puedo llamarlo. Es muy...

—¿Está para el desguace?

Ruido de encendedor. Peste a cigarrillo. Ninguna respuesta.

Sibylle se armó de valor. Mantuvo el equilibrio apoyándose contra el capó de la camioneta. Empezó a caminar como si hubiera aprendido a hacerlo dos días antes.

La Yamaha había quedado reducida a chatarra.

Sib se acercó al chasis de la motocicleta. Todos sus ahorros, todo aquel esfuerzo. Sacudió la cabeza, sorbiendo por la nariz. Detestaba llorar. Sobre todo si había alguien mirando.

Sibby Calzaslargas corrió en su ayuda.

Se guardó las lágrimas y se puso a dar patadas a cuanto quedaba de la Enduro.

—¡Joder, joder, joder! —gritó, girándose hacia el tipo que le había cortado el camino—. ¿Te das cuenta de que podías haberme matado? ¿Adónde ibas mirando? Qué...

De repente, los detalles que Sib solo había captado de manera fragmentaria, el espacio entre los incisivos, la voz arrastrada, la frente amplia, la anchura de hombros, formaron un único cuadro coherente. La mano de Sibylle se disparó hacia el bolsillo del mono.

—Mantente lejos de mí, ¿de acuerdo?

La mano aferró el vacío.

El cortacapullos había acabado a saber dónde.

3

Freddy babeaba con la boca abierta, feliz de hincarle el diente al aire que entraba por la ventanilla. Tony mantenía la vista fija en la carretera, con el velocímetro por debajo del límite de velocidad. Pensaba en un juego que su padre y él solían practicar los domingos después de cenar, cuando su padre no estaba de mala uva y no tenía turno en la acería.

Funcionaba de la siguiente manera: Tony desplegaba sobre la mesa el mapa de carreteras, su padre cerraba los ojos («No hagas trampas, papá»), se encendía un MS y esperaba a que su hijo pronunciara el nombre de una localidad cualquiera, incluso la más pequeña, con la única condición de que estuviera dentro de las fronteras de la provincia. Entonces, dibujando líneas invisibles con la mano libre, su padre trazaba el camino que había que seguir para llegar allí.

Nunca se equivocaba.

«¿Kreuzwirt? Facilísimo. Son cien, ciento veinte kilómetros. Pero no iremos por la A22. Las autopistas son para los turistas o para los que tienen prisa.

»Bolzano, dirección norte. Carretera nacional SS12. Pasas Bresanona y luego Varna. Al cabo de un rato hay que dejar la SS12 para coger la SS49, que se convertirá primero en la SP40 y luego en la SP97, prácticamente en Brunico, donde mediante un desvío se llega a una autovía de tres cifras, la nacional SS621, que te lleva a Campo Tures y su hermoso castillo con vistas al pueblo. Sigues en dirección este y prepárate para dejar la SS621 y enfilar la estatal SS621-K.

»La K es una variante que conduce directamente a la novena y más pequeña circunscripción del Alto Adigio —en el asfixiante presente, Tony enumeró las otras ocho: Bolzano, Burgraviato, Oltradige-Bassa Atesina, Salto-Sciliar, Val d'Isarco, Val Pusteria, Val Venosta, Alta Val d'Isarco; resultaba cómico cómo ciertas cosas se quedaban grabadas en la mente— y no es fácil verla, así que mantén los ojos bien abiertos.

»Variante K, no te olvides. A esa altura notarás el olor de la turbera, la Tote Mose...».

Tote Mose. Moisés muerto. Aunque hubo algún bromista que, después de lo que le pasó a Erika, modificó el nombre. De *Tote Mose* a *Tote Möse*.

Coño muerto.

Tony suspiró.

«... Y ya has llegado a Kreuzwirt. Pero, dime, ¿qué diablos vas a hacer en ese lugar? El único pueblo en todo el Alto Adigio que no tiene iglesia. Es más, el único en toda Italia que no la tiene. Y encima está lleno de *tralli** de mierda y de gilipollas en general.»

En la señal que indicaba la entrada al territorio administrativo de Kreuzwirt, alguien había puesto una pegatina que decía:

Südtirol ist nicht Italien

El Alto Adigio no es Italia.

A Tony le habría encantado evitarlo.

4

El hombre apagó el cigarrillo estrujándolo entre las yemas encallecidas de sus dedos y lo lanzó lejos.

—¿Quieres que te lleve a casa, bomboncito?

—Vete a tomar por culo.

No era un tipo cualquiera el que casi la había mandado al otro mundo. Se llamaba Rudi Brugger. Sibylle lo había visto un montón de veces en el Black Hat. Rudi, el guardián de la Villa de los Sapos. La Krotn Villa. La villa de los Perkman.

Aunque «guardián» era una palabra insuficiente para describir lo que Rudi hacía para la familia Perkman. Podaba setos, reparaba canaletas y colocaba trampas para evitar que los zorros superaran los límites de la propiedad, pero,

---

* Término despectivo con que los hablantes italianos se refieren a los que tienen como lengua materna el alemán. Estos, a su vez, denominan *walscher* a los que hablan italiano. *(N. del T.)*

sobre todo, Rudi resolvía problemas. Así se lo había confiado Lucky Willy en cierta ocasión.

«Procura mantenerte alejada de él. Sabe ser divertido cuando quiere, pero si Karin Perkman chasca los dedos...»

Tampoco es que los Perkman tuvieran muchos problemas. En Kreuzwirt, nadie habría hablado nunca mal de ellos, así que no cabía imaginar que alguien hiciera algo en su contra. Los Perkman habían salvado al pueblo cuando se cerró la serrería, daban trabajo a cualquiera que llamara a su puerta, protegían el valle de la ruidosa oleada de turistas. Buenas personas, decía todo el mundo. Generosas.

Los Perkman. Los que en cuanto Sib empezó a hacer preguntas respecto a la muerte de Erika enviaron a Rudi.

Sibylle se preparó para pelear.

Rudi le guiñó un ojo. Un guiño que quería decir: «Tú y yo vamos a entendernos, bomboncito».

Sibylle se preparó para salir pitando.

El hombre, pisando fuerte y sin perder su odiosa sonrisita, regresó a la camioneta, se subió al asiento del conductor, dio marcha atrás y enfiló de nuevo el camino de tierra para desaparecer en dirección al pueblo.

Misión cumplida. Mensaje entregado.

Sibylle acababa de descubrir que era un problema para la familia Perkman. Y que su Yamaha había pagado el pato. Se dejó caer en el suelo. Se permitió un grito.

Uno solo. Pero largo, muy largo.

Cuatro

1

Cuando las agudas cumbres de las Vedrette comenzaron a oscurecer el sol, mientras el aire, refrescándose, se llenaba de sonidos estimulantes (zumbidos, silbidos, maullidos, graznidos, roces y reclamos de todo tipo), Freddy vio a la joven hembra humana —muy asustada, a juzgar por el olor del sudor— que esa mañana había puesto patas arriba su rutina.

Observó cómo Tony se acercaba a la chatarra que la chica iba arrastrando e intentaba hacerse cargo de llevarla él, y también se fijó en el modo en que ella, irritada, lo apartaba.

Luego, justo cuando el san bernardo pensaba que sería divertido al menos intentar atrapar uno de esos deliciosos murciélagos que empezaban a dar vueltas a poca distancia de su hocico, Sibylle abrió la puerta de la casa, Tony la siguió y Freddy se vio obligado a ir detrás.

Los dos humanos se pusieron a hablar. De qué, eso Freddy nunca lo supo. Al cabo de diez minutos ya se había adormilado.

Cinco

1

Erika volvió sobre sus pasos, como si hubiera cambiado de opinión.

La noche del *Maturaball,* el baile de graduación, Erika se despidió de ella, le dio un beso en la frente a la pequeña, salió y luego volvió sobre sus pasos. Volvió sobre sus pasos y llamó a la puerta, a pesar de que en el bolso de mano con lentejuelas llevaba el manojo de llaves.

Ese detalle llenaría de remordimientos a la tía Helga. Ojalá hubiera sido capaz de entender. Ojalá hubiera sido capaz de intuir. ¿Pero cómo iba a hacerlo?

El bolso de mano era un regalo de Oskar. En su interior, Erika encontró dos billetes de cincuenta mil liras y una nota: «¡Estamos orgullosos de ti!». Emocionada, se secó un par de lágrimas y abrazó a Oskar hasta triturarlo.

Pero no intentó devolver el dinero. Erika sabía que lo necesitaba. Sibylle era un tesoro, pero los niños, caprichosos o no, costaban una fortuna. Igual que el vestido para el *Maturaball* que la tía Helga había insistido en pagar de su bolsillo.

Hasta el último momento, Erika se mostró indecisa sobre si comprarlo rojo o negro. Al final optó por el rojo, y la tía Helga estuvo de acuerdo. Aquel vestido era provocativo, desenfadado, sexy. En otras palabras, le quedaba divinamente. Y aunque el 21 por la tarde, mientras Helga la ayudaba a peinarse, Erika no hizo más que lamentarse porque el vestido la hacía parecer una tabla de surf (la tía Helga le recordó que su madre, Helene, tampoco había tenido una lechería en la delantera y eso no había impedido que la mitad de los jóvenes de Kreuzwirt la cortejaran), Helga sabía que Erika estaba entusiasmada con el vestido, el *Maturaball* y la vida. Las cosas estaban yéndole mejor. O eso creía.

Porque Erika había vuelto sobre sus pasos. Esperó a que ella se levantara del sofá, acomodara a la recién nacida en la cuna y abriese la puerta. Entonces, y eso también atormentaría durante años a la tía Helga (tanto en la vigilia como en los sueños, en los que revivía aquel terrible momento), Erika le sonrió y la acarició.

—He olvidado decirte lo mucho que te quiero.

—Yo también te quiero. ¿Estás segura de que no tendrás frío?

—No, estoy bien así.

La tía Helga cerró la puerta.

2

En lugar de salir por el camino de entrada a la casa, girar a la derecha y bajar hasta el Black Hat para reunirse con Karin, Elisa y Gabriel, como estaba planeado, Erika se dirigió a la izquierda. Hacia el bosque. Calzada con unas manoletinas que, en cuanto abandonó la calzada y enfiló el sendero, se llenaron completamente de barro.

Una de ellas, la del pie izquierdo para ser exactos, la encontraría al día siguiente un voluntario aproximadamente a un kilómetro del lago, sumergida en un charco de agua, más o menos en el punto en que el bosque daba paso a la turbera. Quizás Erika la perdió y no se preocupó de buscarla. ¿Y por qué iba a hacerlo?

En el lugar al que se dirigía no iba a servirle para nada.

Puede que en los mapas el lago tuviera un nombre. Para los habitantes de Kreuzwirt se trataba, simplemente, del lago. Por regla general, a finales de marzo sus aguas estaban cubiertas por una pátina de hielo. Pero el de 1999 fue un invierno extraño, caluroso. El *föhn* no había dado tregua durante todo enero y febrero, impidiendo que la nieve cuajara. La temperatura, a esa hora de la noche, rondaba los quince grados. Bastante por encima de la media. Por eso Erika había salido de casa con una ligera chaqueta sobre los hombros y no algo más abrigado. Por eso no encontró hielo que le impidiera hacer lo que estaba haciendo.

Erika sumergió los pies hasta los tobillos. El agua le llegó a las pantorrillas, luego a las rodillas.

No había mucha gente en Kreuzwirt que fuera al lago a bañarse. No solo debido a los zorros que infestaban la zona, a los insectos o la turbera, que desprendía un olor poco agradable, sino también porque todo el mundo sabía que el lago era profundo y peligroso. Quienes se habían aventurado a zambullirse, quizá para quitarse de encima el calor del verano, hablaban de una especie de escalón a un metro o metro y medio de la orilla. Pasado ese punto, era como caerse a un pozo. Erika lo franqueó.

El agua helada hizo el resto.

3

Cuando el doctor Horst, a las cuatro de la madrugada del 22 de marzo, la vio flotando boca abajo mientras daba uno de esos paseos a los que el insomnio lo forzaba, se percató de inmediato de que se trataba de un cadáver.

A pesar de ello, se quitó la chaqueta y se lanzó al agua. Un gesto heroico, al decir de todos.

No sin esfuerzo, porque en 1999 el doctor Horst tenía cincuenta y dos años y no estaba exactamente en buena forma física, arrastró a Erika hasta la orilla, comprobó escrupulosamente su pulso y luego, utilizando el teléfono móvil, llamó a los carabineros.

El cuartel más cercano se encontraba en Campo Tures, a unos treinta kilómetros de Kreuzwirt. Los carabineros tardaron una eternidad en llegar, pero Horst no pensó ni por un instante en dejar a Erika sola en la turbera.

La idea de que la ropa mojada podría haberle provocado a él mismo una muerte rápida por hipotermia ni siquiera se le pasó por la cabeza. Permaneció allí, estrechándose el pecho con los brazos, con los dientes castañeteándole y caminando arriba y abajo, al tiempo que contemplaba el rostro de la muchacha, los cabellos esparcidos por el fango, y se preguntaba por qué, por qué demonios, por qué una chica así, por qué...

Los carabineros llegaron al lugar más de media hora después. Llevaban linternas y tenían muchas preguntas que hacer.

Aunque el *Maturaball* había terminado oficialmente alrededor de la una con la canción de Nazareth *Love Hurts,* que había permitido a las parejitas darse el lote sin reparos mientras bailaban bajo la llovizna que había comenzado a caer sobre Kreuzwirt precisamente en aquel momento, cuando las luces de emergencia de los vehículos iluminaron la calle principal del pueblo todavía quedaban bastantes jóvenes por allí.

La noticia se propagó con rapidez. Erika la Rarita había muerto.

4

—Después llegaron los periodistas.

Sib lo miró fijamente, con sus grandes ojos azules, atentos, dio unos golpecitos con los dedos en la fotografía en la que aparecía sonriente junto al cadáver de Erika y se cruzó de brazos.

Ahora le tocaba hablar a él.

Tony suspiró. Había sacado el Mustang para eso. No había necesidad de andarse con rodeos.

—1999 fue el año del toro.

Seis

1

En diciembre uno de los compañeros del padre de Tony iba a jubilarse y Giuseppe Carcano no dejó que se le escapara la oportunidad. Estrechando manos e invitando a copas, obtuvo la promesa de que si su hijo era capaz de conducir un toro antes de Navidad, el puesto sería suyo.

—Un trabajo de verdad, con un sueldo de verdad —declaró—. Tan solo debes inscribirte en el curso y aprender a manejar uno de esos trastos, y tendrás el sustento garantizado de por vida.

—Dicen que las acerías van a cerrar —intentó oponerse Tony—. Dicen que no serán capaces de hacer frente a China e India.

Eran muchas las familias del barrio que se habían encontrado sin ingresos de un día para otro. China e India producían el triple de acero y a la mitad de precio. Como resultado, las calles de Shanghái se habían llenado de fantasmas.

Los bares, de zombis.

—Los cojones —refunfuñó su padre, poniéndose vehemente—. ¿Tú sabes cuánto les pagan a los trabajadores en esos países? Menuda globalización de mierda. Te lo digo yo. Es un timo. Pero las acerías no cerrarán. Es solo una fase. ¿Sabes cuándo lograrán los indios y los chinos fabricar un acero de la misma calidad que el nuestro? Cuando los *tralli* de mierda dejen de tirar su basura en nuestro barrio.

O sea, nunca, en opinión de Giuseppe Carcano. Sin embargo, en vez de lanzarse a uno de sus habituales discursos, su padre le sonrió.

—A ti te irá de lujo. Ni siquiera vas a tener que acercarte al horno. Deja ese trabajito en el periódico. Te estoy ofreciendo la oportunidad de un trabajo de verdad. De hombre.

«Trabajito.»

No hacía ni un mes que Tony había cruzado el umbral de la redacción del *Sol de los Alpes:* se había presentado y había dicho que quería aprender el oficio. Convertirse en periodista. No estaba seguro de por qué lo había hecho. Tal vez para cambiar el mundo. O tal vez para cabrear a su padre. O ambas cosas.

Su primer artículo: «Feria de la cereza en Cortaccia». Ciento cincuenta palabras. El autobús para desplazarse hasta allí lo pagó de su bolsillo. El segundo: «Torneo de ajedrez de Oltrisarco», el barrio que se hallaba frente a Shanghái, al otro lado del Isarco. Tony fue en bicicleta. Doscientas palabras y el honor de la firma. En realidad solo las iniciales: «A. C.», pero su madre se puso tan contenta que recortó el artículo y se lo guardó en la cartera para llevarlo siempre consigo.

Su padre...

—Si de verdad crees que tu futuro está ahí —dijo—, adelante. Pero a partir de hoy quiero que le des a tu madre un tercio del alquiler. ¿Cuánto te pagan, Tonino?

Tocado y hundido. Nadie en el *Sol de los Alpes* había hablado nunca del sueldo.

En la redacción, Tony ni siquiera tenía un nombre. Aparte de...

Siete

1

—¡Eh, novato!

Ocho de la mañana, 22 de marzo de 1999.

Milani tenía una gran sonrisa en los labios cuando anunció:

—Hay un muerto en Kreuzwirt. ¿Vamos?

—¿Y Giò?

Milani se encendió un cigarrillo.

—No responde al teléfono. Cuando la oportunidad llama a la puerta...

El coche de Milani era un caos. Papeles arrugados, botellas y latas vacías, hojas de periódico, tiques, recibos, revistas pornográficas y ceniza, ceniza por todas partes.

—Por ahora solo se sabe que se llamaba Erika. A lo mejor se ha suicidado, pero con un poco de suerte igual la han matado. ¿Cuántos años tienes?

—Veinte en mayo.

—¿Sabes lo que sería una auténtica bomba para tu carrera? Asesinada y violada. En ese orden. Un hijo de puta necrófilo es lo que se necesita para aumentar la tirada. O un asesino en serie. A la gente se le cae la baba con los asesinos en serie. Y con los terroristas, que en el fondo son lo mismo pero sin imaginación, ¿no te parece? En el 88 tú eras un cabroncete que no sabía una mierda, pero yo estaba allí. La banda Ein Tirol. A esos cabrones yo los adoraba. Bombas, panfletos y llamadas anónimas, la policía que tranquilizaba, los políticos que se cagaban encima, y viceversa. Los disturbios. En aquella época alcanzamos

35

el pico de ventas. Y eso que el *Sol* se había fundado en el año 54.

En 1988 Tony tenía nueve años, pero, al contrario de lo que el fotógrafo pudiera pensar, se acordaba de un montón de cosas. Los helicópteros, los furgones de los carabineros, la esvástica pintada en la puerta del colegio que había hecho llorar a la profesora. Los toxicómanos. Los puños cerrados de su padre. Los ojos enrojecidos de su madre. Para Tony, Shanghái siempre sería todo eso: un barrio en el que los padres caminaban con los puños cerrados y las madres siempre tenían los ojos enrojecidos.

—¿No debería ser Giò quien escribiera el artículo?

Milani, que intentaba encajar el Citroën entre dos vehículos de los carabineros, dio un brusco frenazo.

—¿Puedes escribir tu nombre sin cometer errores? ¿Sí? Pues por lo que a mí respecta es lo único que hace falta para ventilarse un artículo. ¿O es que estás muerto de miedo?

—Giò es...

—Abre los ojos, novato —graznó Milani, echando mano a los objetivos y las bolsas en el asiento de atrás—. ¿Sabes por qué Giò siempre consigue ganar a la competencia?

—¿Es buena?

Milani lo miró con el ceño fruncido.

—O eso o, respuesta número dos, se folla a alguien, puede que a un magistrado, puede que a un magistrado casado y muy influyente que a cambio de un revolcón le pasa algunas informaciones. Así que lo llevas claro para superarla.

Se internaron en el bosque. Poco después en la turbera. Tony no tardó en estar cubierto de barro hasta las rodillas. En el bolsillo de los vaqueros llevaba la Moleskine que se había comprado para hacerse el interesante. La sacó por miedo a que se le mojara.

Descubrió que se había olvidado el bolígrafo en casa.

—Mira qué maravilla.

El lago centelleaba en el aire terso de aquella mañana de marzo, pero no era al lago a lo que el fotógrafo se refería. Desde lo alto de la loma en la que se encontraban, Milani y Tony podían ver a los carabineros charlando entre ellos, a los técnicos vestidos de blanco y, sobre todo, la sábana, de la que sobresalían algunos cabellos.

Era la primera vez que Tony veía un cadáver.

—Violada y asesinada. ¿Nos apostamos una cerveza?

—No bebo. Y no apuesto —contestó Tony—. ¿Por qué dices violada y asesinada?

—Te lo juro, tarde o temprano haré de ti un hombre. ¿No has visto la banderola cuando hemos pasado por el pueblo? *Maturaball*. ¿Sabes lo que es un *Maturaball*?

Tony lo sabía, aunque jamás había asistido a uno. Ningún italiano había participado nunca en un *Maturaball*. Y no por la típica cuestión de los *tralli de mierda* tratando a los *walscher* como *walscher de mierda* y estiércol para todos.

El *Maturaball* era una fiesta que las escuelas alemanas (en el Alto Adigio las escuelas italianas y alemanas estaban claramente separadas, ¿cómo mantener centelleantes los verdes prados de la provincia sin una duradera y constante producción de excrementos?) organizaban para celebrar el final del bachillerato.

Pero se daba la circunstancia de que el *Maturaball* se celebraba antes de haber superado el examen de graduación, algo que a ningún italiano en su sano juicio se le pasaría por la cabeza. Habría sido como presentarse ante el profesor Tamanini —que había sido la pesadilla de Tony— para la prueba escrita de matemáticas después de haber roto cientos de espejos y con una camada de gatos negros abriéndole camino.

No, gracias.

—Alcohol y sexo. En eso consiste un *Maturaball*. Puede que la golfilla esa aceptara dar una vuelta con su amiguito, él le metiera mano, ella no estuviese por la labor y..., ¿no tomas notas?

Tony miró a su alrededor.

—No parece el lugar ideal para dar una vuelta, ¿no crees?

—¿Y qué sabes tú acerca de cómo razonan los *tralli* de mierda? —Milani soltó las bolsas en el suelo e hizo una mueca—. Te queda mucho por aprender. Y para eso estoy yo aquí. ¿Preparado? ¿Sabes qué hace de una nenaza como tú un auténtico periodista con dos cojones bien puestos? ¿Uno genuino? Un verdadero periodista no tiene miedo de ensuciarse.

En ese momento el fotógrafo le dio un empujón tan fuerte que lo hizo volar pendiente abajo. Al final del recorrido, Tony se encontró embarrado de pies a cabeza, con un sabor asqueroso a turbera en la boca, más allá de las cintas de los carabineros. Al lado de la sábana medio apartada. Cara a cara con el cadáver, mirándolo a los ojos. Entonces se dio cuenta de que aquello no era un cadáver.

Era una chica. Una chica a la que se veía... triste. Asombrada. Asustada. Serena. Aterrorizada. Radiante. Abrumada. Despreocupada. Contenta. Enamorada. Enfadada.

Viva.

Tony oyó la voz de Milani que lo llamaba. Atontado, confundido por todo cuanto expresaba la mirada de esa chica («Erika, se llama Erika, no es un cadáver, es una chica que se llama Erika, una chica que hasta hace unas horas era como yo, respiraba, soñaba, vivía), se volvió hacia él. Y cuando el fotógrafo, enfocándolo con la Nikon, le gritó que sonriera, justo en el instante en que un carabinero le decía «¿Qué coño estás haciendo, gilipollas?», Tony sonrió.

2

—Porque si alguien te ofrece un sobre, tú lo coges. Si alguien te dice que sonrías, tú...

Ocho

1

La que Sib había llamado «la casa de Erika» se encontraba a las afueras de Kreuzwirt. Para llegar, había que dejar atrás el pueblo y seguir un camino de grava. Matas y arbustos de moras la rodeaban. A Freddy le gustaron desde el primer instante.

Era también la única casa de Kreuzwirt que no tenía geranios en las ventanas. A lo mejor a Sibylle no se le daban bien las plantas. Puede que le faltara tiempo o no supiera qué hacer con los geranios. Al fin y al cabo, las moras podían comerse.

El interior estaba amueblado de manera sencilla. Reinaba un gran desorden, si bien Tony lo habría definido como un desorden creativo. Libros, revistas y DVD, amontonados un poco por todas partes. Nada de *Vanity Fair* o *Elle* para Sib, advirtió el escritor. Solo revistas de mecánica.

Un póster de Black Sabbath, otro con Jimmy Page haciendo muecas sobre su Les Paul. Pocas fotografías. Sibylle de niña. Sibylle adolescente. Ni una sola de Erika.

Sib le había dicho que se sentara en una butaca destartalada, en una sala que se prolongaba hasta la pequeña cocina. Un reloj con forma de gato escandía el tiempo. Félix, se llamaba el gato. Tenía la misma mirada que Jimmy Page.

Tony carraspeó.

—Ahora, si no te importa —dijo—, retrocede un poco y hazme un resumen de los capítulos anteriores.

—¿Cómo te encontré? ¿Cómo encontré la foto?

—Dos preguntas con una misma respuesta: Giò. La única persona en condiciones de darte esa fotografía y al mismo tiempo la indicación sobre dónde y cuándo poder encontrarme sin...

—¿Testigos? —soltó Sibylle, señalando la nariz del escritor y arrepintiéndose casi de inmediato.

—Distracciones —la corrigió Tony con una media sonrisa—. Una tarea en absoluto imposible, puesto que siempre he sido un animal de costumbres.

—El paseo con Freddy. Las mismas calles, el mismo horario, como un reloj suizo. Giò utilizó la expresión «mortalmente aburrido» —Sibylle cruzó las piernas—. Llegados a este punto, saber cómo localicé a Giò será fácil, me imagino.

—Imaginas bien. Desenterraste los periódicos de la época. Precisamente el *Sol de los Alpes* fue el único que no se limitó a una nota circunstancial respecto a la muerte de Erika. Dos artículos firmados por «A. C.», el primero de tres mil palabras; de dos mil el segundo. Al no saber quién era el misterioso «A. C.», buscaste a la persona responsable de la crónica de sucesos de entonces, Giovanna Innocenzi. Y Giò no es lo que se dice una amante del anonimato. Yo tardé menos de un minuto en encontrarla.

—Y tres horas para ir al grano. Tus libros. El éxito. Sarcasmo, sarcasmo, sarcasmo. ¿Y el apodo que te colgó en marzo del 99 —lo azuzó Sibylle, masajeándose distraídamente el hombro dolorido—, qué me dices de eso?

Tony se dejó caer contra el respaldo de la butaca. Apretó los puños. Cuando advirtió que Sib estaba mirándolos, se obligó a relajarlos e hizo una mueca incómoda.

—«El recomendado». En los días que siguieron a la muerte de Erika, Giò dejó de llamarme novato y empezó a llamarme de esa otra manera. Hoy lo ha hecho otra vez. Como una especie de broma entre camaradas, ¿sabes a qué me refiero?

Sib no respondió. Y tampoco se le escapó que los puños del escritor volvían a estar cerrados.

—Y ahora, veinte años después —dijo Tony, sombrío—, descubro que en el 99 hubo presiones por parte del anunciante principal del *Sol* para que fuera yo, y no Giò, quien cubriera el caso.

—Y el principal anunciante del *Sol de los Alpes* —puntualizó Sibylle, con la esperanza de que su voz no traicionase ninguna emoción— era Friedrich Perkman.

Tony se pasó las palmas de las manos por los vaqueros. Habían vuelto por fin al presente. Ahora llegaba la parte difícil. La conjetura que lo había empujado a subirse al Mustang.

—Dime la verdad, Sibylle...

—Sib. Solo Sib.

—Sib. Tú no crees que Erika se suicidara.

Para ser alguien que se ganaba el pan con las palabras, pronunciar esa frase le costó bastante.

—Más bien —refutó Sibylle—, estoy completamente segura de que Erika no se suicidó.

El gato Félix marcó las nueve y media. Una polilla daba vueltas histérica alrededor de la lámpara.

—¿Y cómo puedes estar tan segura?

—¿Por qué el novato se convierte de repente en el recomendado? ¿Qué pintaba «A. C.» con los Perkman? Responde a la pregunta. Pongamos las cartas sobre la mesa.

—No pintaba nada —exclamó Tony, con la cara roja—. En aquella época ni siquiera sabía de la existencia de la familia Perkman. Yo era un chiquillo. Incluso ahora, sinceramente...

Sib chascó los dedos. Sonrió.

Una sonrisa que pilló a Tony por sorpresa.

—Rabia.

—¿Cómo?

—Tu expresión cuando te di la bofetada. Estuve pensándolo todo el día. No era de miedo. Era de rabia. Pero no contra mí. Es demasiado grande, demasiado profunda. Hay algo más, ¿no es así? Y de una manera u otra tiene que ver con Erika.

Tony señaló la caja de cartón que estaba junto a Sibylle.

—¿Qué te traes entre manos?

—El 8 de junio.

Nueve

1

El 8 de junio, mientras Kreuzwirt se llenaba de Mercedes y BMW de los peces gordos del Tirol del Sur, Sibylle se había permitido levantarse un poco más tarde, porque Oskar, en señal de luto, había decidido mantener cerrado el Black Hat.

Al salir de casa con la intención de dar una vuelta con la Yamaha, vio la carta. El sobre llevaba sellos, pero no remitente. ¿Un admirador tímido?

Ojalá.

Sibylle sabía que no estaba nada mal. Los salidos del Black Hat, con sus miradas y sus manos largas, no le habían enseñado nada que no supiera ya.

Y sin embargo, en cuanto empezaba a abrirse un poco con los chicos que superaban el Examen a Primera Vista (y el siguiente Test Cabeza De...), algunos lo bastante guapos como para despertar su interés y no tan estúpidos como para impedirle llevárselos a la cama para hacer un poco de ejercicio, ellos se largaban. «Aún no estoy preparado para... Soy yo que... Tú misma puedes verlo.» Sib había oído de todo.

El problema era que Sibylle era una persona complicada en una parte del mundo que adoraba el orden. Los chicos que le hacían la corte eran simples. Querían una chica a la que llevar al altar en la iglesia de Campo Tures, que se comprometiera a parir dos o tres mocosos uno detrás de otro y que pasara el resto de su vida cocinando, planchando y mostrándose disponible el sábado por la noche. No era precisamente la idea de futuro que Sib tenía en mente. Resultó que dentro del sobre no había ninguna declaración apasionada, sino una fotografía en blanco y negro. Una foto imposible. Erika, tumbada en el suelo a la orilla del lago. Con la ropa del *Maturaball* puesta. El pelo incrustado de barro. La cara vuelta hacia el amanecer.

Y un símbolo trazado junto a su cadáver.

2

Tony palideció.

—Ese garabato. ¿Qué es?

—La prueba de que a Erika la asesinaron.

«No estaba allí.»

En 1999, aquel símbolo trazado en el barro, justo al lado del cadáver de Erika, no estaba allí. Él no lo vio cuando Milani lo lanzó contra el suelo pendiente abajo, y nadie lo mencionó tampoco durante la sesión informativa de los investigadores.

Entonces...

Sibylle se anticipó a su objeción.

—No es un fotomontaje. Le pedí a un *nerd* de Brunico que la analizara. Llegué a pensar que se trataba del fotograma de un film. El rollo de película es de la época. La luz indica que la tomaron pocos minutos después del amanecer. Es auténtica —Sib tomó aire y se puso a rebuscar en la caja—. Erika la Rarita leía el futuro. ¿Lo sabías?

Tony recordó que, en el 99, el caso de Erika la Rarita había salido a la luz muy pronto, pero poco más. Que tenía la cabeza en las nubes. Algún amigo. Puntos a favor de la tesis del suicidio, había comentado Milani con acritud. Nada de asesinato. Nada de violación *post mortem*. «Adiós a la exclusiva, novato.»

Sibylle le enseñó un mazo de cartas de tarot.

—Esta baraja era de Erika. ¿Sabes cómo funciona?

—¿Por qué, es que funciona?

—Cada uno tiene su manera de disponer las cartas. Hay quien las coloca en círculo o en triángulo, o bien en grupos de tres o de cuatro. Cada cual tiene su sistema. Erika lo hacía así.

Sib echó las cartas sobre la mesita. Dos líneas verticales paralelas de tres cartas cada una. Muy juntas. Añadió otras dos en la base para crear una especie de punta de flecha. Y por último otras dos en lo alto...

—Parece la cabeza de una serpiente.

—Erika lo llamaba «la sonrisa del colibrí». ¿Eres capaz de imaginártelo?

El esquema de las cartas sobre la mesita era idéntico al símbolo trazado en el barro junto al cadáver de Erika.

«Joder.»

—Ahora mira bien la foto —dijo Sibylle—. ¿Ves los números de serie? La que encontré en el buzón fue la primera fotografía tomada en el lugar de la muerte de Erika. Las otras están aquí.

Una carpeta. Delgada. Llevaba impreso el sello del tribunal de Bolzano.

—La obtuve de la fiscalía. Contiene el parte de los carabineros, las fotografías sacadas esa mañana y el informe de la autopsia de Erika. ¿No notas nada raro?

La incongruencia saltaba a la vista. El número de serie de las fotografías de la carpeta empezaba en el siete y terminaba en el cincuenta. Además, la luz era distinta con respecto a las fotos que faltaban, como si se hubieran hecho a última hora de la mañana. El cadáver de Erika estaba colocado de modo diferente y, como Tony recordaba, junto a Erika no había ningún símbolo.

—Yo creo —dijo Sib— que la sonrisa del colibrí debería haber suscitado algunas preguntas, pero dado que alguien la hizo desaparecer, todo fue como la seda. El 21 Erika se quita la vida ahogándose en el lago. El 22 se realiza la autopsia que confirma la muerte por ahogamiento.

Suicidio. El 23, el cuerpo es incinerado. Mira la firma del médico al que el tribunal encargó llevar a cabo el informe.

La caligrafía era picuda, pero legible. El doctor Josef Horst. El hombre que había descubierto el cadáver de Erika a las cuatro de la madrugada del 22 de marzo de 1999.

Tony se pasó la mano por la frente.

Estaba sudando.

—Así pues, en tu opinión, Horst mata a Erika y dibuja el símbolo, pero en cuanto llegan los carabineros se arrepiente, lo borra y de alguna manera hace desaparecer las fotos que ya se habían sacado. Más tarde, falsifica la autopsia. No se sostiene.

—En efecto. Supongo que Horst encontró el cadáver de Erika y en un primer momento no vio la sonrisa del colibrí. Tiene sentido. Era de noche. La oscuridad. El nerviosismo. No se percató de ello hasta el amanecer, cuando los carabineros sacaron las primeras seis fotografías. Y entonces lo borró. Luego...

—¿Cerró la boca a los carabineros? —soltó Tony—. ¿Hizo desaparecer las fotografías? ¿No te parece un poco... excesivo?

Sib escrutó la expresión de Tony.

Perpleja. Temerosa. Incrédula.

Sibby Calzaslargas se hizo con el control.

—¿Sabes quién convenció a la tía Helga de que había que incinerar a Erika? Horst. Sin cuerpo no había posibilidad de una nueva autopsia. Y adivina cómo acabaron los primeros carabineros que se habían reunido con Horst en el lago. Muertos. Uno en 2003, de un infarto; el otro tuvo un accidente de tráfico en 2010. La hija del que murió de infarto trabaja hoy para los Perkman. Al otro, en 1999 estaban a punto de echarlo del cuerpo porque le había dado una paliza a un vendedor ambulante, pero adivina quién lo ayudó a no quedarse en la calle. Friedrich Perkman. El hombre al que enterraron el mismo día en que alguien metió esa fotografía en mi buzón. Coño, Tony, *bischt Blint?*

No, Tony no estaba ciego.

Del mismo modo que no se le escapaba que el hocico de Freddy se había vuelto casi completamente cano, le quedaba bien claro que en la muerte de Erika pocas cosas tenían sentido. Incluida la decisión de confiar el seguimiento de esa noticia a un novato. Antipática o no, gilipollas o no, Giò había sido una periodista experta. Seguro que no se habría dejado timar como un novato de poca monta.

Y a propósito, ¿recordaba las últimas palabras que había intercambiado con Milani?

Tony las recordaba. El sabor del Jim Beam y el cielo sin estrellas...

«Joder.»

Milani lo había llevado de acá para allá por el valle, lo había acompañado a las ruedas de prensa de la poli. Incluso durante las entrevistas, el fotógrafo había estado con él. Por no hablar del hecho de que fue Milani quien lo convenció para ir a Kreuzwirt. Michele Milani: la soga que los Perkman le habían puesto al cuello.

Tony sintió que le entraban náuseas.

«Asesinato.»

La palabra flotaba en el aire en todo su horror. Y si Sibylle tenía razón, si a Erika la habían asesinado, si Horst y Perkman habían silenciado la investigación, entonces, de algún modo, él se había convertido en cómplice de aquella muerte. Tony se frotó los párpados con los dedos. Miles de luces de colores y una lúgubre certeza.

Sibylle no había terminado.

—¿Qué más has descubierto?

—Lo que sabe todo el mundo aquí, en Kreuzwirt. Que a partir del 21 de marzo de 1999 el hijo de Friedrich Perkman, Martin Perkman, hermano de Karin Perkman, quien entre otras cosas era una de las mejores amigas de Erika, no volvió a aparecer por el pueblo.

—¿Desapareció?

—Se encerró. En la Krotn Villa.

—¿La Villa de los Sapos? —tradujo Tony, creyendo que lo había entendido mal.

—¿Qué sabes de los Perkman?

—Que tienen un montón de pasta.

—Es mucho más complicado que eso.

Diez

1

Friedrich Perkman nació en 1950. A los dieciocho años convenció a sus padres, campesinos como sus antepasados, para que le confiaran sus ahorros e inició una serie de inversiones. La cosa funcionó. A los veinte, huérfano a causa de una avalancha, compró la mitad de la serrería de Kreuzwirt y se propuso hacerse con los terrenos de los alrededores: tras descubrir que el desprendimiento de tierras que había matado a sus padres se debía al abandono, juró que nadie volvería a morir nunca de aquella forma en Kreuzwirt. Desde su punto de vista, la adquisición de esos terrenos era el modo más práctico de garantizarlo.

Entre 1970 y 1972 sus ingresos aumentaron, pero en el 73 la serrería se vio obligada a reducir la producción, dejándolo prácticamente en bancarrota. Friedrich se lo tomó como un desafío. Si los viejos mercados estaban muriendo, otros estaban naciendo. Haría frente a la situación con la ayuda del doctor Horst, que ese mismo año se presentó en Kreuzwirt.

Horst había nacido en un pequeño pueblo del cantón suizo de Berna, pero vivía y ejercía su profesión en Ginebra. Fue allí donde los dos se conocieron. Durante uno de sus viajes de negocios, Friedrich, aquejado de una fuerte gripe, tuvo que llamar a un médico. Ese día nació una amistad destinada a durar toda la vida.

Cuando en 1973 Horst llegó a Kreuzwirt, viudo, lleno de deudas y con un hijo, Michl, de apenas un año, tenía un montón de buenas ideas en la cabeza pero ninguna capacidad de llevarlas a la práctica. Horst había estudiado en la Universidad de Ginebra, que en aquella época era un centro de vanguardia, y allí había intuido el potencial de las calculadoras electrónicas. Precisamente necesitaba a alguien que, como Friedrich, supiera moverse en el mundo de los negocios. Horst era nitro y Perkman glicerina. Juntos, Perkman y él podían alcanzar el cielo.

La muerte de Horst en 2006 supuso un durísimo golpe para Friedrich. Aquella relación de amistad era un pilar en su vida. Lo compartían todo: las ambiciones, el alimento, e incluso la casa, la Krotn Villa o Villa de los Sapos, que a finales del 74 se había erigido sobre los cimientos de la casa de campo de la familia Perkman y aumentaba de tamaño al mismo ritmo que crecía la fortuna de Friedrich.

El establo donde sus antepasados habían criado vacas macilentas se convirtió en un ala elegante, el huerto pasó a ser un invernadero para especies exóticas. Al cuerpo principal se añadieron dos nuevas plantas, una casita de huéspedes, una torre que daba a la turbera, muros cubiertos de hiedra con sapos de mármol junto a la cancela y, por último, en 1994, un mausoleo en el que Perkman daría sepultura a su esposa y donde, unos quince años más tarde, sería enterrado él mismo.

Si en 1973 compartir la Krotn Villa con Horst había sido una necesidad dictada por la falta de dinero, con el tiempo se convirtió en una costumbre que no cambió siquiera cuando Friedrich se enamoró de Christine Talfer, en 1978.

El día que Friedrich y ella se casaron, Horst hizo de testigo y Michl llevó las arras. Después de la boda, Horst siguió viviendo en la villa, y fue la propia Christine quien insistió, porque adoraba a Michl. Le gustaban los niños y deseaba tener hijos. En 1980 nacieron los gemelos.

Martin y Karin.

Sibylle se levantó y fue a buscar una botella de naranjada. Sirvió un poco para Tony y otro poco para ella. Sacó de un armarito una caja de aspirinas e ingirió una pastilla, sabiendo que no le haría ningún efecto pero con la esperanza de que ocurriera lo contrario.

—¿El hombro?

—Es solo una caída, ya te lo he dicho.

—Una caída que no ha sido ninguna broma. Esa moto está para el desguace.

—La moto, no yo.

Sib volvió a su sitio y le entregó al escritor una foto Polaroid en la que se veía a tres chicas y un chico abrazándose.

—La tomaron pocos días antes del *Maturaball* del 99. ¿La reconoces?

La primera a la izquierda era Erika. A su lado había una muchacha muy guapa, con el pelo oscuro recogido en dos largas trenzas y los ojos de un azul intenso; la tercera era rubia, de ceño fruncido y mirada penetrante, y, por último, el único varón del cuarteto, un chico que parecía cohibido y llevaba unas gafas de montura gruesa.

El dedo de Sib señaló a la chica rubia y concentrada.

—Karin Perkman.

—¿Él es Martin?

—No, es Gabriel. De Martin —le explicó Sibylle— no hay fotografías.

—¿Ni siquiera una foto de clase? ¿De esas con todos los chicos posando con la maestra a final de curso?

—Expresamente prohibido. Cuando Martin y su hermana tenían tres años, hubo un incendio en la Krotn Villa. Un cortocircuito. Karin no sufrió daños, pero Martin quedó desfigurado y perdió la vista del ojo izquierdo. Fue en 1983. Desde entonces la cabeza de Martin no funcionó demasiado bien. Se volvió agresivo.

Tony enarcó una ceja.

—¿Qué quieres decir con «agresivo»?

—Martin y Karin iban a la escuela primaria aquí, en Kreuzwirt. Perkman quería que sus hijos se sintieran parte de la comunidad, para él Kreuzwirt lo era todo. ¿Recuerdas su obsesión por las tierras? Hoy todo el valle es de los Perkman. La turbera, los bosques. Todo. ¿Has visto turistas en las inmediaciones? ¿Sabes qué hizo Friedrich cuando a algunos se les ocurrió pensar que el turismo podía ser un buen negocio también por aquí? Alquiló un autocar y les mostró el coste del turismo. Basura, cemento, árboles abatidos y pastos cada vez más resecos.

—Pero económicamente...

—Kreuzwirt es uno de los lugares más ricos del Alto Adigio. Perkman sabía cómo cuidar de sus conciudadanos. Para que lo entiendas: la serrería cerró definitivamente en 1975, pero Perkman logró recolocar a todos los empleados, incluso a los que se habían quedado sin trabajo ya en el 73. No contento con ello, transformó la serrería en un centro cívico. Al mismo tiempo que su villa, crecía todo Kreuzwirt. Si alguien necesitaba algo, bastaba con llamar a su puerta.

—Como había hecho Horst.

—No solo él, créeme. Y hoy Karin sigue adelante con esa tradición. Cada cinco años elegimos a un alcalde, pero todo el mundo sabe que quienes mandan son los Perkman. En Kreuzwirt no falta de nada, salvo dos cosas: pobres y turistas. Aquí no hay más que aire puro y geranios en las ventanas. No obstante... —Sibylle se humedeció los labios con un sorbo de naranjada y retomó el hilo de la explicación—. En 1988, Martin agredió a una compañera de clase. Elisa, la chica de las trenzas. Lo sacaron del colegio. De su educación se encargaron el doctor Horst, Perkman y *Lehrerin* Rosa, la maestra de primaria de Kreuzwirt, que a partir de entonces visitaría la villa dos veces por semana. He buscado en los registros escolares, pero solo he encontrado un documento de unas pocas líneas que habla de un «incidente» no especificado. Nada más.

Tony intentó hacer de abogado del diablo.

—En el 88 Martin y Elisa eran menores de edad. Resulta comprensible.

—Tú no lo entiendes. En Kreuzwirt se sabe todo. Se sabe que la novia de Oskar, con la que tendría que haberse casado, lo dejó porque en esa época él bebía demasiado. Se sabe que la señora Grünberger toma psicofármacos desde que se quedó viuda, aunque vaya hasta Bresanona a comprarlos porque le da vergüenza. Todo el mundo lo sabe todo.

—¿Excepto lo que le pasó a Erika en el 99 o a Elisa en 1988?

Sib asintió. Sacó de la caja otra Polaroid.

—1996. Este es el tejado de la escuela. Los chavales subían a tomar el sol a escondidas. Bastaba con usar la escalera de incendios que había en la parte de atrás. Aquí están Karin y...

—¿Eso es una cicatriz?

Sib sonrió. Una sonrisa a lo Sibby Calzaslargas.

Una cicatriz de unos quince centímetros de largo recorría el vientre de Elisa justo debajo del ombligo.

—A lo mejor no se lo hizo en el 88 —dijo Tony—. O no tuvo que ver con Martin. No puedes estar segura.

—A lo mejor —la cara de Sib dejaba traslucir exactamente lo contrario—. Entre 1988 y 1999 a Martin se le ve en raras ocasiones. Generalmente, en el coche con su padre. O bien en los bosques o en la turbera, junto a Karin, Horst o el hijo de este, Michl. Nunca solo y nunca por el pueblo. Luego, a partir del 99, en concreto de la noche del 21 de marzo de 1999, Martin desaparece por completo, tragado por la Villa de los Sapos. Nadie ha vuelto a verlo jamás.

Sib se inclinó hacia Tony y repitió:

—Jamás.

—¿Crees que Martin Perkman mató a Erika? ¿Que Horst descubrió el cadáver y que junto con Perkman echó tierra sobre el asunto? ¿Y que después, para esconder el escándalo o por... —Tony buscó la palabra adecuada— afecto, decidieron encerrarlo para siempre en la Villa de los Sapos?

—Es peor que eso —por primera vez desde que había empezado a hablar, Sibylle parecía indecisa—. Está el asunto de la maldición, del fantasma. Después de la muerte de Erika, alguien empezó a dibujar la sonrisa del colibrí por las paredes de Kreuzwirt. Erika se convirtió en el coco, en una especie de Babau local. «Erika viene a por ti», decían.

—Qué gracioso... —murmuró Tony, frunciendo el ceño.

—El caso es que alguien comenzó a hacerlo. Y lo hizo a las pocas horas de la muerte de Erika. Nadie sabe quién fue. Lo único que se sabe es que todos los chicos de aquella Polaroid de alguna forma quedaron maldecidos por la muerte de Erika —la voz de Sib se transformó en un susurro—. Siempre he pensado que se trataba de una estupidez, pero ahora empiezo a creer que la maldición y el fantasma existen de verdad.

La chica se mordisqueó los labios intentando adivinar qué efecto causarían sus palabras en Tony, pero el escritor solo tenía ojos para los cuatro muchachos de la fotografía.

Así que prosiguió.

—Después de la muerte de Erika, Karin se volvió más fría. Distante. Arisca. Dicen que se debió a que Friedrich la obligó a trabajar para la compañía, pero... —Sib señaló al chico tímido de la foto—: Gabriel. El hijo del único funcionario del ayuntamiento de Kreuzwirt, el señor Plank. La tía Helga me contó que a Gabriel le afectó tanto la muerte de Erika que ni siquiera se presentó en su entierro. Al cabo de un año, el padre pidió un traslado y él también se marchó. No ha vuelto a pisar el pueblo. Luego está Elisa. La primera de la clase, con un gran futuro por delante. Pero no había tenido en cuenta la maldición. Mira.

Sib extrajo un artículo de la carpetita. El titular lo decía todo: «Excursionista ahogada».

—11 de julio de 2005. Elisa se ahoga en un riachuelo a menos de un kilómetro del lago donde murió Erika. Pone los pelos de punta, ¿no te parece?

Tony echó un vistazo al recorte de periódico.

—Aquí dice que Elisa estaba borracha, perdió el equilibrio, se dio un golpe en la cabeza y al desmayarse acabó bajo el agua. No veo nada misterioso. Y tampoco es extraño que Karin no siga siendo la misma. Los Perkman tienen grandes responsabilidades, y las responsabilidades cambian a las personas. En cuanto a Gabriel, no habrá vuelto por el pueblo porque le trae muy malos recuerdos. Es comprensible.

—Ya, pero adivina quién certificó la muerte de Elisa. Otra vez él, Horst. ¿Eso también es una coincidencia? Puede, pero...

Por un instante, Tony pensó que la muchacha no sería capaz de terminar su exposición. Tenía los ojos hinchados. Estaba cansada. Vacía. Y asustada.

—Tienes que entender —murmuró Sibylle— que desde que empecé a hacer preguntas, Kreuzwirt se ha vuelto mudo. ¿Sabes cuántas probabilidades hay de que en un pueblo como este se haga el silencio sobre una serie de acontecimientos tan extraños?

—Las mismas —respondió Tony— de que un magnate como Perkman presione para que un novato escriba sobre la muerte de Erika la Rarita.

«Las mismas probabilidades —se dijo mientras miraba a Freddy, que roncaba apaciblemente bajo la ventana— de que un tipo de Shanghái encadene un *bestseller* detrás de otro».

Tony se puso de pie. Abrió la ventana de par en par. Kreuzwirt estaba inmerso en la oscuridad. Se veían más estrellas que en Bolzano y el aire era fresco, agradable. Pese a ello, Tony estaba empapado en sudor. No hacía más que mirar la silueta del Mustang. Al final de esa larga pausa, se dio la vuelta.

—¿Cuál es el próximo movimiento?

Once

1

De vuelta en Bolzano, tras haberle dado las buenas noches a Freddy, Tony intentó echar una cabezadita. Lo necesitaba. Cada vez que cerraba los ojos, sin embargo, irrumpía en su mente la imagen de la tumba de la niña sin cabeza.

Via Virus.

Según la leyenda, el antiguo dueño de la casa de via Virus había firmado un pacto con el diablo. Mil años de vida a cambio de la cabeza de la niña, su hija. Lo que ocurrió fue que, apenas separada del tronco, antes de que hubiera habido tiempo de limpiar el hacha de toda aquella sangre, la cabeza cortada se puso a hablar. «Siempre estaremos juntos, papá.» Y si tenías suficientes redaños para llegar hasta los perros de piedra (que, según se decía, gruñían) y la lápida de la niña sin cabeza (que, juraban, cambiaba de nombre cada día) y llamabas diez veces a la puerta de la casa encantada, tú también la oirías. «Y si no te lo crees es que eres un sarasa.»

En el verano de 1990, Tony tenía once años y una idea bastante imprecisa de lo que era un sarasa, pero fue el único de la pandilla que se atrevió a acercarse a las estatuas de los perros. Que ni siquiera ladraron. Se internó por un caminito de grava y vio la tumba. Estaba desgastada por el tiempo y no logró leer ningún nombre. A lo mejor ni siquiera era una lápida. Así que se dirigió a la puerta y llamó. Pero ni rastro de la niña. Ni rastro del fantasma. Enojado, probó a mover el picaporte. La puerta se abrió y Tony entró.

Pesadas cortinas en las ventanas, cuadros con marcos recargados. Una casa señorial, habría dicho su madre. Los marcos tenían un pase, pero los cuadros eran horrendos. Parecían ejercicios de geometría. Ni rastro del hacha. Ni rastro de la cabeza cortada.

Tony estaba ante un dilema. Nadie le creería cuando contara su gesta a menos que —se le ocurrió en una repentina iluminación— llevara una prueba consigo. Solo que allí dentro únicamente había cosas de valor y él no era ningún ladrón. ¿Era posible que los ricos no poseyeran nada que valiera menos que el collar de oro del que su madre presumía únicamente en las bodas y en Navidad?

Cuando ya estaba a punto de marcharse con las manos vacías, notó un olor que lo condujo a una cocina amueblada al estilo tirolés. Madera en las paredes, un crucifijo, cristales y esmaltes pulidos a la perfección y, sobre una mesa, galletas recién hechas.

Tony se disponía a saborearlas, mientras tildaba de cobardes (*sarasas* cobardes) a los amigos que se habían quedado fuera esperándolo, cuando de la nada apareció un anciano. El pelo canoso y alborotado, el aire diabólico de quien ha decapitado a su propia hija y está a punto de hacer lo mismo con un mocoso de Shanghái (¿y qué iba a decir luego su fantasma, una vez decapitado? «¿Soy un idiota y esto es lo que me merezco?»). Los dos se quedaron mirándose fijamente, inmóviles, como forajidos de una película de Sergio Leone, hasta que de repente al anciano le entró una especie de violento espasmo: sus labios se cerraron, se le hincharon las mejillas, la barbilla sufrió un espasmo y el silencio de la casa de via Virus se rompió por la explosión de un pedo con un sonido sin gracia, un largo solo de grajo, al que siguió la risa —histérica— de Tony, que, echando mano a una galleta, salió corriendo a toda velocidad.

Por desgracia, como descubrió una vez que se encontró a salvo, sus amigos se habían largado hacía rato, y en consecuencia la galleta desmigajada que apretaba en el puño carecía de valor. Nadie iba a creerle. La vida era un asco. Peor aún, en via Virus no había nada de nada. Ni estatuas de perros gruñendo, ni fantasmas, ni hachas ensangrentadas. Ningún misterio. Tan solo un anciano que se dedicaba a hornear galletas de chocolate y airear sus calzoncillos.

Se quedó tan triste que olvidó deshacerse de la prueba de la fechoría, y cuando su madre le pidió explicaciones y se vio obligado a confesar la verdad, Tony recibió su bienvenida al mundo de los adultos.

Los fantasmas no existían, no existían los pactos con el diablo, pero los monstruos sí. Porque en la casa de via Virus vivía un exoficial de las SS al que nadie se había atrevido a procesar y enviar a la cárcel. Un anciano canoso y desgreñado que intentaba burlar a la muerte dándoselas de artista.

En resumen: si miras al abismo, el abismo te mira a ti. Pero si has nacido en Shanghái, no solo el abismo acabará bajando la mirada (faltaría más), sino que además entre sus fauces siempre podrás encontrar algo a lo que hincarle el diente.

Nietzsche solo había nacido en el barrio equivocado. Y Tony se pasó la noche en blanco.

Doce

1

Al amanecer se preparó un café, le dio los buenos días a Freddy, le puso agua y comida y lo sacó a dar el paseo de rigor. Y mientras el san bernardo se entretenía esbozando Pollocks aquí y allá, entre un bostezo y otro, Tony logró entender por qué su mente le había hecho revivir la aventura de via Virus.

Descartadas las maldiciones, el «Erika viene a por ti», las muertes siniestras y todo el folklore en el que Sibylle parecía o quería creer (igual que él había querido creer en el fantasma de la niña sin cabeza), tan solo quedaba una cosa concreta por la que empezar para intentar dilucidar la muerte de Erika.

El símbolo. La sonrisa del colibrí. La nota desafinada. No quién lo había trazado o quién lo había borrado. Más sencillo aún: el símbolo en sí y por sí. Erika lo utilizaba como esquema para disponer las cartas del tarot, de acuerdo, ¿pero por qué? ¿Lo había inventado ella o lo había encontrado en algún sitio? ¿Qué significaba? Era extraño que Sib no hubiera pensado en ello. Era una chica despierta. Hábil. Valiente. Y decididamente...

Freddy, con la pata levantada aún y la lengua desenrollada y goteando, lo miraba con lo que parecía la sonrisita satisfecha de quien se las sabe todas.

—Guapa, sí —dijo Tony—. Tienes razón. Eres peor que Polianna. Considérate castigado.

2

Los bolzaneses son un pueblo de lectores, cada barrio tiene su biblioteca y hay un montón de librerías repartidas por la ciudad. Italianas, alemanas y multilingües. Tony las frecuentaba más o menos todas, pero había una a la que se sentía más vinculado.

Su nombre, Carnival, era extraño, y resultaba incómodo llegar al establecimiento desde Shanghái porque estaba ubicado en el centro histórico, pero las estanterías rebosaban de auténticas golosinas y Chiara, la librera tatuada, tenía el poder de hacerle sonreír siempre.

A Freddy, por su parte, le agradaba Carnival porque Chiara siempre le ofrecía una ración de galletas de su marca preferida. Pero Tony era un hombre de palabra, así que Freddy se quedó en casa, bajo el aire acondicionado y con Polianna cepillándole el pelo. De hecho, nunca lograba ser severo con el san bernardo.

Con gran sorpresa, Tony descubrió que en la librería Carnival había una gran cantidad de libros sobre tarot y temas similares.

Chiara, la librera heavy, le explicó que la sección *new age* era la más popular entre la clientela. Sin ella, la librería habría echado el cierre tiempo atrás.

Y esa era la parte positiva.

—La negativa es que he tenido que instruirme un poco sobre toda esta basura. ¿Sabías que el ámbar quita la resaca?

—¿Lo has probado?

—No funciona —dijo ella, desolada—. ¿Y sabías que el jade atrae riqueza?

—No, pero... —Tony dibujó la sonrisa del colibrí en un papel—. ¿Te dice algo este símbolo?

—Nada. Si quieres puedo preguntar a los chiflados que compran estos libros. Correré la voz —los ojos se le iluminaron—. ¿Es para una nueva novela?

3

Unos minutos más tarde, con dos bolsas llenas de libros en el maletero del Mustang y un poco de tiempo de sobra según su plan de trabajo, Tony aprovechó para echarse una siesta en el aparcamiento que había frente al Aurora, el asilo de ancianos donde, según Sibylle, residía *Lehrerin* Rosa, la maestra que había ejercido de tutora de Martin Perkman entre 1988 y 1999.

Cuando Sib repiqueteó en la ventanilla del Mustang, a Tony no se le escapó un grito por muy poco.

Estaba soñando con la niña sin cabeza.

Trece

1

Tony detestaba aquel olor. Alcanfor, desinfectante. Y lirios del valle. Lo rociaban por todas partes. Lirios del valle o agua de rosas. Parecía que no existiera nada más.

No había hecho más que entrar y ya se moría de ganas de largarse.

—*Lehrerin* Rosa, tiene visita —dijo el empleado tras abrir la puerta de una de las muchas habitaciones de la residencia.

Se requería valor, pensó Tony al cerrar la puerta con discreción, para llamar Aurora a un lugar al que la gente iba a morir.

Lehrerin Rosa, esquelética, se quitó las gafas de lectura y las dejó sobre la revista que estaba hojeando, bolígrafo en mano: crucigramas. Les señaló las sillas.

—Eres igual que tu madre, ¿lo sabes, niña?

La enfermera les había dicho que la paciente tenía pocos días buenos y muchos días malos. Y habían tenido suerte.

—¿Me reconoce? ¿Sabe quién soy?

Lehrerin Rosa le dirigió a Sibylle una gran sonrisa.

—Eres Sibylle, la hija de Erika. Tu madre era muy guapa, pero tú lo eres más. Y tienes empuje, se ve. La pobre Erika, en cambio, era frágil. Has venido a hablar de ella, ¿no?

Lehrerin Rosa se expresaba en un alemán perfecto, que Tony lograba seguir sin problemas.

Sibylle acercó la silla a la cama.

—Sí, estoy intentando saber quién era realmente.

—¿Conoces la villa?

—Todo el mundo la conoce.

—Los niños eran encantadores. Tu madre también. Con aquellas cartas del tarot siempre en el bolso. Karin era la única que quería hacer los deberes. Esa niña era seria, igual que su padre. Pero también alegre, no creas. Se sentaban todos juntos en la biblioteca de la villa, alrededor de una mesa ovalada. Y bastaba cualquier tontería para que se echaran a reír. Erika, Elisa, Karin y ese chiquillo siempre en...

—¿Gabriel? —Sibylle la ayudó.

—Gabriel. Por las noches, cuando el doctor Horst lo permitía, subían a la torre. Hay un telescopio ahí arriba. Horst era astrónomo aficionado. Miraban las estrellas. A veces yo también subía con ellos. Era el único momento en que Gabriel se soltaba un poco. Decía que quería ser astronauta de mayor.

—¿Y Martin?

Lehrerin Rosa dejó que su mirada vagara más allá de Sibylle.

—Mi Martin, mi topito.

—¿Por lo del ojo?

—¡Qué crueldad! ¡No! —exclamó *Lehrerin* Rosa—. Por su libro favorito, que quería que le leyera a todas horas. Cada día un capítulo por lo menos, de lo contrario era una tragedia. *El viento en los sauces.* ¿Lo has leído alguna vez?

—Kenneth Grahame. Un clásico infantil —se entrometió Tony con su alemán un tanto lento.

—El Topo era el personaje favorito de Martin.

Sibylle se pasó la mano por entre los rizos.

—*Lehrerin* Rosa, ¿sabe usted por qué sacaron a Martin del colegio en el 88?

—Fue un susto, nada más, pero ya sabes cómo son los niños, ¿no? Se hacen un rasguño y lloran durante horas. Los padres de Elisa amenazaron con denunciarlo, pero Friedrich los hizo entrar en razón. Martin era un topito bueno, con ese ojito ciego que le lagrimeaba siempre que

66

intentaba leer. Y le encantaba leer, solo que... —el rostro de la anciana profesora se petrificó—. Ya sé lo que dicen en el pueblo. Mentiras.

—¿Qué dicen en el pueblo, *Lehrerin* Rosa? —preguntó Tony.

La mujer lo observó como si no se hubiera percatado de su presencia hasta ese momento.

—Que era retrasado. Martin era grande y gordo, tenía la cara quemada y lo llamaban monstruo, pero no le habría hecho daño ni a una mosca. También se reía mucho con Elisa. La levantaba por los aires y ella se reía y se reía. Incluso después del accidente. ¿Entendéis? Ese accidente fue por un arrebato: podía ocurrir que Martin se enfadara, pero solo si lo provocaban. Elisa no era la mosquita muerta que parecía, sabía ser rencorosa. Y de todos modos, una cicatriz nunca ha matado a nadie.

La mujer se ajustó la sábana, estirándola. Parecía enfadada.

Sib intentó apaciguarla.

—En el pueblo todo el mundo me ha dicho que nunca ha habido una profesora más competente que usted.

Lehrerin Rosa sonrió, satisfecha.

—¿Eso dicen?

—Ha dejado muy buenos recuerdos entre la gente, créame. En su opinión, ¿qué le pasaba a Martin?

—Nada —fue la seca respuesta de la mujer—. Martin sufría los prejuicios de los demás. Dejad de hablar mal de él como hacía aquel horrible *horrible* doctor Horst. Martin no era malo, y desde luego no era idiota como se empeñaba en sostener ese charlatán. Yo misma le hice una prueba en cierta ocasión, a escondidas de Friedrich, y resultó que era más inteligente incluso que Karin.

Un suspiro.

—Tenía... dificultades, eso sí. Y su discapacidad no lo ayudaba a hacer amigos. No era él quien entraba en las casas de Kreuzwirt para robar la ropa interior de las mujeres. Estupideces. Martin era un buen niño. ¿No me creéis? El día del eclipse del 99, el 21 de agosto, era mi cumpleaños. Me dolía mucho la cabeza, así que en vez de quedarme en la calle mirando cómo desaparecía el sol, me volví para casa. Y en cuanto cerré la puerta, ¿qué veo? Una figura enorme que me da un susto espantoso. Encendí la luz y, ¿a que no adivináis quién era?

—¿Martin? —se arriesgó Tony.

—Mi topito. Con un bellísimo ramo de flores —exclamó *Lehrerin* Rosa, dando una palmada sobre el colchón—. ¡Ese pícaro se había acordado de mi cumpleaños!

—¿Lo hacía a menudo? ¿Solía regalarle flores por su cumpleaños?

—Al menos hasta que acabé aquí. Demasiado lejos incluso para él. ¿Un niño de esa clase se merece que lo tengan atado a una silla como hacían el señor Perkman y Horst? Yo digo que no. Ningún niño se merece semejante trato. ¿Pero pensáis que alguien me hizo caso? No ya el doctor Horst, pero ¿y el señor Perkman? Si al menos a la señora le hubieran quedado fuerzas. Pero estaba enferma, y yo no me veía con ánimos para decirle lo que le estaban haciendo a mi topito. Pobre Martin.

—Entonces —preguntó Sibylle—, ¿Martin podía salir de la villa?

—No tenía permiso, Friedrich se habría enojado, pero de vez en cuando..., de vez en cuando lograba escabullirse. ¡Qué astuto era mi topito! Además, tras la muerte de la señora, Friedrich redujo el personal, había menos vigilancia.

—Pero Horst... —interrumpió Tony.

Lehrerin Rosa no se encontraba allí con ellos, su mente recorría otros caminos, en un tiempo lejano.

—En la villa vivían Friedrich, Karin y Martin. De cuando en cuando aparecía Peter, el señor Brugger, que era viudo y llevaba con él a su hijito Rudi cuando no había colegio. Peter había construido el invernadero, ¿sabéis? A la señora le gustaba muchísimo ese invernadero. La ayudó a soportar el dolor de la enfermedad. La idea había sido de Friedrich, pero lo construyó Peter. Lirios, rosas. Una maravilla. Pero quedó abandonado al morir la señora; ya no se necesitaba un jardinero, así que Friedrich le encargó a Peter su mantenimiento. Y como no quería más gente a su alrededor, le compró una casa en Kreuzwirt.

La mujer alargó una mano hacia la mesita de noche, aferró un vaso de agua y se humedeció la garganta.

—Friedrich cuidaba de la gente de Kreuzwirt. Tenía muchos defectos, pero ayudaba a todo el mundo.

Volvió a mirar a Sibylle. A través de Sibylle se sumergía en el pasado.

—También estaban allí el doctor Horst y su hijo, aquel muchacho tan guapo que ahora es médico y que siempre fue un poco caprichoso. Markus Horst. No, Markus no. Michl. Michl gustaba a las chicas y su padre lo regañaba. Decía que lo distraían de sus estudios. Desde luego, a Karin le gustaba. En cualquier caso, la villa estaba casi siempre vacía y Martin, en cuanto podía, aprovechaba para dar paseos por el bosque —*Lehrerin* Rosa acarició los tirabuzones rubios de Sibylle—. Y quizás para reunirse con Erika. Erika era la única que lo aceptaba de verdad.

—Los raros se entienden entre ellos.

Lehrerin Rosa soltó una carcajada.

—Eso mismo decía tu madre. ¿Sabes que Erika era muy buena imitando voces de animales? Lo hacía a menudo para Martin. Él se reía, se reía... —la mujer se detuvo, apretó el puño en el aire—. Martin nunca, jamás de los jamases, le habría hecho daño a tu madre. Porque es eso lo que estás pensando, de lo contrario no habrías venido hasta aquí. Ahora ya se ha olvidado de mí todo el mundo. Todos, excepto Gabriel. Él vino a verme. Hace unos años. Con su pelo largo y ese aire de..., no me hagáis recordarlo.

—¿Le preguntó Gabriel alguna vez por Martin? —dijo Tony—, ¿o por Erika?

Lehrerin Rosa estalló en una ruidosa carcajada.

—Gabriel no hacía más que hablar de Erika. Pero sobre todo le interesaba el fantasma. El fantasma y la biblioteca Perkman. Espero que los chiquillos hayan dejado de hacer aquellas horribles bromas. «Erika viene a por ti». Las pintadas en las paredes. Maleducados, maleducados. ¿Lo han dejado?

Sib se encogió de hombros.

—No del todo.

—Pues entonces —dijo la *Lehrerin*—, diles que el fantasma de Kreuzwirt ya existía antes de la muerte de Erika. Aunque no lo llamaran así en otra época.

Sib lanzó una mirada a Tony.

—¿Y cómo lo llamaban?

—El pervertido —exclamó la mujer sorbiéndose la nariz—. ¿Cómo iban a llamarlo si no? El fantasma era un sátiro que entraba en las casas de las mujeres para hacer solo Dios sabe qué.

—¿Por qué Gabriel tenía interés en la biblioteca?

—Era imponente. Había libros de todo tipo. Al menos cuatro enciclopedias distintas, porque Friedrich era un hombre que quería saberlo todo, y una sección cerrada bajo llave que contenía libros antiguos de gran valor. Pero yo nunca la vi. Se lo dije a Gabriel igual que os lo digo a vosotros. Ahora, si no os importa, estoy un poco...

—Una última cosa, *Lehrerin*. Este símbolo..., ¿lo ha visto alguna vez?

La mujer se puso las gafas para observar el papel que Tony le tendía.

—Es la sonrisa del colibrí. ¡Qué imaginación la de esa chica! Erika lo usaba para leer las cartas... Así.

Lehrerin Rosa cogió la revista de pasatiempos y sin decir palabra empezó a arrancar páginas y a cortarlas en pedazos más pequeños. La sonrisa del colibrí apareció sobre la sábana.

—Usted...

De repente, su mirada se había vuelto vacía. Con un esfuerzo que pareció sobrehumano, le hizo una caricia a Sibylle en el pelo.

—¿Por qué una muchacha tan guapa, tan joven, se mató? La muerte de Erika lo cambió todo. Friedrich me despidió y ya no pude ver más a mi topito, salvo a escondidas. Gabriel..., cuando vino a visitarme años después..., hablaba como un drogadicto. ¿Y Elisa? Muerta. Borracha. Hasta su cadáver apestaba a alcohol, eso es lo que dijo Wolfie, que la encontró en..., ¿fue en 2005 o en 2007?

—Fue en el año 2005 —confirmó Sibylle.

—El tiempo es extraño, verdaderamente extraño, querida. El pasado va y viene, el presente parece lejano. Todavía puedo oír las risas de aquellos niños y... —*Lehrerin* Rosa se enjugó una lágrima con el dorso de la mano, repleto de venas y manchitas oscuras—. ¿Por qué lo hizo? ¿Por qué iba a matarse una madre?

Acomodó la cabeza en el cojín y dejó vagar la mirada por la ventana.

Sibylle se puso en pie.

—Gracias.

La mujer no respondió, y en ese momento Tony vio las casillas de los crucigramas. Todas contenían las mismas letras.

Uno vertical. Río que divide en dos Florencia.

«Rosa.»

Siete horizontal. Presidente amado por los italianos.

«Rosaros.»

Doce vertical. Capital de Estados Unidos.

«Rosarosaros.»

Catorce

1

Chiara la librera había mantenido su promesa: el correo de Tony rebosaba de mensajes. Al menos la mitad procedía de aspirantes a escritores que le pedían que echara un vistazo a sus creaciones; la otra ofrecía consultas de diverso género: quiromancia, horóscopo personalizado, lectura de los posos del café. Todos querían conocerlo, todos se declaraban depositarios de algún saber secreto, pero nadie parecía ser capaz de proporcionarle la respuesta que estaba buscando. Tony borró todos los mensajes y volvió a sumergirse en la lectura de *Guía del Arcano,* un manual tan irritante que le producía dolor de cabeza.

2

No había que llamarlo «tarot». Eso solo lo hacían los no iniciados. Y peores eran quienes simplemente decían «cartas». Qué infelices.

Lo que Tony tenía delante se llamaba «Arcanos», término que sonaba mucho mejor que «baraja de tarot», había que admitirlo. Los Arcanos, según el manual que Tony estaba consultando, se dividían en Arcanos Mayores y Arcanos Menores.

Naturalmente, apostillaba H. West, el editor de aquel volumen, los Arcanos contaban con una historia larga y misteriosa. ¿Quién los había inventado? ¿Cuándo lo había hecho? ¿Fueron tal vez los antiguos egipcios, que habían recibido esa sabiduría de los alienígenas? ¿O los babilonios, que pasaban sus días jugando con demonios y divinidades?

Entre resoplidos, Tony le había echado un rápido vistazo a ese capítulo introductorio. Con Hermes Trismegisto o el Libro de Thot (¡escrito sobre planchas de oro!) no sabía qué hacer. A él solo le interesaba profundizar en el tema. En lo concreto.

Siempre que fuera posible utilizar semejante término en ese contexto.

—¿Qué es ese olor, Tony? —preguntó Polianna desde el otro lado de la puerta del estudio.

—Incienso.

—¿Es que has vuelto a fumar?

Tony lo había dejado once años atrás, pero desde que Polianna desenterrara un paquete de Camel de una caja que se remontaba a la mudanza, una de esas cajas sobre las que siempre decía «mañana lo coloco todo, lo prometo, palabra», no dejaba de torturarlo.

—No.

No dio más explicaciones, y por suerte Polianna Nones, la gobernanta de sesenta y un años, consumada cocinera, primera lectora de sus manuscritos y férrea guardiana de su moralidad, volvió a sus cosas. Y Tony a las cartas. No. A los Arcanos.

Como la mayoría de los videntes, Erika prefería servirse de los Arcanos Mayores, prescindiendo de los Menores. Eran los más poderosos, decía la guía.

Interpretarlos, sin embargo, comprendió Tony mientras intentaba extraer algún significado de esas densas páginas de prosa altisonante, no era tan sencillo como había imaginado a primera vista.

De entrada, los Arcanos no tenían un valor constante. Y eso Tony podía entenderlo. En el Shanghái de su adolescencia un puñetazo no siempre significaba un puñetazo. Había puñetazos amistosos, aunque a veces le dejaran a uno un hematoma, y había otros que eran poco más que una palmada pero suponían una perentoria invitación a salir por piernas. Eso si aún existía tal posibilidad.

Por tanto, el Mago, la primera carta de la baraja, no significaba necesariamente «principio» o «presencia de espíritu». Si salía en posición invertida, el Mago significaba «carencia de seguridad, desconfianza» y otras rarezas. Y hasta aquí resultaba fácil.

Sin embargo, cada Arcano cambiaba de significado en función del Arcano que lo flanqueaba. Y eso ya era un verdadero lío. Por la derecha, el Mago dispuesto al lado del Sol quería decir «felicidad venidera». Invertido, bueno..., aún no había llegado a ese punto. Si había veintidós Arcanos Mayores, las combinaciones eran tal vez excesivas para que su memoria pudiera abarcarlas todas. Tony abrió las ventanas.

El olor del incienso le estaba dando náuseas.

Culpa de H. West. El experto decía que para que las cartas del tarot funcionaran mejor era necesario *energizarlas* quemando incienso en su honor. Y como Tony había sido siempre un poco empollón, eso había hecho. Pero era demasiado...

—¿Tony?

—Dime, Polianna.

—Hay sangre en esta camiseta.

Tony se dijo que era un idiota. Lo había olvidado. La bofetada de Sibylle.

Abrió la puerta.

—Me ha sangrado un poquito la nariz.

—Es porque nunca sales de casa.

—Estaba fuera cuando...

—Y tampoco bebes bastante.

—Bebo, Polianna. Por lo menos...

Polianna no le dejó continuar.

—¿Has ido al médico?

—Estoy bien.

—¿Y qué es todo eso?

Tony siguió su mirada.

El escritorio convertido en una especie de altar. La vela. El incienso.

Los Arcanos.

—Es para un nuevo libro.

—Sabes que esas cosas son una estafa, ¿verdad?

—Por supuesto. De hecho, el libro...

—¿Estás escribiendo una de terror, Tony?

Él no contestó.

—Eres un crío, Antonio Carcano. No sabes nada y quieres jugar a asuntos de mayores. ¿Sabes para qué sirven esas cosas? ¿A quién sirven? Al diablo. Él siempre está rondando, en busca de nuevas almas. Y cuando encuentra a un tonto como tú le hace creer que puede leer el futuro con esas cosas. O hablar con los muertos. Y en cambio...

—Es solo para un libro, ¿de acuerdo?

Polianna lo miró con severidad durante unos segundos. Luego volvió la Polianna de siempre.

—La comida está en la nevera. Solo tienes que calentarla. Y este cachorrín necesita desentumecer los huesos.

Tony se acercó a ella, le dio un beso en la mejilla.

—Hasta mañana.

—Acuérdate de beber.

Quería mucho a esa mujer.

Quince

1

Schüttelbrot y *speck* a esa hora de la mañana no eran la idea de desayuno que tenía Tony. De todos modos, para no quedar mal, siguió el ejemplo de Sibylle. Incluso sonrió y elogió la calidad del pan de centeno y el *speck*. Además, Tony nunca bromeaba con nadie que poseyera tantas armas.

En la casa, a un par de kilómetros de Kreuzwirt, rodeada de árboles y una cerca recién pintada, había en abundancia. Sobre todo escopetas. Algunas eran piezas de museo, como la de avancarga sobre la chimenea; otras más modernas se exhibían en una vitrina protegida por un cristal a prueba de golpes.

Aparte de ese polvorín, decoraban las paredes de la sala cabezas de ciervos de varias dimensiones, un urogallo disecado, un par de marmotas y hasta un *Vulpendingen* de divertido aspecto, así como un montón de zorros. Tony contó quince. El anciano sin duda odiaba a esas pobres bestias.

—¿Has cazado alguna vez, señor escritor?

—Solo problemas, señor Egger. Mi padre me llevó en una ocasión a un parque de atracciones. Había uno de esos juegos donde quien le da al globo gana algo, pongamos un osezno. En mi caso, un fantástico coche teledirigido. Me temo que aún sigue allí.

El anciano se rio.

—Esas cosas están preparadas para..., ¿cómo se dice en italiano?

—¿Estafarte?

—Estafarte, eso es.

—Quería darle las gracias por habernos recibido sin haber avisado antes, señor Egger —dijo Sibylle, dejando un vaso de té frío sobre una mesa que había conocido días mejores.

—Solo Wolfie. Así me llamaba tu madre, pobre muchacha, y también mi pobre Margherita. Quería mucho a Erika, ¿te lo han dicho?

—La tía Helga siempre decía que la señora Margherita era una mujer especial.

—*Genau*. Tenía un gran corazón. Igual que tu madre. Lo lamenté de veras cuando supe lo que había hecho. Todo el mundo quería a Erika.

—¿Y a Elisa?

Los ojos de Wolfie se entornaron.

—¿Estáis aquí por ella?

—También.

El anciano se levantó del sillón, se acercó a la ventana y ajustó un poco las cortinas.

—La encontré yo, pero eso ya lo sabéis.

—¿En 2005?

Wolfie se sentó otra vez. Cruzó las piernas. De no ser por las botas de montaña y la cara socavada por la intemperie, habría parecido un profesor retirado.

—Había una pequeña tienda de campaña. Y un montón de botellas, dentro y fuera. Vodka. Estaba dando mi paseo habitual y esas malditas botellas fueron lo primero que me llamó la atención. Las botellas y la tienda. Era amarilla y estaba abierta. Dentro encontré también un poco de hierba. No pongas esa cara, Sibylle, sabes muy bien de qué clase de hierba estoy hablando.

—En el periódico no se decía nada al respecto.

—¿Y por qué iban a decirlo esos metomentodos, criatura?

—Ya, claro.

Wolfie sacó un cigarrillo arrugado del bolsillo de la camisa a cuadros verdes y azules y lo encendió utilizando un mechero microscópico.

—Elisa ya no era la buena chica de antes. Lamento decirlo, pero es verdad. Si queréis mentiras, como decía mi pobre Margherita, la iglesia más cercana es la de Campo Tures. Sin embargo, Elisa había tenido una idea genial. «Turismo de saco de dormir», así lo llamaba. Había creado una agencia.

El anciano señaló el *speck*.

—¿No os gusta?

Sib y Tony se sirvieron una loncha cada uno. Freddy imploró a ambos, sin obtener nada más que una caricia. El *speck* estaba *verboten* para perrazos como él.

—La gente pagaba para que la llevaran de acá para allá —prosiguió Wolfie, satisfecho—. Cagaban entre las zarzas y comían cosas chamuscadas en fogatas al aire libre. No en Kreuzwirt. Gracias a Dios, y a la reserva Perkman, esos turistas no llegaban al valle. Pero era buena idea. Con la excusa de la llamada de la naturaleza, la gente estaba dispuesta a soltar un montón de pasta con tal de disfrutar de la experiencia. Vivir la montaña. ¿No es eso lo que decís vosotros los jóvenes?

El hombre miraba a Tony.

—Algunos.

—Elisa bebía. Demasiado, quizá. Por eso había dejado la universidad. Habría sido la primera de su familia en sacarse un título. Pero lo dejó al cabo de un par de semestres. O de trimestres, no sé cómo funciona. Margherita decía que yo estaba licenciado en chorradas y mierda seca.

Una risa catarrosa.

—¿Cómo murió Elisa?

—¿Tú qué crees, jovencito? Estaba borracha. Resbaló. Se golpeó la cabeza y *kaputt*.

Wolfie apagó el cigarrillo. Tony aprovechó para enseñarle una hoja de papel en la que había dibujado la sonrisa del colibrí.

—¿Vio esto allí? ¿En 2005?

—¿La sonrisa del colibrí? ¿Y por qué iba a encontrar eso donde murió aquella chica?

—¿Conoce usted la sonrisa del colibrí?

—Todo el mundo la conocía, y además, ya os he dicho que Margherita le tenía un gran cariño a Erika. Y sabía que los niños no hacen más que comer y cagar. Si en mis tiempos al menos cagar era gratis, ahora, con los pañales de usar y tirar, cagar también cuesta dinero. Así que, a cambio de algunas liras, se hacía leer las cartas. Teníais que haberlas visto juntas. Me gustaba mucho oír a Margherita reír de esa manera. Afirmaba que Erika adivinaba el futuro de verdad —Wolfie daba golpecitos con los dedos en el brazo del sillón—. No le predijo el cáncer, sin embargo. Quién sabe, quizás ahora aún seguiría viva y yo no me pasaría los días disparando a los zorros. Y...

Como si de repente se hubiera acordado de algo extremadamente importante, señaló a Freddy, que se había acurrucado a los pies de Tony.

—¿Tienes una correa para el perro?

—Por supuesto.

—Pues procura tenerlo siempre atado aquí en el valle. Por los zorros.

—¿Desde cuándo los zorros atacan a los perros?

—Tienen la rabia. Kreuzwirt es la única zona del Alto Adigio en la que es endémica. Aunque pongas cebos con vacunas para los zorros y los murciélagos, puesto que son los murciélagos los que pasan el virus, no hay nada que hacer. La rabia sigue estando ahí. ¿Has visto alguna vez un animal con la rabia?

—No.

—No es un bonito espectáculo. Y no me gustaría nada encontrarme en la misma habitación que un san bernardo rabioso.

—Freddy no le haría daño ni a una mosca.

—La rabia obliga a hacer cosas raras a los animales. Si caen enfermos es necesario abatirlos. Por desgracia, no es posible hacer lo mismo con las personas. A estas hay que intentar curarlas. No, no estoy siendo cínico. El tratamiento no es agradable. Más bien doloroso. Y son pocos los que sobreviven. Pocos, pero los hay. Por suerte para ti, Sibylle.

—A mí nunca me ha mordido un zorro —dijo Sib—. No recuerdo tal cosa...

—Me refería a tu madre.

—¿Erika?

—De pequeña, tu madre era..., sí, un poco extraña. Pero —se apresuró a añadir— no por culpa suya. Tu abuela, Helene, no estaba muy bien de la cabeza. Te lo habrá dicho Helga, ¿no?

La tía Helga le había confesado que su hermana padecía una grave enfermedad que la incapacitaba para cuidar de sí misma y de su hija. Y en el pueblo se limitaban a decir que su abuela estaba loca de remate. Fuera como fuese, sí, Sibylle lo sabía.

Wolfie se encendió el enésimo cigarrillo.

—De pequeña, a Erika le gustaba vagar por los bosques completamente sola. Era mejor que quedarse en casa, imagino. Me la encontraba a menudo durante mis paseos. Una niña rubia preciosa que podía pasarse horas hablando con un petirrojo o una comadreja.

—¿Hablando?

Wolfie sonrió.

—Gorjeaba. O silbaba a las marmotas. A los milanos. Aseguraba que sabía hablar con los animales y que los animales le contestaban. Era una especie de hada, ¿comprendes? Lo que ocurre es que los animales son animales, no juguetes...

Dieciséis

1

La niña permanecía acurrucada entre las raíces del pino, en el bosque. Había salido de casa porque mamá había empezado a romper platos. «¡Así es más práctico!», le había explicado, tan contenta, a Erika. Y Erika se percató de que era hora de salir.

Lloraba. La herida aún le quemaba, pero no lloraba por eso. Tampoco por el terrible dolor de cabeza que la había despertado esa mañana y le hacía castañetear los dientes; ni siquiera porque su madre estuviese rompiendo platos y esa noche fueran a comer directamente de las cacerolas. Erika lloraba porque tenía sed.

Una sed espantosa.

Sin embargo, era incapaz de beber. Cuando intentaba acercar el agua a sus labios la asaltaba una náusea feroz.

Y luego, lo sentía por el señor Zorro. Siempre había sido amable con ella. Pero dos semanas atrás, el señor Zorro la había mordido.

Erika lloraba por eso más que por la sed, porque desde entonces no había vuelto a ver al señor Zorro y quería disculparse con él. Los animales eran buenos. Si te mordían o te amenazaban, era porque les habías hecho algo.

Nunca al contrario.

—Eh, ¡pequeña!

Wolfie. Por lo general era un placer encontrarse con el guardabosques, un tipo chistoso que siempre le regalaba un chicle. De esos que pican en la lengua.

—¿Qué te pasa?

—Mamá no está bien.

Wolfie se encendió un cigarrillo. Cuando Wolfie fumaba, era señal de que tenía ganas de hablar. Erika, en cambio, quería estar sola.

—¿Y tú?

—Creo que tengo un poco de gripe.

—¿Puedo ver ese corte en el brazo?

—No es nada.

—Pero no te importa que le eche un vistazo, ¿verdad?

Erika le enseñó la marca de los dientes del señor Zorro.

Wolfie se puso lívido. Se aclaró la voz y tiró al suelo el cigarrillo. Eso alarmó a Erika.

Wolfie nunca dejaba un cigarrillo a medias, y ni en sueños se le ocurría abandonar en el bosque una colilla todavía encendida. Siempre la apagaba con la suela de la bota antes de guardarla en el bolsillo de su camisa.

—¿Te duele la cabeza, pequeña?

—Un poco.

—¿Te ha mordido un zorro?

Erika no respondió.

Wolfie se descolgó la escopeta del hombro y se acuclilló frente a ella.

—Puedes decírmelo.

—Fue culpa mía —Erika contenía las lágrimas a duras penas—. No le pegue un tiro al señor Zorro, Wolfie. No es malo.

—No lo haré, te lo prometo. Pero, dime, ¿cuándo te ha mordido? ¿Ayer?

—Hace dos semanas.

Wolfie sacó la cantimplora y la agitó. El sonido del agua hizo estremecerse a la niña.

—Hoy hace calor, ¿verdad? —dijo el guardabosques—. A mí este calor me da mucha sed. ¿Tienes sed, Erika?

Wolfie dejó caer un chorrito de agua de la cantimplora. Límpida, clara. Fresca.

A Erika se le pusieron los ojos en blanco.

2

—Empezó a revolverse. Intentaba arañarme en medio de los espasmos. Parecía endemoniada. Escondí la cantimplora, y en cuanto Erika dejó de ver el agua se calmó. La cargué a hombros y salí corriendo hasta el pueblo, y desde allí, con el jeep, la llevé hasta Bresanona. Al hospital. Habría bastado con que Helene hubiera estado más atenta, o Erika hubiera dicho antes que un zorro la había mordido. Pero es que ella...

—A Erika la Rarita se le había metido en la cabeza que era culpa suya —fue el comentario ácido de Sib.

—Era el año 92. Tu madre era una cría. Sola y con una madre loca. No hablarías así si hubieras visto lo que tuvo que soportar. Hubo que aplicarle el protocolo de Milwaukee. ¿Sabéis lo que es eso?

Tony y Sibylle negaron con la cabeza.

—Un buen puñado de fármacos. Cuando llegué a urgencias, los médicos no sabían dónde meter la cabeza. Y no es difícil imaginar por qué: hacía décadas que no veían a alguien con rabia en un estadio tan avanzado.

—Si a mí me mordiera un zorro rabioso —dijo Tony—, no dejaría pasar dos semanas antes de ir al hospital.

—En ese caso, con la vacuna sería suficiente. Tres dosis. Son dolorosas, pero te salvan la vida. El protocolo de Milwaukee es terrible. El médico dijo que había una posibilidad entre cien de que Erika se salvara. Margherita lloró mucho, y yo también...

—¿Y Helene? —preguntó Sib.

—Helene ni siquiera fue a ver a su hija. Nunca. Los médicos llamaron a los servicios sociales, que acudieron rápidamente a casa de tu abuela. La encontraron intentando prenderles fuego a las cortinas. Helene acabó en una clínica psiquiátrica, donde murió un par de años más tarde, cuando los servicios sociales ya le habían confiado a Erika a tu tía Helga.

—Lo sé.

—El día en que ingresaron a Erika, rezamos. Recé yo y rezó Margherita, que nunca iba a misa y siempre había tenido una relación un tanto particular con el altísimo. El uno por ciento, Sibylle. Había un noventa y nueve por ciento de posibilidades de que jamás hubieras visto la luz. Pero Erika era fuerte. Y también lo era Helga. Una solterona de pueblo, me dijo cuando el tribunal le entregó a Erika, que se encuentra con una hija sin el placer del parto. Helga era una mujer dura. Solo la he visto llorar en dos ocasiones. La primera cuando los médicos dijeron que Erika estaba fuera de peligro, y la segunda cuando la devolvieron a casa, en el 98.

—¿1998? —preguntó Tony, confuso—. ¿Erika pasó seis años en el hospital?

Sibylle miró a Wolfie con tal carga de odio que Tony pensó que quería echarle las manos al cuello.

—En 1998 —dijo Sib—, Erika se escapó de casa. Cuando volvió, estaba embarazada. Nunca confesó quién era el padre. Y regresó *por su cuenta*. Nadie la llevó de vuelta a casa. Siempre me lo han contado así.

—Las cosas no siempre son como nos las cuentan. Ya eres adulta, Sibylle, deberías saberlo.

—¿Quién?

Wolfie agachó la cabeza.

—¿Quién la encontró? ¿Dónde?

Wolfie se levantó y abrió la puerta de entrada.

—No soy yo a quien debes preguntárselo, niña. Y tú, ponle la correa al san bernardo. No existe un protocolo de Milwaukee para animales.

Diecisiete

1

—¿Por qué no me lo has dicho?

«¿Y por qué demonios nadie había hablado del tema en el 99?»

En vez de responder, Sib gruñó.

—¿No puedes hacer que este cacharro vaya más rápido?

Solo la velocidad podía calmarla, y Sibylle no quería presentarse así en casa de la tía Helga. Enfadada, o mejor dicho, furiosa. Se arriesgaba a decir cosas de las que después se arrepentiría. Pero al escritor le pesaba el culo. El Mustang no pasaba de los cuarenta por hora.

—Responde a mi pregunta —dijo Tony.

Sibylle se mordió los labios.

—Pensaba que ya lo sabrías. Creía que no era importante.

—¿Tu madre desaparece un año antes de su muerte y creías que no era importante?

—El Mustang del 68 tiene un motor de trescientos caballos. Caballos, no tortugas. Ocho cilindros en V —gritó Sibylle—. Y tú no estás utilizando ni la mitad.

Tony captó la indirecta. Se quedó callado. Pero no aceleró.

2

Wolfie debía de haber echado mano al teléfono en cuanto Tony y Sib salieron por la puerta. Al llegar a la casa de la tía Helga, con sus reglamentarios geranios rojos en las ventanas y un pequeño rectángulo de césped bien cuidado alrededor, la mujer estaba esperándolos. Junto a ella había un tipo al que Tony no conocía. Alto. Cráneo rapado. Un arete de oro en la oreja que le hacía parecer un pirata.

Sibylle se bajó del Mustang antes incluso de que Tony detuviera la marcha.

—Tenemos que hablar. Ahora.

Entró en la casa sin más explicaciones.

La tía Helga, una mujer alta y robusta con el pelo rizado, la siguió. El tipo que parecía un pirata esperó a que Tony se acercara para estrecharle la mano.

—Oskar.

—Tony.

El dueño del Black Hat tenía unos diez años más que Tony y, a juzgar por sus bíceps, habría podido derribarlo con una mano atada a la espalda de haberlo querido.

O al menos intentarlo, pensó Tony. Durante un instante, entre ambos saltaron chispas.

Luego Oskar se apartó y Tony se dirigió a la cocina de la casa en la que tanto Erika como su hija habían crecido (había dibujos infantiles de las dos colgados en las paredes); Sibylle ya había empezado a acribillar a la mujer a preguntas.

—Haz el favor de mostrarle respeto a tu tía —atronó Oskar a espaldas de Tony.

—Vosotros dos no habéis hecho más que mentirme —protestó Sibylle—. Durante años.

—¿Es eso lo que le cuentas a tu amiguito? ¿Que somos unos mentirosos?

Amiguito. Un clásico.

Tony no cayó en la provocación.

—Si tenías algo que decirme, podías haberlo hecho fuera. Lejos de los ojos de las señoras, para entendernos. Así que no hay necesidad de que fanfarronees. Lo único que quieres es ganar tiempo. Por tanto, cierra el pico.

Al oírle hablar de ese modo, Sibylle abrió unos ojos como platos.

Tony se sentó a su lado.

Oskar se dirigió a la muchacha.

—En realidad, soy yo quien te debe explicaciones. Pero primero quiero que sepas una cosa.

—Ahórrame esa chorrada de que lo hicisteis por mi bien, ¿okey?

Freddy aulló.

Mientras Oskar empezaba a hablar, la tía Helga llenó un cuenco con agua y lo colocó delante del hocico del san bernardo. No le ofreció nada a Tony. Eso también era un clásico.

Dieciocho

1

El aire era fresco. Olía a agujas de pino. Y a cerveza. Sobre todo a cerveza. Más sutil y más acre, el hedor de los tubos de escape. De fondo, el de orines.

Oskar aparcó el coche, un Volkswagen Golf blanco, dejando encendidas las luces de emergencia. No es que fuera necesario, porque el aparcamiento estaba casi vacío, pero era un modo de recordarse a sí mismo que solo iba a buscar una hamburguesa y una cerveza.

Se desentumeció la espalda y se encaminó hacia el chiringuito situado en el centro de la explanada, un quiosco de los que se encuentran a orillas de cualquier carretera estatal. Un *brattaro,* como los llaman en el Alto Adigio. Etimología banal pero eficaz. ¿Qué hacen en un *brattaro?* Cocinan *bratwurst,* hamburguesas y todo cuanto pueda resultar dañino para la salud. Regándolo con litros y litros de cerveza Forst.

Oskar se sentó en un taburete delante del mostrador, aunque el calor de la plancha era casi insoportable. Pidió una hamburguesa y patatas fritas con kétchup y tabasco.

Llevaba ya media hamburguesa cuando oyó una voz familiar. Oskar era una persona que solía ir a lo suyo, y los *brattari* de esa tierra, a cualquier latitud, eran oasis de paz y amor en los que todo el mundo tenía el sacrosanto derecho de ir a lo suyo. Pero se daba la circunstancia de que esa voz era la de Erika.

Y Erika se había escapado de casa meses atrás. Cinco, más o menos. Y ni Helga ni los carabineros habían logrado encontrarla. En Kreuzwirt, algunos decían que se había matado. No era eso lo que pensaba Oskar. Él conocía a Erika desde pequeña, la quería, le había dado un trabajo a tiempo parcial en el Black Hat, y estaba seguro de que Erika nunca se mataría. Era un alma inquieta, eso sí. Todos los chicos de su edad deseaban marcharse, hacían grandes proyectos, aunque al final los grandes proyectos se estrellaban contra la realidad. En Kreuzwirt se vivía bien. Los grandes proyectos eran para los chicos de ciudad, no para ellos.

Oskar dejó la hamburguesa en el platito de plástico, se limpió las manos y se acercó a un Panda azul. Había una muchacha inclinada junto a la ventanilla, hablando con alguien del interior.

—¿Erika?

La chica se dio la vuelta, sorprendida. El Panda se puso en marcha y desapareció.

—¿Qué haces aquí, Oskar?

Erika parecía cansada.

Tenía ojeras, y el aspecto de alguien que no ha comido decentemente en muchos días. Oskar sintió el impulso de abrazarla, pero se contuvo.

¿Eran hematomas lo que veía en sus brazos?

—Tu tía está preocupada.

Erika agachó la cabeza.

—Y yo también —prosiguió él.

Ella no contestó.

—Te han buscado en los barrancos. Con perros.

—No estoy muerta.

—Podrías haber escrito una carta.

—¿Y de qué habría servido?

—¿Te apetece volver a casa?

—Yo —dijo Erika— no me encuentro muy bien.

Y entonces Oskar la abrazó. La llevó con la tía Helga. Y la tía Helga avisó a los carabineros. A la mañana siguiente, Erika se despertó vomitando. La tía Helga comprendió enseguida el motivo.

«Esperemos que el niño esté bien.»

Fue eso lo que le dijo a Oskar por teléfono, rogándole que las acercara al hospital.

Los moratones no tenían importancia. Erika sufría una leve deshidratación. Al margen de eso, estaba sanísima.

Y sí, Erika la Rarita estaba embarazada.

Diecinueve

1

—¿Qué *brattaro* era? —preguntó Sibylle—. ¿El que está en la nacional 621? ¿En la K?

—En aquella época era diferente.

Una sonrisa maliciosa en el rostro de la muchacha.

—¿Mi madre era puta?

Oskar cruzó sus fornidos brazos sobre el pecho. La tía Helga no hacía más que retorcer el delantal. Sib dio un puñetazo en la mesa.

—¿Era toxicómana? ¿O las dos cosas?

—Cálmate, Sibylle —murmuró Tony—. Por favor.

La muchacha se volvió hacia él, el índice levantado.

—Ni se te ocurra. Ni lo intentes.

—Tú no eres así —continuó Tony, tranquilo—. ¿Qué habrías hecho en su lugar?

—Habría dicho la verdad.

—La verdad —dijo Helga— es que no lo sabemos. En ese lugar... ¿había prostitutas? Sí. ¿Había camellos? Era del dominio público. ¿Pero podemos estar seguros de que Erika se prostituyese? Ella nunca dijo nada.

Sibylle resopló, despectiva.

—Y vosotros nunca se lo preguntasteis. ¿No funcionan así las cosas en Kreuzwirt?

—Tenía dinero —añadió Oskar—. No mucho, pero lo bastante para ir tirando durante algún tiempo. Estuvo fuera solo cinco meses.

—Ciento sesenta y tres días —precisó la tía Helga—. No puedes hacerte una idea de lo mal que lo pasamos.

—Intenta explicármelo.

—¿O qué? —estalló Oskar, perdiendo la paciencia—. ¿Te escaparás de casa tú también? ¿Te irás con este... tío? —dijo, aunque era *walscher* lo que en realidad quería decir.

—¿Ya lo hacía antes de escaparse? —Sib era un río desbordado—. ¿Se prostituía? ¿El tarot era una tapadera? ¿De dónde sacaba el dinero?

—Tenía su sueldo de camarera en el Black Hat. Y propinas. Además, leía las cartas. La gente le...

—¿Le daba limosna?

—Eres muy injusta —exclamó Oskar—. Todo el mundo quería a Erika.

—¿Me permitís que empiece a dudar de ello?

—¿Te hemos mentido? —dijo Helga—. Sí. Por tu bien. Por el de Erika. Volvería a hacerlo mil veces. Te juro por Dios que eso es lo que Erika habría deseado. Te quería, no sabes hasta qué punto. Habría hecho todo para protegerte.

—¿Tienes idea de cuánto odio a esa gilipollas?

La tía Helga palideció. Fue como si Sib la hubiera abofeteado.

Incluso Oskar pareció acusar el golpe.

—Ella —insistió escandalizada Helga— era tu madre.

—Yo no tengo madre —respondió Sibylle despacio, marcando cada sílaba—. Nunca la tuve. No tengo más que mentiras. Un cúmulo de mentiras. Una hermosa montaña de mierda humeante. ¡Todo el mundo quería a Erika! ¡Todos la adoraban! Qué bonito estribillo. Y a pesar de ello, Erika se escapó de casa. Erika se suicidó. ¿O es que eso también es mentira?

—¿Qué estás diciendo? —preguntó Oskar.

—Estoy diciendo que las personas que se sienten amadas no se suicidan. No se escapan. Y no van por ahí pidiendo limosna.

—Te prohíbo —estalló Helga— que digas esas cosas delante de mí. Erika jamás pidió limosna a nadie. Era la

96

gente la que quería que le adivinaran el futuro. Yo odiaba el maldito tarot. Pero era lo único que esa desequilibrada de mi hermana había logrado enseñarle y Erika nunca se separaba de las cartas. ¿Quieres saber cómo creció? Cuando me la entregaron, Erika dormía en el suelo. Cogía las mantas y se metía debajo de la cama. Se hacía un nido, igual que un animalito. Tardé meses en convencerla para que durmiera en el colchón. Dejaba la ventana abierta incluso en pleno invierno. En la escuela, después... Ella...

Helga se derrumbó.

—Tenía pocos amigos. Era difícil estar cerca de ella.

—Eso ya lo he oído, tía Helga. Erika la Rarita. «Erika viene a por ti».

—Tonterías. Nada más que tonterías.

—Pero yo nací en medio de todo eso que tú llamas tonterías.

—Son solo maldades.

—¿Maldades? ¿En un lugar tan acogedor como Kreuzwirt? ¿Lo dices en serio?

Oskar le puso una mano en el hombro.

—Te entiendo, Sibylle. Es lógico que te hagas preguntas. Y es justo. Pero la verdad es que Erika se llevó consigo las respuestas en el instante en que decidió suicidarse.

Sibylle se revolvió con brusquedad y se puso de pie.

—Ella no se suicidó. A Erika la mataron.

Helga se persignó.

Sibylle agachó la cabeza, el pelo le cubrió la cara. Pero no estaba llorando.

Tony podía ver su mirada. Esa muchacha era determinación en estado puro. A los veinte años él no habría sido capaz de soportar tanta presión. Intentó ponerse en su lugar y sintió escalofríos. Se habría vuelto loco. Sib, en cambio, no solo resistía sino que tenía la suficiente sangre fría para obligar a aquellos dos a moverse por un campo minado. Ni la mujer del hoyuelo ni el rapado se percataban, pero Sibylle los estaba doblegando.

—Estupideces —Oskar soltó una carcajada tan falsa como ruidosa.

—¿Y quién iba a matarla? —preguntó la tía Helga—. ¿Es eso lo que se te ha metido en la cabeza? Dios santo. Todo el mundo...

—... quería a Erika. Por supuesto. Seguro. ¿También los que pintan la sonrisa del colibrí por las paredes de Kreuzwirt? ¿Los que se divierten con el fantasma?

—Es una manera de reaccionar —contestó Oskar—. Infantil, horrible, pero una forma al fin y al cabo de superar el trauma. La gente se ríe de las desgracias para no llorar.

—Las personas —lo corrigió Tony, sombrío— se ríen de lo que les da miedo.

—Gilipolleces.

Sibylle miró fijamente a Oskar.

—¿Realmente crees en lo que dices?

—El suicidio de Erika cambió muchas cosas. Es una herida todavía abierta.

—¿Como Elisa?

Oskar la miró con dureza.

—Y como Gabriel. También sabes de él, ¿no?

—Sé —mintió Sibylle— cuál fue su final.

Tony se apuntó mentalmente que no debía jugar nunca al póquer con ella.

—Era un chico frágil. Acabó con malas compañías. La última vez que lo vi...

—Oskar...

—No, Helga. Sibylle lo descubrirá por su cuenta. Te dijimos que Gabriel no fue al entierro de tu madre. Y no era mentira. Pero lo vi en el de Elisa. En 2005.

—Entonces, no es cierto que Gabriel no volviera a pisar Kreuzwirt.

—Se quedó aparte. Llevaba barba y el pelo largo. Estaba ojeroso, inquieto. No hacía más que mirar a su alrededor. Como un paranoico.

—O un adicto.

—Sí.

—Elisa muerta. Gabriel, toxicómano. Karin...

—Karin tiene que sacar adelante su empresa. No le ha quedado más remedio que crecer deprisa.

—¿Y Martin?

—A Martin déjalo estar, pobre muchacho.

—Él también desapareció del mapa.

—Está enfermo.

Sib cambió de tema.

—¿Qué pasó con Gabriel en el entierro de Elisa, en 2005?

Oskar meneó la cabeza.

—Me acerqué a él. Quería saludarlo, preguntarle por sus padres. Pero en cuanto me vio se largó pitando en la furgoneta. Desde entonces no he vuelto a cruzármelo.

«Bum», pensó Tony. Oskar había pisado una buena mierda.

Clavó sus ojos en los del dueño del Black Hat.

—¿Qué furgoneta?

—No lo recuerdo.

—Los drogadictos no tienen furgonetas. Los drogadictos trabajan para alguien que tiene una furgoneta. ¿Qué puedes decirnos sobre esa furgoneta, Oskar? ¿De qué color era? ¿Tenía alguna inscripción? ¿Del tipo: Fontaneros Carcano o Limpieza de Mierda Séptica Tony?

—Déjalo ya. Déjalo.

—¿Y por qué? Si en realidad no hay nada que descubrir...

—Nada de nada.

—... con respecto a Erika, ¿por qué impedir que Sibylle tenga unas palabras con uno de sus amigos?

Helga interrumpió la riña.

—¿Habéis intentado hablar con Karin?

—La furgoneta —dijo Sib, vuelta hacia Oskar—, háblanos de esa furgoneta.

Veinte

1

Tony trató de no pensar en lo que estaba a punto de hacer. Eran las once de la noche del día siguiente a aquel al que había bautizado para sí mismo como «el martes en que hice amigos en Kreuzwirt»: la mirada cargada de odio con la que Oskar se había despedido era para incluir en las enciclopedias bajo la entrada «Tarde o temprano volveremos a vernos».

Pero eso había ocurrido ayer.

Hoy los mosquitos estaban comiéndoselo vivo, Tony había rebasado el estado de preocupación y no podía hacer más que comprobar el reloj y esperar.

Se llamaba libre albedrío: estaba a punto de suceder algo malo porque él iba a hacer que sucediera. Y lo iba a hacer porque esas eran las reglas.

Por eso había dejado a Freddy en Bolzano.

Las últimas palabras que la tía Helga le había dirigido a Sibylle habían sido: «Estás persiguiendo fantasmas, chiquilla mía». Tony pensó en ello toda la noche. Flannery O'Connor, una autora a la que Tony adoraba, había escrito que los fantasmas sabían ser crueles e instructivos. Cuadraba a la perfección con lo que Sibylle estaba viviendo. El fantasma de su madre amenazaba con destrozarle la vida.

No era la primera vez que Tony veía algo así. Su propio padre había vivido atormentado por los fantasmas. El fantasma de la pobreza, del que huyó al emigrar al Alto Adigio, lo había vuelto todavía más miserable. El fantasma del racismo que le dio la bienvenida lo convirtió en un racista de la peor calaña. Y quedaba un fantasma aún más espantoso. El de la violencia.

¿Era esa la crueldad instructiva de la que hablaba Flannery O'Connor?, se preguntaba, bebiendo a sorbos una cerveza ya tibia. Tal vez sí o tal vez no. ¿Qué sabía él de lo que pasaba por la cabeza de los grandes escritores? Él solo era una Sophie Kinsella con...

—¿Tony? ¿Carcano? *¿Medianoche y un beso?*

Tony levantó sus ojos de la jarra de cristal.

Sonrió.

2

El logotipo azul de la furgoneta Ducato blanca que según Oskar conducía Gabriel el día del entierro de Elisa gozaba, al menos en determinados círculos, de una fama moderada: Lavanderías Industriales Baldini.

Esa mañana, mientras a Sibylle le tocaba turno en el local, Tony visitó la sede central de Merano, una gran nave situada en la carretera de Sinigo.

El señor Baldini, un hombre de unos sesenta años con hombros de jugador de hockey que a duras penas contenía la camisa a rayas, lo recibió con un apretón de manos y un comentario de admiración sobre el Mustang y lo invitó a entrar en su oficina.

—De modo que está buscando a Gabriel Plank, ¿es eso?

—Tengo entendido que en 2005 trabajaba para usted.

—¿Y por qué lo busca?

—Asuntos privados —Tony se había preparado la respuesta mientras iba de camino a la lavandería.

—¿De dinero?

—No. Un tío de Gabriel se está muriendo. Es una cuestión afectiva. El hombre sentía un gran apego por ese muchacho.

—Lo lamento. La enfermedad, quiero decir. ¿Pero es en serio? —se le escapó a Baldini—. ¿Siente apego por ese pedazo de mierda?

—Nunca se casó y no tiene hijos. Cuando Gabriel era niño, se ocupaba de él a menudo —le aclaró Tony—. Luego dejaron de verse. Yo soy amigo de la familia. Es una buena persona. Lo único que quiere es poder despedirse de él. Ya sabe cómo son estas cosas.

—Pues se arriesga a una desilusión. Gabriel ya no es ningún niño. No aquel niño, por lo menos.

—¿Sabe dónde puedo encontrarlo?

Baldini hizo girar el sillón para poder mirar por la única ventana de la oficina.

El patio delantero era un ir y venir de furgonetas y personal que empujaba carritos repletos. A pesar de que el edificio estaba insonorizado, se percibía con claridad el zumbido de la colosal maquinaria en funcionamiento.

Una chimenea con el logo de la lavandería despedía humo blanco en un cielo color cobalto.

—Por lo que a mí respecta, que se vaya al infierno. Y que no se diga que no soy una persona paciente, señor Carcano. Gabriel robaba. Él se encargaba de la recogida y entrega de las sábanas y otras piezas en los hoteles de los clientes de la empresa. Hablamos de 2003, 2004. En 2004 lo pillaron metiendo mano en los cajones de los huéspedes. Me rogó que no lo despidiera, me dijo que estaba pasando una mala racha, y como era la primera vez que lo pillaban me encargué de arreglar las cosas. Pero no soy tonto, ¿sabe?

—Como se suele decir, la primera vez el ladrón eres tú —recitó Tony—. La segunda, el idiota soy yo.

Baldini asintió secamente.

—Así es. Entonces dejó de ocuparse de los hoteles. Demasiadas tentaciones. Le asigné los hospitales y los restaurantes. ¿Qué podía robar en un hospital? ¿Catéteres y antibióticos? Menuda broma. ¿Y en el restaurante? ¿Platos y cubiertos?

—Y en cambio volvió a...

—Ojalá. Un buen día me enteré de que ese drogadicto, con otro compinche suyo, usaba mis furgonetas para hacer sus entregas, no sé si me entiende. Un delito para acabar en la cárcel una buena temporada. Y yo con ellos.

—¿Gabriel era ladrón, toxicómano y camello?

—Y muy violento. Se liaba a golpes con cualquiera sin motivo. Perdía los nervios con facilidad.

—¿Lo despidió en el año 2005?

—En noviembre, sí. Me puso las manos encima —una sonrisita en la cara del hombre—. Digamos que lo intentó.

Tony se rascó la barbilla.

—Sé que estoy abusando de su tiempo, pero he hecho una promesa. Y debo encontrar a Gabriel.

Baldini se sorbió la nariz. Tamborileó con sus dedos rechonchos en el escritorio.

—No me tome el pelo, Carcano. Es usted un pésimo actor, permítame que se lo diga. He descubierto lo que quiere. Usted no está buscando a Plank, que es un don nadie. Busca al otro, al del sombrero de *cowboy*. Su compinche. Usted es poli, ¿verdad?

—¿Trapichea todavía?

Baldini se mostró retraído.

—Yo de esas cosas no hablo.

—Pero sabe dónde puedo encontrarlo.

El hombre se masajeó las encías con el índice rechoncho, observándolo.

—Se lo agradecería mucho. Y no solo yo.

Cuando Baldini le proporcionó la información, Tony se quedó de piedra. Carretera nacional 621. Variante K. El *cowboy* amigo de Gabriel era dueño del chiringuito de hamburguesas en el que Oskar había encontrado a Erika en el 98. «El mundo es un pañuelo —se dijo Tony mientras regresaba a Bolzano—, y el Alto Adigio aún más».

Sin embargo, no creía en las coincidencias, y el antaño joven tímido de la Polaroid empezaba a ser algo más interesante y más siniestro. Necesitaba localizarlo. El problema era que, por lo general, los *cowboys* que traficaban no soltaban fácilmente la información. No por las buenas, al menos. Esa era la regla, ¿no?

3

Escondida entre la maleza, Sibylle se dijo que era idiota. Por enésima vez.

Cuando Tony había llamado por teléfono para hablarle del tipo de la lavandería, pensó que estaba lista para arrancarle los dientes al compinche de Gabriel. En el acto.

«Déjamelo a mí —le pidió el escritor—, esperamos a que no haya nadie por allí, le explico que soy un viejo amigo de Gabriel, le deslizo algunos billetes, incluso le puedo comprar alguna cosa fuera de carta para convencerlo de que no soy policía; en fin, lo tranquilizo. Luego le hago unas cuantas preguntas, me invento alguna historia, no será difícil idear algo convincente. Tú, mientras tanto, me cubres las espaldas».

Y entonces ocurrió algo rarísimo: Sibby Calzaslargas escuchó el consejo.

Pero Sibby Calzaslargas, pensó al final la muchacha, con el móvil en la mano y una nube de mosquitos merodeando en torno a sus suculentos glóbulos rojos, había metido la pata hasta el fondo.

El plan de Tony hacía aguas por todas partes. Tony hacía aguas por todas partes.

«Cubrirle las espaldas» significaba quedarse agachada detrás de un arbusto, con el olor de los tubos de escape —y de alguna otra cosa aún menos agradable— a la altura de las fosas nasales, preparada para llamar a los carabineros en caso de...

«Eso no va a ocurrir. Sé cómo hablar con ciertas personas. Ha pasado mucho tiempo y no voy a ponerme a preguntarle qué hace para redondear el sueldo, ¿okey? Pero lo mejor es ir sobre seguro. Uno nunca es demasiado prudente. Confía en mí, soy de Shanghái.»

«¿Y eso qué significa?», había preguntado ella, confundida.

Tony le había dirigido una sonrisa encantadora a modo de respuesta.

Ahora, sin embargo, cuanto más pensaba en ello más se convencía de que detrás de las palabras bonitas, de las llamadas a la calma y las sonrisas, Tony escondía una descarga de Míster Macho. Y eso estaba haciendo que a Sibby Calzaslargas le subiera la tensión.

Odiaba a los Míster Macho.

Era el primer gran obstáculo en el Test Cabeza De al que Sibylle sometía a los hombres que lograban pasar el Examen a Primera Vista. Examen que, Sib tenía que admitirlo, Tony habría superado sin demasiados problemas. El escritor le recordaba al actor protagonista de una de sus películas favoritas: un antiguo sicario al que unos rusos descerebrados le mataban el perro, lo último que le quedaba de la mujer de su vida, por lo que acababa con todos. La frase memorable de la película era: «Una vez lo vi matar a tres tipos. Con un lápiz».

A Sibylle le encantaba el trasfondo romántico; a Sibby Calzaslargas, los golpes y las explosiones. Para ser sinceros, Keanu Reeves era más atractivo que Tony. Aun así...

Cuando vio lo que pasaba en la mesa de Tony, Sibby Calzaslargas sintió el irrefrenable impulso de utilizar el sudado móvil que apretaba en el puño para llamar al escritor y mandarlo a paseo. ¿Qué estaba haciendo?

¿Coqueteaba delante de todo el mundo mientras a ella la desangraban los mosquitos?

4

«República Checa», dijo ella. Lo que más llamaba la atención era su sonrisa. A medio camino entre la sorpresa y la timidez. Aunque su indumentaria era de todo menos tímida (Polianna habría comentado que podría haberse ahorrado el esfuerzo de vestirse, ya puestos...), la chica parecía realmente sorprendida.

A fin de cuentas, ¿qué probabilidades había de encontrar a tu escritor preferido en una de las mesitas del *brattaro* de la 621-K? Las mismas, pensaba Tony, no menos sorprendido que ella (se llamaba Irina, tenía veinticuatro años y Tony no se creyó ni por un segundo que fuese una turista que pasaba casualmente por allí, porque era evidente a qué se dedicaba), que él tenía de toparse con una admiradora con un libro suyo en el bolso.

Tony estaba convencido de que su mejor libro era *Dos,* que de un día para otro había ascendido a la cima de la lista de los más vendidos, pero *Medianoche y un beso,* el volumen de bolsillo que la chica le había rogado que le firmara, era el favorito de Irina.

—Me ha ayudado mucho, ¿sabes? —dijo la muchacha.

—¿Ayudado?

—Con el italiano —Tony se echó a reír—. Y no estoy de acuerdo con lo que dicen. Sophie Kinsella es diferente. Más descocada. Se dice descocada, ¿verdad?

—Un montón de colegas míos envidiarían la propiedad de tu lenguaje.

Irina se sonrojó, feliz por el halago.

—Tú no eres así. Al final de tus libros siempre hay una especie de melancolía. Una tristeza dulce. ¿Tiene sentido lo que digo?

—Además, nunca me he puesto unos pantalones tiroleses.

La chica se rio echando la cabeza hacia atrás, luego le rozó la mano. Un par de segundos de más. Por suerte, después de esa caricia (porque no había sido un contacto casual, de ninguna de las maneras), Irina volvió a guardar el libro en el bolso, le soltó un beso a pocos centímetros de la mejilla y se encaminó hacia el aparcamiento del *brattaro* con esos zancos que llevaba en lugar de tacones.

Tony vio por el rabillo del ojo cómo se acercaba a un Nissan gris que le había hecho señales con las luces. Después se inclinó hacia la ventanilla, charló y se rio con alguien, rodeó el vehículo y se subió. No sin antes agitar los dedos en su dirección.

El Nissan desapareció.

«Mundo cruel.»

Tony apuró la cerveza y esperó a que las agujas del reloj se espabilaran. «Sesenta segundos son demasiados para un minuto», pensó.

Veintiuno

1

Hacía mucho que Hannes Berger no se sentía el semental de antaño. De aquellos tiempos solo conservaba dos cosas: grandes lagunas de memoria y el sombrero de *cowboy* que había comprado en un concierto de George McAnthony, un recuerdo de cuando el negocio aún no se lo había tragado y las drogas eran un ingrediente más para dar sabor al plato principal, es decir, la vida, y no al revés.

Después de tres sobredosis y un montón de problemas con la pasma, Hannes había dejado las drogas. O casi. Las vendía, porque el dinero es el dinero, pero apenas se metía una raya de cuando en cuando, para acompañar a alguna de las prostitutas que usaban su chiringuito como punto de encuentro. Hannes ya no era el semental de antaño. Como máximo, a esas alturas, un mulo. Achacoso y necesitado de unas vacaciones. Igual que aquel tipo del fondo que estaba postrado sobre la mesa, con la cabeza entre los brazos y una jarra en la mano. La segunda. ¿Era posible emborracharse de esa forma con solo dos cervezas?

Hannes apagó las luces.

—¡Oye, genio!

El tipo no se movió.

Hannes se desató el delantal que llevaba a la cintura y lo lanzó al fregadero. Se le acercó refunfuñando, apoyó la mano derecha en la superficie grasienta de la mesa, se inclinó y lo sacudió con la izquierda. Bruscamente.

—Despiértate, genio.

El genio no estaba en modo alguno borracho. El genio no estaba durmiendo. El genio le hizo probar algo que el exsemental con sombrero de *cowboy* conocía bien, pero por lo que, al contrario de lo que le ocurría con ciertas sustancias, no sentía la menor nostalgia.

La mano apoyada en la mesa le estalló de dolor.

2

Regla de Shanghái: si no puedes ganar, mejor escapar. Si no puedes darte el piro, golpea primero y golpea duro. Hazle daño y hazle entender que no tienes miedo de hacerte daño.

En ese caso concreto: utiliza la jarra de cerveza para aplastarle la mano. Las manos han convertido al mono en hombre. Las manos agarran, construyen herramientas, doblan la materia, dividen el átomo y disfrutan comprobando el efecto. Pueden hacerlo porque son sensibles. Eficaces. En resumen, tienen innumerables terminaciones nerviosas. Golpea la mano. Golpea fuerte. Golpea primero. Y no te detengas. Porque si te detienes estás perdido. Esa era la regla.

El *cowboy* se desplomó.

Tony no le dio tiempo ni a respirar. O gritar. Lo agarró por el cuello de la camisa, vio cómo su mirada se volvía vidriosa y lo abofeteó con la mano abierta.

—¿Quién es el que está durmiendo, genio?

Dos, tres veces.

—Gabriel Plank. ¿Te dice algo ese nombre?

—No. ¿Quién coño eres?

Cuatro.

—No te atrevas a mentirme.

Cinco.

—La mano. Me has roto la mano —protestó el *cowboy*.

—Concéntrate en lo que podría hacerte en la cara.

—Eres...

Tony amagó con golpearlo de nuevo. Se detuvo. Resopló.

Corolario a la regla: la gente les tiene miedo a los locos. Hazte el loco.

—Venga, joder. No me hagas sudar. Hace mucho calor.

Tony arrastró al *cowboy* hasta el chiringuito. Le arreó un par de patadas en las costillas, abrió la puerta de la cocina móvil y empezó a hurgar. No le llevó demasiado encontrar la mercancía. Una provisión moderada. Heroína, cocaína, hierba. Pastillas de colores.

—¿Sabes que yo también he trabajado en un lugar como este? —dijo, sirviéndose una jarra de cerveza del grifo a presión—. En un bar, no en un chiringuito, pero no era muy diferente. Mi padre no quería pagarme los estudios, y así me las apañaba. Me gustaba ser camarero. Hacía buenos cócteles, lo decía todo el mundo.

El *cowboy* intentaba ponerse en pie.

Tony añadió a la jarra una pequeña cantidad del botín escondido detrás de la bombona de propano. Polvitos y pastillas. Todo a la vez. Lo mezcló con el dedo y se lo secó en los vaqueros.

—¿Te apetece un trago a mi salud?

Hannes intentó levantarse y se cayó.

—Estás loco, estás...

Con una rodilla, Tony lo mantuvo en el suelo. Se inclinó sobre él con la cerveza en la mano, dispuesto a vertérsela en la boca.

—Háblame de Gabriel Plank. O te lo tragas todo.

—Éramos amigos. Socios.

—Sáltate la parte que ya me sé. Utilizabais las furgonetas de la lavandería industrial para vender mierda a los chiquillos.

—Aparta esa bazofia y te lo contaré todo, ¿de acuerdo?

—Habla.

—Al principio Gabriel solo era un cliente. Necesitaba pastillas para dormir. Decía que tenía pesadillas. Y yo se las vendía. Era fácil conseguirlas en aquella época, los farmacéuticos no ponían demasiados problemas.

—¿De qué años estamos hablando?

—Ya habían derribado aquellas torres de los cojones. Pero hacía poco.

—¿Y cómo es que de cliente habitual pasó a ser socio del negocio?

—Se le daba bien. Y cada vez necesitaba más material.

—¿Pastillas o heroína?

—Se había pasado a las anfetaminas para mantenerse despierto. Pero iba mal de pasta.

—¿Y qué drogadicto va bien?

—Bueno, él tenía trabajo. De alguna manera era capaz de conciliar toda la mierda que yo le pasaba con la lavandería. Y podía disponer de la furgoneta. En aquella época yo conocía a un montón de gente y con la furgoneta podíamos hacer una fortuna.

—Luego dirán que los italianos no tienen espíritu empresarial.

—El trapicheo salió bien. Incluso después de que su jefe lo pillara —a pesar del dolor y del miedo, el *cowboy* soltó una risita—. Ese engreído apartó a Gabriel de los hoteles y lo puso a cargo de los hospitales y los restaurantes. Los hospitales. ¿Tienes idea de cuánta gente busca una ayudita para resistir el turno de noche?

—Dímelo tú.

—Tengo la espalda destrozada y la mano me duele endemoniadamente.

—Tú mueve un solo músculo y te enseño hasta qué punto puedes llegar a tocarme los cojones.

El *cowboy* alzó la mano en señal de asentimiento. Aquello ya no era una mano.

Tony contuvo las náuseas.

Más tarde.

Ahora no.

—¿Gabriel seguía consumiendo y tú te deshiciste de él? He oído por ahí que se había puesto un poco violento.

—Conmigo no. No más que cualquiera. Pero se había vuelto...

—Inestable.

—Loco de remate. Paranoico, ¿entiendes? Y cuanto más se metía, peor se volvía. Se obsesionó con los tatuajes y ciertas mierdas del vudú. Empezó a hablar de cosas muy raras. De mundos sutiles y personas sutiles.

—¿Qué significa eso?

—¿Y yo qué coño sé? Decía que existían lugares que eran más sutiles que otros. Que si rascabas en ellos, aparecía debajo... No lo sé. ¿Una olla llena de monedas de oro? —soltó Hannes, ajeno por un instante al dolor—. Estaba loco. Loco y muy colocado, ¿entiendes?

Tony dejó la jarra adulterada en el suelo y aferró la garganta del *cowboy*. A continuación, con la otra mano, se sacó del bolsillo de los vaqueros una hoja de papel.

—¿Te dice algo este símbolo?

Hannes abrió los ojos de par en par.

—¡Lo llevaba tatuado en el pecho! Lo llamaba... la sonrisa de algo. Del murciélago. No me acuerdo. Yo también iba bastante colocado en esa época.

—La sonrisa del colibrí. ¿Por qué te daba miedo Gabriel? Cuéntame. ¿Te ponía las manos encima? ¿Iba armado?

—Tú no lo entiendes.

—Aprendo deprisa.

—Una vez, Gabriel y yo estábamos emborrachándonos en el bosque, no recuerdo exactamente dónde, había fumado mucho y apenas lograba mantenerme en pie. Había un arroyo, de eso sí me acuerdo. Y un montón de árboles. Gabriel y yo empezamos a meternos. LSD. Y cuando comienzan las alucinaciones, el cabrón se levanta, se pone a grabar en un tronco ese maldito garabato y me dice que a una amiga suya la habían asesinado allí, exactamente donde nos encontrábamos.

—¿Quién la había asesinado?

—Un fantasma.

3

Cuando Sibylle vio cómo Tony le estampaba la jarra de cerveza en la mano al tipo del sombrero de *cowboy*, se quedó helada y no acertó a soltar más que un grito estrangulado. A esa distancia no podía oír lo que esos dos decían, pero veía claramente la expresión de Tony.

Le volvió a la mente lo que había pensado de él al verlo por primera vez, el domingo por la mañana, entre los manzanos. «Una de esas herramientas recubiertas de goma que a primera vista parecen juguetes y en cambio esconden una hoja de metal.»

No se había equivocado.

Tony arrastró al hombre por el polvo agarrándolo del pelo: el tipo no hacía más que gritar de dolor, y Sibylle lo comprendió de repente. Trabajaba en el Black Hat desde que la ley se lo permitía, es decir, desde su decimosexto cumpleaños. De machitos salidos sabía lo suyo. Y lo que estaba contemplando no era una escena propia de Míster Macho.

Tony no se estaba exhibiendo como un ciervo en celo, ni siquiera disfrutaba del sabor de la sangre como ciertos perturbados que ella conocía.

Tony no la había confinado en esos arbustos con el móvil en la mano para que pidiera ayuda. Ella era la ayuda. Ella era la que tenía el control de la situación. Si hubiera dicho «basta», él habría obedecido. En consecuencia, la cuestión era: «¿Hasta dónde vas a dejar que llegue?». No antes de que le haga escupir todo lo que sabe. Aunque el precio sea enviarlo al hospital. Solo es un cabrón que trafica con drogas.

Sin embargo, cuando tuvo la impresión de que Tony iba a morderle la cara al *cowboy*, Sibylle decidió que era el momento de intervenir.

Sin prisa, en cualquier caso.

—¿En qué año fue eso? —gritaba Tony.

—En 2005. En otoño.

—¿Entonces decidiste librarte de él? ¿Te dijo que la había matado y te cagaste de miedo? ¿Es eso? ¿Os peleasteis y se marchó?

—No. Eso pasó en 2007. Pero él nunca me dijo que hubiera matado a nadie. ¿Estás loco?

—Cuéntame lo que te dijo. En 2005.

—Estábamos muy puestos, no puedo recordar la conversación palabra por palabra. Solo sé que le escuché decir que una amiga suya había muerto allí. Que la mataron. Que había sido un fantasma.

Tony lo sacudió.

—¿Te habló alguna vez de Erika? ¿Erika Knapp?

—No hacía más que hablar de ella. Es el motivo por el que Leah lo dejó plantado. Me estás haciendo...

—¿Quién es Leah?

—Una tiparraca flaca y sin tetas, igual que tu amiga.

Tony no se dio la vuelta.

—¿Todo bien por aquí? —preguntó Sib.

—Si no tienes nada en contra, ya casi hemos terminado.

—Hay tiempo aún —dijo Sib—, antes de que la carroza se convierta en calabaza. ¿Quién es Leah?

—Leah era una yonqui. Gabriel le tomaba el pelo, decía que Leah en hebreo quiere decir «vaca». Estaban juntos. Luego ella se cansó y lo dejó.

—¿Tienes idea de dónde están ahora?

—¿Gabriel y Leah? No lo sé, te lo juro...

Tony lo soltó.

Se limpió las manos en la camisa del hombre y luego le arreó otra bofetada.

—Voy a hacerte una última pregunta. Si la respondes, vivirás días largos y prósperos y no me volverás a ver la cara nunca más.

Hannes escupió una bola de moco y sangre.

—¿Qué sabes de Erika?

—Leah estaba celosa.

—Erika ya había muerto, ¿no?

—Claro, y todo el mundo lo sabía. Pero esa loca estaba celosa de una muerta. ¿Te lo puedes creer?

Sin darle en ningún momento la espalda a Hannes, Tony se acercó a la cocina móvil.

—¿Te acuerdas —preguntó— de cuando Erika rondaba por aquí en el año 98?

—Eso mismo me preguntaba Gabriel. Continuamente.

—¿Y tú qué le contestabas?

—Que no.

Tony se acuclilló a los pies de la plancha eléctrica.

—¿Qué decía Gabriel de Erika?

—¿Qué haces?

—Habla.

—Decía que Erika era una persona sutil en un mundo sutil. O algo por el estilo. No sé lo que significaba. Decía que Erika había muerto en un lago. Que todo el mundo creía que se había suicidado pero no era cierto. Que en realidad la habían matado.

—¿Quién?

—Lo mismo decía que la había matado un fantasma como que el fantasma era ella.

—¿Qué fantasma? —preguntó Tony sin dejar de trajinar—. ¿El mismo que según Gabriel había matado a Elisa, la chica del arroyo?

—Bueno, también habló del *Wanderer*.

El *Wanderer*, tradujo Tony, el Viajero.

Sibylle frunció el ceño.

—¿Quién es el *Wanderer*?

—Gabriel mencionó ese nombre una sola vez. Poco antes de desaparecer. Pero lo dijo de una forma... —el *cowboy* se estremeció.

—¿Te explicó quién era?

—No.

—¿Y tú no sentiste curiosidad?

Al camello se le desencajó el rostro.

—Tenía miedo, coño. Era todo siniestro, sus palabras, el tatuaje..., no hacía más que raspárselo. Con las uñas. Con cuchillas. Cortaba. Era...

Se oyó un silbido al que siguió el olor de algo que el *cowboy* conocía muy bien.

Tony sonrió.

—¿No te huele a gas?

Veintidós

1

El Mustang no fue demasiado lejos. Después de un par de curvas, Tony se detuvo a un lado de la carretera: estaba empapado en sudor y las manos le temblaban visiblemente.

—¿Te apetece conducir, Sib?

Cambiaron de asiento y prosiguieron su camino. Kreuzwirt dormía. Ninguno de los dos dijo nada. Ninguno de los dos levantó la mirada cuando el Mustang pasó por delante de la Villa de los Sapos. La luz de la torre que daba a la turbera estaba encendida. Alguien velaba el pueblo.

Cuando llegaron a casa de Erika, Sib apagó el motor y salió del coche. Tony hizo lo propio.

—Eres un gilipollas —le dijo ella.

—Lo sé.

—Podrías haberme avisado.

—Podría.

—Míster Macho.

—¿Eso piensas de mí?

—Lo que pienso es que tienes pinta de ir a vomitar. Míster Macho no vomita nunca.

—No, él no.

—Y creo que no me has contado algunas cosas de ti.

—¿Y eso me convierte en un Míster Macho?

—Más bien en un Señor Desconocido.

Tony se dirigió al asiento del conductor. Se limpió el sudor de la frente. Cerró la portezuela y bajó la ventanilla.

—¿Quieres dejarlo, Sib?

—No.

Tony arrancó el motor y metió la marcha atrás.

—Tony —lo llamó ella—. Esta historia es un lío descomunal, ¿verdad?

Por primera vez desde que habían dejado el chiringuito del *cowboy*, Tony la miró a los ojos.

Sib leyó en ellos una tristeza infinita.

—Los fantasmas son instructivos y terribles —murmuró el escritor—. ¿Tú estás aprendiendo algo?

Sib se apartó del coche. Se despidió con un gesto y alcanzó la puerta de la casa. Tony esperó a que la cerrara, hizo un cambio de sentido y salió del caminito.

Erika, pensaba.

La sonrisa del colibrí. Los Perkman, que lo observaban todo desde allá arriba. La tía Helga, Oskar y las mentiras piadosas. Gabriel y su tatuaje. Gabriel y Elisa. Elisa y Erika. Erika y Elisa y Gabriel y Karin. Martin, el topito. Y Erika de nuevo. El símbolo.

Frenó en mitad de la nada. Apenas le dio tiempo a abrir la puerta.

Veintitrés

1

El despertador marcaba las diez de la mañana. Freddy no estaba allí contaminando el aire con su aliento apestoso y alguien parecía haberle metido la cabeza a Tony en una de las lavadoras industriales de Baldini. El móvil destellaba. Demasiadas novedades de golpe.

—¿Freddy?

Tony apenas reconoció su propia voz.

A tientas, aferró la caja de aspirinas que había en la mesita de noche. Sin agua, se metió un par de pastillas en la boca y empezó a masticarlas. El sabor era repugnante.

—¿Freddy? ¿Dónde estás, guapetón?

Tony sacó las piernas fuera de la cama. Se quedó sentado. Tuvo un mareo y una visión.

En la visión se despertaba, lograba levantarse a duras penas y dirigía sus pasos al único lugar sensato en el que Freddy podría haberse escondido a una hora tan tardía. El balcón, donde estaría implorando a fuerza de ladridos que alguien lo sacara. Porque cuando se te escapa, se te escapa. Pero esa visión incluía un detalle más inquietante: Tony encontraba al san bernardo echado en su caseta. Muerto. «Deberías prepararte ante la eventualidad de que...»

—¿Fred? Bonito...

Por fin se levantó. No tropezó. El balcón estaba vacío y la casa en silencio.

«Deberías prepararte para la eventualidad de que...»

—No, no, no...

La caseta del perro estaba vacía; en el tejado, Polianna había pegado una nota.

En vista de que trasnochas, me llevo a Freddy a dar su paseo y luego voy a la compra.
Hay cruasanes en la mesa de la cocina.

Polianna

P.D.: Ha llamado M. Al fijo.
Dos veces. Parecía nervioso.

2

Dos veces al teléfono de casa y siete al móvil. ¿Se avecinaba una catástrofe nuclear?

Después de una consistente dosis de café, un cruasán y una ducha helada, Tony se sintió por fin listo para afrontar la posdata de Polianna. Tony adoraba a M., alias de Mauro Giuliani, el agente que se encargaba de sus contratos por todo el mundo. Adoraba sobre todo el modo, elegante y sin pasarse nunca de la raya, en que Giuliani era capaz de desangrar a las editoriales sin perder nunca su aplomo.

Al encender el ordenador se percató de que, en medio de un mar de correos enviados por los *expertos* en esoterismo —a los que, por si acaso, Tony echó un rápido vistazo: una tipa aseguraba que podía prever el destino leyendo las pupilas, un ruso que escribía en una prosa digna de Tolstói le pedía un encuentro cara a cara, un descerebrado afirmaba que era el Bautista reencarnado y que había tenido una visión que le concernía, y, por último, un aspirante a escritor, al no haber recibido respuesta, lo cubría de improperios—, había uno de Mauro.

En el asunto del mensaje, tres simples signos de exclamación. En su contenido, un *link* que dirigía a la página de inicio de Las Perlas de Giò, la web de «información alternativa» que había dado lustre a la antigua reina de los sucesos. Doscientas mil visitas al día, había alardeado ella. Como si para Tony fuera a significar algo.

La cara de Tony aparecía en primer plano. Granulada y pegada a la de una chica en minifalda. Muy guapa y con *leggins* ajustados.

Irina.

La fotografía había sido hecha a conciencia. Irina y Tony parecían ir a darse un beso de esos que no habrían desentonado en la cubierta de una de sus novelas. La galería incluía otras imágenes.

Tony sentado, con la mirada perdida en el vacío y la cerveza bien a la vista. Irina y Tony charlando. Irina rozándole la mano. Irina en el momento de levantarse de la mesa. Tony pasando al lado del Nissan, las manos en los bolsillos, como si buscara las llaves. Irina inclinada sobre el Nissan. Irina entrando en el Nissan.

La imaginación al poder.

—Milani estaría orgulloso de ti, Giò.

El titular, en letras mayúsculas, no dejaba dudas sobre quién había inspirado el artículo:

LOS VICIOS OCULTOS DEL ESCRITOR

¿Al escritor **rosa** le gustan la buena vida y sus **curvas** peligrosas?

Eso parece. ¿Y si Antonio Carcano, más conocido como «Tony» (Antonio, Antonio, Antonio..., como dice la canción de Carosone, *«tu vuò fà l'ammericano, ma sei nato in Italì!»*), no fuera solo **amante** de las **jovencísimas** chicas de carretera que muestran nuestras **exclusivas** fotos?

Cualquiera que tenga las antenas bien puestas (¡como la redacción de Las Perlas de Giò!) sabe que el lugar donde pillaron al escritor de novelas de **amor y hermosos sentimientos** mientras intercambiaba lánguidas **efusiones** con I., de profesión **prostituta** (¡y quien se niega a revelar su **verdadera edad** a nuestros corresponsales!), es un conocido centro de **tráfico de drogas**.

¿Es posible que el maestro de la novela **rosa** no desprecie una rayita de polvo **blanco**? ¿A lo mejor para darse un respiro entre uno de sus **trabajos** (no solo literarios) y otro?

Y así hasta cinco mil palabras. El artículo siguiente explicaba el motivo por el que los perros siempre observan a su dueño mientras hacen sus necesidades. Las defecaciones caninas se merecían no más de dos mil palabras y ciento cincuenta *likes*. El artículo que se refería a él sumaba doscientos trece. No, doscientos catorce. Eso hacía que Tony fuera el rey de las deposiciones.

Su primer impulso fue llamar a Giovanna. Decirle todo lo que pensaba de ella. Y de ese modo darle un motivo para un nuevo artículo. Tony lo dejó correr.

Releyó el artículo. Demasiados paréntesis. Demasiados signos de exclamación. Y esas negritas. Su editor lo habría odiado. Sin embargo, debía admitirlo, era eficaz.

Una buena cantidad de gente se tragaría la historia. Como mínimo, doscientas diecisiete personas la consideraban interesante. Giò había convertido una serie de fotografías borrosas en pruebas irrefutables. Valiéndose de insinuaciones y mentiras groseras, había logrado pintarlo como una especie de ¿depravado?, ¿drogadicto? ¿Qué pretendía? ¿Hacer que perdiera... credibilidad?

Se le escapó una risita. Tony se ganaba el pan escribiendo ficción. Fantasías. Ilusiones. Su credibilidad residía únicamente en su capacidad de inventar historias que emocionaran a los lectores. Punto. La ingenuidad de Giò era pasmosa. De Giò y de quien le hubiera pagado para tenderle esa emboscada. Aquellas fotografías, aquellas insinuaciones, eran una buena noticia. La mejor de los últimos días.

Tony se estaba divirtiendo por fin.

Los Perkman habían movido ficha. Y si lo habían hecho era porque las diligencias que él y Sibylle habían emprendido les estaban molestando. Por tanto, tenían algo que esconder. Algo que, veinte años después, Sib y él podrían llegar a averiguar. Se moría de ganas de enseñarle el artículo a Sibylle. Lo primero, no obstante, era el deber.

El número de su agente estaba en la lista de favoritos. Junto al de Polianna.

Uf. Si Polianna hubiera leído esa historia...

—¿Lo has visto? —Mauro no le dio ni los buenos días—. Lo han reproducido todas las publicaciones locales. Y ha acabado en Twitter y en Facebook.

—Ya.

—Está en todas las webs —añadió su agente—, tanto italianas como alemanas.

—La mierda no conoce barreras lingüísticas. Lo dice el Estatuto de Autonomía. ¿Quieres saber si esa primicia es verdad?

—Ya sé que no es verdad, joder. A mí me preocupan las repercusiones que pueda tener en tu trabajo, bueno, en el nuestro.

Tony se encontró mirando su reflejo en el espejo del baño. Necesitaba un afeitado. Volvió a su habitación y mordisqueó otro par de aspirinas.

De la cuchilla de afeitar se ocuparía otro día.

—Un poco de fango nunca ha matado a nadie.

Oyó un suspiro al otro lado del teléfono.

—No te haces cargo del problema. Deberíamos responder, emitir un comunicado de prensa. Tenemos que pensar si conviene interponer una querella. Estamos hablando de calumnia y difamación. Hay que...

—Olvídate de la querella y olvídate de los comunicados de prensa, ¿de acuerdo? Ahora tengo que escribir una novela y...

—¿Tony?

—¿Sí?

—¿Me estás engañando?

—Sí.

—¿A quién has tocado las narices?

Tony sonrió.

—Que tengas un buen día, Mauro.

Veinticuatro

1

—Ese amigo tuyo...

—Se llama Tony.

La respuesta salió con dureza. Sib no había olvidado lo ocurrido en casa de la tía Helga.

—¿Qué sabes de él?

—Me parece que se te ha olvidado algo, Oskar. Soy mayor de edad.

El pirata alzó las manos pidiendo paz.

—Por supuesto, pero me preocupo por ti. Mayor de edad no significa sabia.

—¿Vas a echarme un sermón? Puedes ahorrártelo.

—No —dijo Oskar—, eso es agua pasada. Ya te he dicho que entiendo lo que te está atormentando. Es tu vida. Si quieres malgastarla yendo a cazar fantasmas...

—Tengo que preparar un par de tostadas.

—Las tostadas pueden esperar. Mira esto.

Oskar le mostró la pantalla de su *smartphone.* Una foto de Tony e Irina.

—¿Estás segura de que puedes fiarte de ese escritor?

Oskar se detuvo en la imagen donde se veía a Irina al borde de la carretera.

—¿Se fiaba Erika de sus amigos? —lo provocó Sibylle.

—Aquí dicen que es un...

—Yo estaba con él. Ese artículo es pura basura.

Dicho esto, Sib dio media vuelta para marcharse.

—No he terminado.

—Es la tercera vez que no contesta.

—¿Es él?

—¿Qué quieres, Oskar?

—Tu tía y yo hemos hablado. Ayer. La Yamaha ha quedado hecha chatarra. Helga y yo hemos pensado que podríamos ayudarte a comprar una nueva. O de segunda mano.

Le dolió.

Bastante.

Sibylle se quitó el delantal y lo tiró al suelo.

—Me tomo la mañana libre.

—Tú...

—Volveré por la tarde.

Sib cruzó el local entre la indiferencia de los clientes y salió al aire libre. Al calor. Nunca iba a terminar ese horrible verano. Le temblaban las manos. ¿Acaso pretendían comprarla Oskar y la tía Helga? ¿A eso habían llegado? Respirar. Concentrarse.

Prioridades.

Era la tercera vez que Karin Perkman salía al ataque. Primero Rudi, y después la oferta de Oskar y la tía Helga y esa basura online sobre Tony. Detrás del artículo de Las Perlas de Giò solo podía estar ella, igual que solo ella podía haber instigado el accidente que le había costado la Yamaha.

Sib había estado tentando al diablo y al diablo no le había hecho ninguna gracia.

No le había dicho a Tony nada sobre Rudi. Quizás tendría que haberlo hecho. Pero sabía lo que habría pensado. La chiquilla indefensa, etcétera. De manera que ni hablar.

Caminó rápido con el teléfono pegado a la oreja.

—¿Lo has visto? —le preguntó Tony.

—Oskar estaba muy preocupado.

—Me gustaría que...

—Sale un autobús para Bolzano dentro de diez minutos. Estoy yendo a la parada en este momento.

Cuánto añoraba la Enduro.

—A propósito del artículo, ¿cómo está tu orgullo?

A Tony se le escapó una risotada.

—Hundido, por supuesto.

—¿De verdad creías que tenías una admiradora?

—Tengo bastantes por ahí, chiquilla.

—No me llames chiquilla.

Sib divisó el autobús azul y apretó el paso.

El conductor estaba doblando el periódico. Le hizo un gesto para que la esperara. Y lo acompañó de una hermosa sonrisa.

El conductor dejó el vehículo en punto muerto.

—Date prisa —la apremió Tony—. Hay una persona que quiero que conozcas.

—¿Quién?

—¿Te he hablado ya de los Próstata Boys?

Veinticinco

1

Fue Polianna quien insistió, de lo contrario a Tony nunca se le habría pasado por la cabeza aceptar. ¿Ponerse el traje de profesor para los cursos vespertinos de la universidad de mayores de Bolzano? ¿Él? Ni en sueños. En cambio...

«Taller de escritura creativa avanzada.»

Cuando Tony le hizo notar que no existía ningún taller de escritura creativa para principiantes, el director de la escuela le dijo que ningún jubilado con un mínimo de amor propio se apuntaría nunca a un curso para principiantes, dado el riesgo de acabar en medio de una manada de imberbes que se creían la reencarnación de Shakespeare. Tony no supo qué contestarle.

El día previo a su primera clase, a Tony le entró un ataque de pánico. No tenía ni idea de cómo enseñar a escribir porque nunca se había parado a pensar en el proceso. A él se le ocurría una idea, la maduraba un poco en la cabeza y dejaba que su imaginación la nutriera hasta que sentía que había llegado la hora de sentarse ante el teclado. Después las palabras salían por sí solas; no había libro de instrucciones.

«Olvídate de la magia y concéntrate en lo básico», le había aconsejado Polianna, tan práctica como siempre. Lo básico.

Gramática, ortografía, sentido común. Lógica. Un buen número de lecturas. Y muchos ejercicios.

En resumen; si quieres escribir, escribe.

Tony se percató casi de inmediato de que el mayor reto a la hora de enseñar a aquellos grupos de diez o quince animados viejecitos era lograr permanecer impasible cuando llegaba el momento de leer en voz alta las composiciones.

Jubilados convencidos de que su servicio militar había impedido la tercera guerra mundial. Señoras con el pelo cardado que escribían sobre valientes capitanes de barco en pos de virginales muchachas (a veces asomaba la variante local, valientes capitanes alpinos en pos de púdicas muchachas) pero que a la chita callando...

A fuerza de frecuentarlos, Tony había establecido con algunos de los participantes del curso una especie de singular conexión en salsa bolzanesa. Después de las clases, unas cervecitas y un rato de charla. Y él era, con diferencia, el miembro más joven.

El nombre de Próstata Boys se le había ocurrido a Claudio, un exferroviario que tenía mucho ingenio. Era un nombre adecuado, desde luego, salvo que, como objetó Tony en su momento, también había una mujer en el club: *Tante* Frida, la tía Frida, única exponente del sexo femenino (y la única de lengua materna alemana de todo el curso) en medio de aquella banda de muchachotes canosos que irrumpían en el bar más cercano a la universidad.

«Lo que tú no entiendes, porque eres muy joven y muy tonto —le había dicho Claudio, mirándolo con sorna por encima de un vaso de vino tinto—, es que *Tante* Frida tiene más cojones que todos nosotros juntos, que no somos más que piltrafas. Incluido tú».

Y esa fue la primera y última vez que Tony vio sonrojarse a *Tante* Frida. No solo porque Claudio el ferroviario solo abría la boca para soltar blasfemias y criticarlo todo, sino porque entre los presentes nadie se atrevió a rebatirle. Claro que *Tante* Frida los tenía bien puestos.

2

—¿A qué te refieres? —preguntó Sibylle mientras esperaban a que el semáforo se pusiera en verde.

—*Tante* Frida —sonrió Tony— tiene sentido del ritmo, de la trama y de los personajes, pero se equivoca con el lenguaje. *Tante* Frida escribe novela negra. Le encanta. Lo que pasa es que escribe como si fuera un carabinero quemado.

—No te sigo —dijo Sib, confusa.

—¿Qué escritor de novela negra diría «el proyectil lo alcanzó en el hombro y él emitió un grito»?

Sibylle se echó a reír.

Divertido, Tony siguió con su explicación.

—Es una cuestión de deformación profesional, me temo. *Tante* Frida fue durante décadas la pesadilla de los juzgados. Según Claudio el ferroviario, también conocido como «el poeta Chuf Chuf», Frida fue durante años la abogada con más cojones de Bolzano y provincia. Cuando anunció que se jubilaba, se celebró más de una fiesta en la zona, créeme. ¿Pero sabes lo que más me gusta de esa amable viejecita?

—No tengo ni idea.

Tony aparcó el Mustang en via Duca d'Aosta, a pocos pasos del sobrio edificio de los juzgados.

—Se tiró seis años en la cárcel por homicidio. Era una chiquilla de Val Pusteria que se había casado con el hombre equivocado, así que le asestó tres puñaladas y se quedó a verlo morir. Luego llamó a los carabineros. El juez la condenó a veinte años. Pero en la cárcel, *Tante* Frida empieza a estudiar. La secundaria. Se saca el título. No tiene bastante. Se matricula en Derecho. Y en su tiempo libre va leyendo los expedientes del proceso. Así que empieza a reflexionar y se da cuenta de que hasta ese momento había pensado que había hecho algo incorrecto y que por tanto se merecía ese castigo. ¿Entiendes?

—Sentimiento de culpa.

—En la cárcel las cosas cambiaron. Intentó considerar quién era el verdadero culpable. ¿El hombre que le pegaba todas las noches? ¿El hombre que la había violado durante años? ¿O ella, que cuando ya no pudo más le clavó un cuchillo en la barriga?

—¿Apeló y trató de alegar legítima defensa? Extraordinario.

—Hizo algo mejor. Descubrió tantos errores en la instrucción del juez, tantas irregularidades en el proceso e incluso en los informes de los carabineros, que salió de prisión con los antecedentes penales inmaculados y abundantes disculpas por parte del Estado. Saluda, Sib.

Desde el tercer piso del edificio, una mujer les sonreía.

Sibylle la saludó con la mano.

—Si los Perkman quieren guerra...

Veintiséis

1

El estudio de *Tante* Frida era exactamente como Sibylle había imaginado mientras esperaban el ascensor. Cómodo y luminoso. Elegante. Pero de una elegancia un tanto descuidada. Más o menos como el vestido que la mujer llevaba puesto.

Una vez ante la abogada, Sibylle se sintió ligeramente cohibida. Tony le había dicho que Frida era una mujer de armas tomar, pero no que estuviera dotada de semejante encanto.

No era una cuestión de ropa o de estilo. *Tante* Frida despedía una extraña energía. Sabiduría, tal vez. O quizá la serenidad de quien ha vivido el infierno y ha salido indemne de él.

Le dio a Sib un apretón de manos de acero.

En su cara, surcada por infinitas arrugas minúsculas, destacaban unos ojos penetrantes, de un azul intenso.

—¿Cómo está mi cachorrito preferido?

Freddy le lamió la mano.

Tante Frida los condujo a su escritorio. Carpetas apiladas, un ordenador de última generación, ni una mota de polvo y, a un lado, un gato atigrado. El gato se estiró. Lanzó una ojeada a Sibylle, luego a Freddy. Freddy dejó de mover la cola. Agachó la cabeza. Entornó los ojos. La expresión «como el perro y el gato» les iba que ni pintada. El gato bostezó.

—Vete, Severino, vete —dijo *Tante* Frida.

El gato salió. Freddy gruñó un poco en su dirección. El gato ignoró la provocación.

Tante Frida cerró la puerta, se sentó y se puso unas gafas bifocales que en vez de envejecerla, advirtió Sibylle —cada vez más dolorosamente consciente de los pantalones cortos y la camiseta anudada en el ombligo que había elegido para ponerse ese día, a pesar de los hematomas que la caída de la moto había hecho aflorar—, la hacían más fascinante aún. Acto seguido, preguntó:

—Veamos, Tony, ¿en qué lío te has metido ahora?

2

Cuando Tony acabó su explicación, el rostro de *Tante* Frida esbozaba una sonrisa de tiburón. Aparte de una bañera llena de pirañas, no había espectáculo más terrible que *Tante* Frida en pie de guerra. El nombre de Perkman le había provocado cierta excitación.

—¿Los conoce?

—Querida, conozco a los Perkman desde siempre. Todo el mundo conoce a los Perkman, excepto este jovenzuelo. Ahora bien, ¿a qué se dedican los Perkman? Madera, remontes y, naturalmente, electrónica. Actividades aquí y allá. Y desde que Karin se puso al frente de la compañía, también desarrollo de energías renovables. Los Perkman siempre han sentido pasión por la ecología. Esos son los Perkman. No hay de qué.

—Me haces sentir incómodo, *Tante* Frida. Y sé que lo estás haciendo adrede.

—Pues denúnciame. Estaba intentando que mi nueva y joven amiga reparara en que tienes... la cabeza en las nubes. Por si no se había dado cuenta.

—¿Ha visto usted a Karin alguna vez? —preguntó Sibylle—. ¿Ha hablado con ella?

—Una bruja de hielo. Igual que su padre.

—¿Ha infringido la ley alguna vez?

Tante Frida se llevó la mano a la boca, para esconder una sonrisa condescendiente.

—Bendita juventud. Todo el mundo infringe la ley, aunque hay quien termina entre rejas y quien me tiene a mí como abogada. Como tú, señorita.

—¿Yo?

—Tú. Sí. Acabas de convertirte en mi nueva clienta. Bueno, del bufete que le he cedido a mi sobrina Isabella. Pero en este momento me parece importante volver a coger la batuta, aunque eso suponga que pases a ser mi única clienta, tal vez la última. ¿Alguna objeción?

—Yo...

—Los gastos están cubiertos. Esa especie de novelista que tienes por amigo se ha tragado mis bazofias narrativas durante años. Diría que con eso basta y sobra para saldar la deuda.

Sibylle se sonrojó.

—No puedo... Gracias, pero no puedo aceptarlo.

Tante Frida le apretó una mano entre las suyas.

—Seré dura y sincera contigo, ¿te parece bien?

—Por supuesto, pero no voy a cambiar de idea.

—Primero, me servirá de entretenimiento. Desde que me jubilé no hago más que aburrirme. Excepto los miércoles por la noche. Tony, tú sabes cuánto me gustan tus clases, ¿verdad? —añadió, coqueta—, pero estamos en junio, el curso se suspende hasta octubre y mi sobrina puede apañárselas muy bien sola. ¿Está claro hasta aquí?

—Sí.

—Segundo, y mucho más importante. Sin mí no llegaréis a ninguna parte.

—*Tante* Frida tiene razón —comentó Tony—. Ella tiene experiencia en esta clase de asuntos. Hasta ahora nos hemos movido como elefantes en una cacharrería.

—No solo eso, Tony. También tengo contactos. Gracias a mí os será más fácil obtener información, y también puedo ayudaros a evitar que cometáis alguna estupidez, que os adentréis en terreno peligroso.

—No puedo —respondió Sib.

Tante Frida se quitó las gafas.

Su rostro se dulcificó.

—Deja a un lado el orgullo. Si de verdad tienes intención de ir hasta el fondo, si realmente quieres escarbar para llegar a la verdad, abandona ya ese orgullo. El orgullo hay que saber dosificarlo. Guárdatelo para las batallas serias. No para estos detalles.

—Yo... —Sib se enroscó un mechón de pelo entre los dedos—. No son detalles. Para usted, para vosotros, el dinero es un detalle. Pero para mí... es dinero... ¿Entiende? Y el orgullo...

Tante Frida asumió una actitud severa y tierna al mismo tiempo.

—El orgullo es como el cuchillo que le clavé en la barriga a mi exmarido. Un arma de doble filo. Puede convertirse en una prisión. La misma prisión que me impedía escapar de ese pedazo de mierda. Porque me habían enseñado que a lo máximo que una mujer podía aspirar era a ser una esposa competente, buena y siempre sonriente. Incluso cuando era utilizada como un saco de boxeo. Ese es el tipo de orgullo del que es necesario permanecer alejados —los ojos de *Tante* Frida relampaguearon—. Sin embargo, lo puedes usar para decir basta. ¿Trato hecho?

—Se lo agradezco mucho, *Tante* Frida.

La abogada aplaudió.

—Como nueva clienta, tienes derecho a tutearme. En fin, haré algunas preguntas por ahí. Me cobraré ciertos favores. Os iré informando de lo que descubra. Personalmente, creo que estáis cazando fantasmas, pero he de admitir que las cosas que me habéis contado despiertan sospechas. Así que prudencia y..., ¿Tony?, ¿adónde crees que vas?

Tony, que se estaba levantando, se detuvo, perplejo.

—Pensaba que habíamos terminado.

—¿No vamos a hablar de la difamación?

—¿Qué difamación?

—¿Acaso eres cocainómano?

Tony negó con la cabeza y respondió:

—Los Perkman son poderosos, por supuesto, y sin duda han sido ellos quienes han impulsado la exclusiva de Giò. Estamos de acuerdo, ¿no?

Tante Frida se limitó a asentir.

—Sí —dijo Sibylle—. Hemos estado tentando al diablo.

—Y seguro —apuntó Tony— que a Polianna le dará un síncope en cuanto esa foto salga publicada en un periódico local. ¿Oís lo que digo? Local.

Tony escrutó a ambas mujeres como esperando alguna reacción. Pero ellas lo miraban con perplejidad.

—Ningún periodista serio tomaría en consideración esa basura.

—Yo no estaría tan convencida.

—Los Perkman tienen mucha fuerza, por supuesto, pero aquí, en el Alto Adigio... —dijo Tony a trompicones, incómodo—. Quiero decir que yo...

Sibylle lo entendió y sonrió.

—Tú tienes lectores en todo el mundo.

Tony se encogió de hombros.

—Si esto es todo lo que los Perkman pueden hacer en mi contra...

La abogada se puso las gafas y lo miró.

—Reza para que lo sea, muchacho. Reza para que lo sea.

Veintisiete

1

Durante todo el trayecto, el san bernardo no se estuvo quieto ni un momento. Arbustos, flores, briznas de hierba, troncos de árboles, setas, guijarros y piedras tenían que ser olidos, catalogados y regados, como si Freddy estuviera preparándose para el examen de admisión en el club de los Próstata Boys.

De buena gana Tony lo habría dejado corretear en libertad, pero Wolfie ya le había advertido respecto a los zorros de la zona. En la provincia de Bolzano, la rabia se consideraba extinguida y Freddy no estaba vacunado.

—Lo siento, chavalote. Resígnate y disfruta.

2

Las fantasías de adicto de Hannes, todo ese discurso de mundos sutiles, fantasmas y monstruos debajo de la cama, habían inquietado a Sibylle. Tony se dio cuenta porque la chica le preguntó un par de veces qué podían significar. Así que pensó que lo mejor era hablarle de Ricky Riccardo.

—Ricky Riccardo es un buen muchacho de Shanghái. Se mantiene a distancia de las malas compañías y no tiene miedo de pasarse el tiempo hincando los codos encima de los libros. Va por el buen camino. El día de la graduación decide saltarse las reglas y celebrarlo en solitario. A Ricky Riccardo le apasiona Castaneda, y no se le ocurre otra cosa para su fiesta de graduación que consumir peyote. ¿Sabes lo que es?

—He leído a Ginsberg.

—Ginsberg no sé, pero Ricky Riccardo, desde aquella noche, permanece en el balcón, llueva o haga sol, de día y de noche, con la mirada perdida en el horizonte y acariciando a su gato. Y el gato lleva muerto veinte años. «Cucú, Ricky Riccardo está tururú.»

—Vale, lo pillo.

Sib ya no volvió a hablar de mundos sutiles y personas sutiles. No obstante, le rogó —una y mil veces, y Tony se sintió halagado por su preocupación— que tuviera cuidado cuando él anunció su intención de dar un breve paseo por el bosque para buscar el lugar donde Gabriel había grabado la sonrisa del colibrí.

—Podrías perderte.

Tony le enseñó un mapa de la zona.

—Solo quiero comprobar si todavía funciona mi detector de mierda.

—El mapa es una cosa y el territorio otra —insistió Sibylle—. ¿Y qué es eso de un detector de mierda?

—Así lo llamaba Hemingway —sonrió Tony—. Según él, todo gran escritor lleva incorporado un detector de mierda, una especie de radar que emite destellos cuando el susodicho está en la presencia de cualquier mierda. Cuando Hannes se puso en plan Ricky Riccardo, mi detector permaneció inalterado. Por tanto, en el claro donde Wolfie encontró a Elisa debe de haber un árbol con la sonrisa del colibrí esculpida en la corteza.

—Acabas de ganar el premio a la decisión más absurda del año —sentenció Sibylle—. ¿Y por qué tengo la impresión de que me estás ocultando algo?

—Porque eres una chica tan sexi como inteligente.

De un plumazo, Tony había logrado ruborizarla y al mismo tiempo evitar darle una respuesta.

3

Al cabo de un par de horas, el buen humor de Tony se había esfumado. Y en ese punto empezó a maldecirse a sí mismo, a Hannes el *cowboy* y a Ernest Hemingway.

Cuando llegaron al arroyo, Freddy, que era un perro de ciudad, abrió los ojos como platos y se puso a dar lengüetazos al agua, asombrado por toda esa dicha sin vigilancia.

Tony, en cambio, estaba agotado. El exceso de vegetación que había despertado los sentidos de Freddy estaba asfixiándolo. Abetos, pinos, fresnos, zarzas. Nada más que verdor acompañado de una orquesta de insectos que hacía latir sus sienes.

Un pensamiento repentino, decididamente macabro e inoportuno, le hizo rechinar los dientes: el agua en que Freddy hacía sus ruidosas abluciones era la misma en la que se había ahogado Elisa y, si el mapa no mentía, también Erika. El arroyo manaba precisamente del lago en medio de la turbera donde la madre de Sib había muerto.

Tony blasfemó y se liberó de la mochila. Ató la correa de Freddy a un abeto a pocos pasos del agua, para que el san bernardo pudiera seguir refrescándose, y empezó a hacer aquello para lo que se había embarcado en esa caminata.

A decir verdad, las fantasías de Hannes el *cowboy* no solo habían puesto nerviosa a Sibylle. Por muy ilógico que pudiera parecer, encontrar el claro en el que Elisa había plantado la tienda de campaña y sentir bajo las yemas de los dedos la incisión de la sonrisa del colibrí lo ayudarían a liberarse de la sensación que la verborrea mística de Hannes le había dejado. Y tal vez le inspiraran algo interesante para hacer progresar la investigación. Soñar con los ojos abiertos siempre había sido el método más eficaz para ver las cosas desde la perspectiva apropiada.

Al margen de los pensamientos macabros, el cansancio y el calor, el sitio no estaba nada mal. Un riachuelo, un claro con helechos de más de un metro de altura, una compacta muralla de árboles, arbustos exuberantes, un hormiguero. Y, apenas visible, un segundo sendero medio oculto. Tony frunció el ceño. Verificó el mapa. Ese camino no estaba marcado, Sibylle tenía razón. «El mapa es una cosa y el territorio otra.»

Guardó el mapa e imaginó a Elisa llegando hasta allí por ese sendero oculto. Imaginó asimismo, años después, a Gabriel y a Hannes siguiendo sus huellas. Tambaleantes, no con el paso seguro de la muchacha. ¿Por qué pensaba eso? ¿Acaso no había muerto Elisa con una tasa de alcohol en sangre elevadísima? Porque, se respondió a sí mismo a la vez que desenterraba una piedra con la punta de la bota, Elisa había instalado la tienda, de manera que al llegar no estaría borracha. Al contrario que los dos toxicómanos.

Tony se imaginó a Elisa escuchando el mismo crujido del follaje que llegaba ahora a sus oídos; respirando el mismo aire sutilmente áspero. La visualizó empezando a beber. Y por un instante sintió que su imaginación tomaba carrerilla, lista para emprender el vuelo. En cambio, nada. Por mucho que se esforzara, tan solo podía fantasear con la imagen de la chica sentada y apurando el vodka. Ninguna iluminación, ningún detalle revelador que lo fulminara. En realidad, la cosa no funcionaba así.

Como todos los escritores, Tony sabía que no era el verdadero artífice de las historias por las que recibía transferencias bancarias, premios y apretones de mano. Las historias tenían vida propia, y él se limitaba a tomar nota. No existía ningún «preparados, listos, ya» que pronunciar para ponerlas en movimiento. Y allí, en el claro, no había más que millones de insectos, miles de agujas de pino, un enorme san bernardo que disfrutaba de la vida y un escritor haciendo el tonto.

Se dijo que la culpa la tenía el calor.

Se arrodilló a la orilla del agua, cogió aire, cerró los ojos y sumergió la cabeza en la corriente. El paraíso debía de ser muy parecido a esa sensación. Al incorporarse de nuevo, Tony comprendió dos cosas. La primera, que, aunque se dejara crecer la barba como Los Ángeles del Infierno y se atreviera a liarse a tortas con el espíritu del difunto Joyce, nunca llegaría a los niveles de sabiduría del viejo Hemingway. Y la segunda, que su detector de mierda no necesitaba ninguna revisión. Hannes el *cowboy* no había mentido.

El árbol en el que Gabriel había grabado la sonrisa de colibrí se encontraba al otro lado del arroyo. La incisión era visible a pesar de los años transcurridos.

Tony se acercó.

Una cabeza de serpiente, le había dicho a Sib al ver por primera vez la sonrisa del colibrí. Ya no estaba tan seguro. Ahora le parecía una especie de flecha rupestre o, mejor aún, una señal de peligro escrita en una lengua alienígena. Los surcos eran profundos: dos líneas paralelas verticales, otras dos hacia abajo y dos muescas horizontales justo encima, como ojos. Ojos muertos. ¿Pero por qué no cortaba de raíz esos pensamientos malsanos? Había sido una pésima idea acudir a ese lugar, se estaba dando miedo a sí mismo. Quizás fuera el momento de...

Un sonido repentino y terrible le heló la sangre en las venas y, al mismo tiempo, lo llenó de incredulidad. Tony se quedó consternado. ¿De verdad Freddy sabía gruñir?

4

Hablar de gruñidos era correcto, pero impreciso. Freddy no solo gruñía: aullaba, temblaba, orinaba, todo al mismo tiempo, con el hocico vuelto hacia el arbusto que lindaba con el hormiguero. La mirada concentrada, los músculos tensos.

—¿Qué pasa, chavalote?

Freddy no se dignó mirarlo. Para el san bernardo no existía más que aquel arbusto.

Tony rompió una rama. La juzgó suficientemente larga. Cruzó el arroyo y, alargando el brazo todo lo que pudo, rozó con ella el follaje hasta sacudir el arbusto.

No pasó nada. Lo intentó de nuevo con más fuerza: obtuvo el mismo resultado. No había nada allí, solo ramitas, hojas y hormigas atareadas en hacer lo que las hormigas suelen hacer en el bosque. Pero Tony estaba en ascuas.

Avanzó unos pasos, y entonces, a un par de metros, un zorro despuntó del arbusto. Tony soltó un grito y salió disparado hacia atrás. El zorro mostró sus puntiagudos dientes cubiertos de babas. Tenía los ojos amarillos como los del diablo. La baba goteaba a ambos lados del hocico. Su cabeza se movía espástica.

«Rabia», pensó Tony.

—¡Erika! —graznó el zorro—. ¡Erika!

Preparados, listos, ¡ya!

Duró un puñado de segundos, pero fue uno de esos «preparados, listos, ya» de los que Tony nunca se olvidaría.

Los ojos del zorro se volvieron abismos de los que brotaba una oscuridad que doblegaba al mundo. Alrededor de su cuerpo, el terreno se hundía como una sábana tendida sobre la que alguien hubiera colocado una bola de bolera.

Tony se tambaleó.

La respiración jadeante que llegaba a sus oídos no era la suya, tampoco la del zorro, era un rumor de resaca que procedía de los ojos del animal. Había un océano de tinta allí dentro. La tierra se inclinó.

La bola se había hecho más pesada. Tony trastabilló, aunque no perdió el equilibrio.

Una parte de él, la parte shanghaiana de Tony, le decía que se dejara ya de esas gilipolleces Cucú Ricky Riccardo y fuera a buscar a Freddy, que no dejaba de gruñir, para calmarlo y largarse de allí.

La otra parte, la parte mecanógrafa, no podía hacer otra cosa que ir tomando notas: del océano de tinta surgía una figura, Erika, con el vestido del *Maturaball* manchado de barro. La parte mecanógrafa de Tony sabía por qué Erika se encontraba allí.

Ese era un lugar sutil. Los lugares sutiles eran errores del sistema. Brechas a través de las cuales se colaban los tipos como él para robar las historias. Había llegado la hora de saldar cuentas. Erika había surgido por una de esas brechas para hacerle pagar.

«Erika viene a por ti», por fin.

«Estás en la variante K, muchacho. Acuérdate. La K.»

Freddy soltó un ladrido y Tony volvió bruscamente a la realidad. Lanzó la rama contra el zorro. No le alcanzó: el animal retrocedió y lo miró, resentido.

—¡Krrrka! ¡Ka! —tosió—. ¡Krrrka!

No Erika.

—¡Krrrka! ¡Ka! ¡Ka!

Luego sufrió un terrible espasmo. Los ojos se le quedaron en blanco. Las mandíbulas abiertas de par en par lanzaban dentelladas al aire. Freddy empezó a gruñir de nuevo.

Tony le dio la espalda al zorro.

—Canta conmigo, Freddy —Tony marcó el ritmo dándose palmadas en el muslo—. ¿Te acuerdas, Freddy? *Another One Bites the Dust*. La magia buena de Freddie Mercury, ¿la recuerdas? Freddie Mercury hacía que los truenos desaparecieran, ¿lo recuerdas?

Por un momento, pareció que funcionaba. Freddy dejó de agitarse, la correa se aflojó. Hubo un contacto visual entre los ojos del hombre y los del perro. Ambos aterrados.

—A nosotros nos encanta Freddie Mercury, ¿verdad? Freddie Mercury, no Freddy Krueger —murmuró Tony, descubriendo que sentía miedo de acercarse al san bernardo.

¿Tenía miedo? ¿Miedo de Freddy? ¿Qué diablos estaba pasando? «Lo que les pasa a las personas sutiles cuando acaban en lugares sutiles», se dijo Tony. Tendió la mano para acariciar el hocico del perro. Freddy le olisqueó las yemas de los dedos.

—Muy bien, Fred. Muy bien. Ahora nos vamos de aquí, ahora...

—¡Krrrka! ¡Krrrka! ¡KA! ¡KA!

El zorro se había aproximado.

Freddy empezó a aullar de nuevo. Con la mano derecha, Tony le cerró la mandíbula.

—Pam. Pam. Pam. ¿Te acuerdas de cómo suena el bajo, Fred?

En el bolsillo, junto al móvil, Tony llevaba una de esas ridículas navajas multiusos de excursionistas domingueros. Sin soltar el hocico de Freddy, y ayudándose con los dientes, la abrió y se cortó el labio. Al ver la sangre, el zorro se agitó.

—¡Ka! ¡Ka! ¡Krrrka!

Tony intentó ignorarlo.

—No existe un protocolo de Milwaukee para los animales, ¿vale, Fred? Así que piensa en Freddie Mercury. La canción. La magia buena. Yo estoy aquí contigo, ¿okey? No tengas miedo.

El zorro temblaba. Babeaba. Gritaba su horrible «¡Krrrka! ¡Ka! ¡Kkkkaaaa!».

Si el zorro mordía a Freddy...

Tony le soltó el morro y se enroscó la correa alrededor de la mano derecha, sin prestar atención al dolor que el lazo le producía en la carne. Con la izquierda, levantó la navaja al cielo y se preparó para el golpe. La hoja salió disparada. Cortó la correa.

En cuanto Freddy advirtió que desaparecía la tensión, reunió energías para saltar sobre el zorro. Tony clavó los talones en el suelo y tiró con todas sus fuerzas. Ciento diez kilos de puro instinto homicida se abalanzaron sobre el zorro rabioso.

Los músculos del hombro de Tony se tensaron hasta acalambrarse, el dolor fue casi insoportable. Se sintió catapultado hacia delante. Tuvo miedo de no poder conseguirlo. El collar cumplió con su cometido, a Freddy le faltó la respiración y reculó. Tony estaba preparado para aumentar la presión con ambas manos, dispuesto para un nuevo empellón.

No fue necesario. El zorro había desaparecido.

Freddy aulló.

Veintiocho

1

Para el Black Hat, la hora punta se situaba entre la una y las dos. Peones, artesanos, comerciantes o funcionarios de las oficinas de Kreuzwirt y Campo Tures entraban quejándose del excesivo calor, haciendo chistes sobre el aire acondicionado roto de Oskar, hambrientos y con prisa. Era la hora del «hazme un bocadillo caliente volando».

A Sib solía desagradarle ese horario, que resultaba aburrido y estresante. Pero ese día, por el contrario, agradecía no tener que intercambiar ocurrencias con los clientes.

Tante Frida le había aconsejado que se olvidara del orgullo, y era un buen consejo. Nueve de cada diez veces era el orgullo lo que empujaba a Sibby Calzaslargas a meterse en problemas. Tragarse el orgullo, sin embargo, exigía un precio: dejaba un mal sabor de boca.

Antes de aquel asunto, del 8 de junio y de «Erika te arruinó la vida», Sibylle había tenido un proyecto: ahorrar lo bastante para matricularse en la universidad, estudiar a muerte y realizar su sueño de siempre: diseñar motos.

Tenía toda la documentación preparada. Y hasta talento, según algunos de sus antiguos profesores. No faltaban dudas, obviamente. Haría una ingeniería, de acuerdo, ¿pero dónde? En Trento, ¿su acento alemán se lo pondría difícil o le daría un toque exótico? En Innsbruck, ¿la verían como a una estudiante cualquiera o la cadencia dialectal que le salía cuando se sentía presionada la marcaría como una campesina recién bajada de las montañas? Detalles. Sibylle sabía que ese era su camino. Lo había sabido cuando, a los once años, puso las manos sobre el *scooter* de uno de los chicos de Kreuzwirt. Más o menos a los quince ya era un as trucando los ciclomotores de sus compañeros de colegio. A los dieciséis se enamoró de la Yamaha. El problema no era la edad, Sib podía ser paciente cuando se obsesionaba con una idea. Dos años pasarían deprisa. El problema era el dinero. ¿Cómo podía obtenerlo?

La tía Helga acudió en su ayuda. Le dijo que Oskar tenía libre un puesto de camarera. A tiempo parcial. Lo que a ella le convenía. Pero si bajaban sus notas en la escuela, Oskar le daría la carta de despido. Sibylle tocó el cielo con un dedo.

Al principio fue duro, sobre todo por las noches, cuando los salidos del Black Hat no hacían más que intentar meterle mano. El cortacapullos bien a la vista la ayudó a aclimatarse. Con el sueldo y las propinas se compró la Yamaha y empezó a ahorrar un fondo para la universidad.

Sib nunca reflexionó sobre su trabajo en el Black Hat ni sobre los motivos que habían llevado a Oskar a darle ese empleo. La tía Helga y Oskar la querían.

¿Qué más podía decirse?

Sib nunca pensó que hubiera ocupado el lugar de Erika. Camarera a media jornada en el mismo local. Sobre todo, a Sibylle nunca se le ocurrió que Helga y Oskar estuvieran haciendo con ella una obra de caridad. Trágate el orgullo, había dicho *Tante* Frida.

¿Pero dónde estaba escrito que además tuviera que gustarle?

—Oye, Niki.

Había solo una persona que la llamaba así. Niki, como Niki Lauda. Willy Daum. Lucky Willy. Sesenta y nueve años y una dentadura siempre a la vista. Willy sonreía todo el tiempo. ¿Y por qué no? Por algo era Willy el Afortunado.

Excartero, expromesa del motocross, mecánico en sus ratos libres, gran bebedor de zumo de naranja (nunca se le había visto beber nada que no fuera zumo de naranjas recién exprimidas) y, también en sus ratos libres, vendedor de motos usadas para chiquillas rubias. Fue Willy quien le proporcionó la Yamaha a mitad del precio de catálogo, quien le enseñó algunos truquitos para transformarla en un dragón que escupía fuego y cabalgarla como es debido. Sib aún no le había dado las gracias por el truco del muelle.

—¿Lo de siempre?

Willy le hizo una señal para que se acercara. Y como Willy era la persona menos peligrosa del universo, Sib obedeció.

Veintinueve

1

Siglos más tarde, perro y dueño emergieron de la maleza. Llenos de arañazos de zarzas, magullados, con las patas (Freddy) y todo lo demás (Tony) cubiertos de cortes.

Tony sintió el impulso de arrodillarse y besar el asfalto. Pero ya había vivido suficientes locuras por ese día. En cambio, abrazó al san bernardo.

Si alguien pasaba por allí, lo veía arrodillado, agarrado al cuello del perro, con la cara hundida en el pringoso pelaje del animal, y juzgaba su actitud como mínimo de inusual, se podía ir a tomar por culo.

Freddy quería salvarle la vida. El san bernardo habría saltado encima del zorro rabioso para hacerlo. Porque Freddy era un estúpido gordinflón con un cerebro del tamaño de un canario. Un perro tonto que no sabía que si el zorro hubiera mordido al idiota de su dueño no habría pasado nada más terrible que una carrera a urgencias para que le clavaran en el trasero una aguja bien larga. Pero si el zorro hubiera mordido a Freddy...

—Bueno, ya ha pasado —Tony soltó un suspiro y se levantó—. Y al menos hemos salido del problema con cierta dignidad, ¿no?

Miró a su alrededor. No tenía la más mínima idea de dónde se hallaba. El mapa, la navaja, la camiseta y la mochila se habían quedado en el arroyo. Buscó en sus bolsillos. Llaves, cartera. La pantalla del móvil se había rajado.

Tony calculó que la franja de asfalto bajo sus pies por fuerza tenía que ser la variante K («no lo olvides, la K es peligrosa»), porque no habían caminado tanto como para salir del valle. El Mustang estaba aparcado en un área de descanso situada en la 621-K, bastaba con localizarla para dar por finalizado ese día horrible. ¿Pero el área de descanso quedaba a su derecha o a su izquierda?

—Tony dice a la izquierda. ¿Alguna objeción, Freddy?

2

—He oído que has tenido problemas.

Qué rápido corrían las noticias.

—Rudi me cortó el camino. Hice un bonito vuelo, pero todavía estoy entera.

—Dice que fuiste tú la que se le echó encima y piensa ponerte una denuncia.

—No lo hará.

—Pues eso ha dicho.

—¿Y te lo crees?

Willy se encogió de hombros.

—¿Te hiciste daño?

—Un par de hematomas, pero la moto ha quedado para el arrastre.

—Eso me han contado.

—¿Quién, Oskar?

—Tu tía.

—Solo era una moto.

Willy sonrió.

—No te permito que hables así delante de mí.

La carrera deportiva de Willy había acabado en 1972. Y no en la pista. Willy nunca había tenido un accidente mientras competía. En julio del 72, Lucky Willy estaba en la 621 probando la Moto Guzzi de su primo, Manfred, cuando una mancha de aceite lo traicionó. Se rompió la cadera y la cabeza. El médico dijo que se había salvado por pocos centímetros. Por eso lo llamaban Willy el Afortunado.

El hombre tenía una cabeza dura, pero la fractura de cadera no se soldó correctamente. Willy torcía el paso al andar, sobre todo cuando amenazaba lluvia. Una verdadera lástima. De no ser por esa desgracia, Lucky Willy habría sido un gran piloto.

—Perdona. Tengo algunos problemas. Estoy... nerviosa.

Aparte de Oskar, medio dormido detrás del mostrador, y de un par de jubilados inmersos en la lectura del *Dolomiten* (Tony aparecía en la página 17, en la sección «Media Star»: un artículo mucho menos cáustico que el de la web de Giò, quizá por temor a las querellas, pensó Sib no sin satisfacción), el Black Hat estaba vacío.

—Y los que están por llegar —Willy señaló el cartel de Jo Zorn junto a la puerta. El cantante de *country*, con la guitarra colgada al hombro a lo Johnny Cash, miraba al horizonte—. ¿Lo has oído cantar?

—Algo —respondió Sib.

—Jo Zorn estuvo a un paso de convertirse en una de esas estrellas que salen en la tele y llenan los estadios. Murió antes de lograrlo. Era de aquí. Josef Zorn, Jo para los amigos. Yo lo vi rasgueando su guitarra cuando era así de alto. La llamaba «la esposa del diablo». Pero ya sabes lo que se dice, quien bromea con el diablo...

Sib retrocedió.

Willy le sonrió con una dulzura infinita.

—Al menos Jo murió antes de hacerse viejo. Se ahorró un montón de penalidades. Yo solo soy Lucky Willy, el que podría haberlo conseguido y en cambio...

—¿Qué estás intentando decirme?

—Que mis ojos y mis oídos funcionan a la perfección. En especial los oídos. Sobre todo cuando alguien responde al teléfono y se pone a susurrar. La curiosidad tiene nombre de mujer, pero debe de haber una parte..., ¿cómo la llamáis ahora?

—¿Estás hablando de Oskar?

Lucky Willy asintió.

—Ten preparado el paraguas, Niki.

Treinta

1

La dirección resultó ser la correcta. Al cabo de media hora, los cromados del Mustang destellaron detrás del boscaje. Pero no, la suerte aún no estaba de su parte.

Algún graciosillo, mientras Tony estaba ocupado bailando un tango con Míster Rabia, se había divertido. Los neumáticos delanteros y traseros estaban pinchados y habían dejado una bonita inscripción en el capó, hecha con un objeto puntiagudo, un cuchillo o una llave.

Tony abrió la puerta. Freddy se acurrucó en el asiento de atrás. Tenía pinta de estar agotado y se durmió enseguida. Tony dejó la ventanilla abierta para que circulara el aire y cerró la puerta. Entonces admiró otra vez la incisión sobre el capó del Mustang.

«Xupa.»

No «chupa». «Xupa.»

El clásico ejemplo de ortografía creativa.

A Tony se le escapó una especie de sollozo. El móvil, a pesar de su aspecto maltrecho, funcionaba. Llamó a asistencia en carretera, indicó su posición, la repitió un par de veces porque en la línea había interferencias, se despidió y el móvil murió. «Xúpate esta.» Y en ese momento, toda la tensión acumulada estalló. A Tony le entró una risa irrefrenable, como cuando en la escuela uno no podía parar de reír y los profesores se enfadaban.

—Estamos persiguiendo —se dijo, desternillándose— un Mustang modelo Xupa en la ruta 66, *sheriff.*

Se le caían las lágrimas y le dolía el estómago, pero era incapaz de parar.

—... notable la interpretación de Bullitt por parte de Steve McXupa.

Y naturalmente...

Tony levantó los brazos al cielo e, imitando la voz del presentador en el Palaonda, la pista de hielo de Bolzano a la que solía acudir para animar al equipo de casa, gritó a voz en cuello:

—¡Todo el mundo en pie por Tooony XUPA Caaaaarcanooo!

Le pareció que oía a la muchedumbre de aficionados repitiendo: «¡Xu! ¡Pa! ¡Xu! ¡Pa! ¡Xu! ¡Pa!», y entonces se percató de que su vejiga estaba a punto de reventar. «Son los malditos nervios. Ese zorro asqueroso, Freddy y...» Pensar en el zorro rabioso, en el peligro que había corrido Freddy y en el susto que se habían llevado debería haberlo calmado. En cambio, le vino a la cabeza otra imagen. La doble página de cultura de *La Repubblica* con la reseña de un libro suyo con un único, llamativo y sonoro

«XUPA».

La risa lo obligó a doblarse por la mitad, sujetándose el vientre. Estoy a punto de orinarme encima, pensaba. Si no paro, corro el riesgo de esbozar un Pollock en los pantalones, y Polianna...

—¿Señor?

Tony levantó una mano.

—Un mo... momento...

Casi no podía respirar.

—¿Se encuentra bien? ¿Todo bien?

La carcajada de Tony se transformó en rebuzno. El rebuzno, en una serie de golpes de tos.

—Estoy... —balbuceó—. Estoy bien.

Hizo un esfuerzo para recuperar la posición vertical apoyándose en el coche.

Rezando al dios de los escritores idiotas, miró a hurtadillas la entrepierna de sus pantalones. No estaba manchada. Hemingway se habría sentido orgulloso de él. Hemingway, cazador de leones, mujeriego y autor de la inmortal obra maestra *Por quién xupan las campa...*

Tony dejó escapar la última risita en forma de enésimo y falso golpe de tos.

—¿Necesita ayuda?

—He llamado a la grúa. Pero gracias por haberse parado.

Tony tendió la mano. El apretón del buen samaritano era fuerte. El buen samaritano sonrió. Tenía un espacio vacío entre los incisivos y conducía una camioneta roja.

Treinta y uno

1

Como indicaba el cartel, el Black Hat era una sala de baile. Al fondo había un escenario donde, cada viernes, diferentes grupos tocaban música en vivo. Sin embargo, el resto de la semana el Black Hat era y seguiría siendo un bar. Mucho cuidado, no obstante, con decirlo delante de Oskar.

Cuidado también con llamar «cuchitril» a lo que él definía como «despacho». Unos pocos metros cuadrados robados entre los camerinos para los artistas (no menos diminutos) y el almacén (casi tan grande como el local), y que a Sibylle siempre le provocaban un poco de claustrofobia. Ni siquiera había ventana. Solo un escritorio con un ordenador, un póster de Hank Williams y una silla.

Nunca era buena señal que Oskar te pidiera que te reunieras allí con él. Tampoco lo era encontrarlo en medio de los libros de contabilidad, con un bolígrafo en la mano y la cara contrita.

«No te atrevas. No te atrevas a llorar. No le des esa satisfacción.»

—Vale —la voz le temblaba, pero solo un poco.

—A mí me duele más que a ti. Tú misma has visto las cuentas. Las he repasado tres veces. Y por desgracia...

Sib le lanzó una mirada que lo hizo enmudecer.

—Por desgracia...

Oskar agachó la cabeza sin terminar.

Sib tardó menos de un segundo en imaginar las razones.

«... Por desgracia, has ido a ver a *Lehrerin* Rosa. Has hablado con Hannes el *cowboy*. Por desgracia, haces demasiadas preguntas. No te conformas con un cadáver hallado en el lago. No has aceptado la Yamaha nueva. Una auténtica bofetada. Podrías haberlo hecho. Deberías haberlo hecho.»

Le habría gustado coger los libros de contabilidad y lanzarlos contra el suelo. Agarrar el ordenador y estampárselo en el morro a Oskar. Gritar todo su desprecio. Pero no habría servido de nada, al contrario, a lo mejor acababa echándose a llorar. Y no pensaba darle esa satisfacción. Ni a él ni a Karin Perkman.

—Por desgracia, he tentado al diablo —se limitó a decir Sibylle.

Treinta y dos

1

—Cuatro ruedas pinchadas. Una es mala suerte. Dos, una señal del destino, pero cuatro es...

—Vandalismo.

—Qué capullos.

El forastero se caló la gorrita en la cabeza. Medía cerca de un metro ochenta, era ancho de hombros y tenía pinta de comer muchos filetes y trabajar al aire libre. La hendidura entre los incisivos y el hoyuelo de la barbilla le daban un aire de tipo divertido.

—Totalmente de acuerdo, señor...

—Rudi. Me llamo Rudi Brugger.

¿Dónde había oído Tony ese nombre?

—¿Ha llamado a los carabineros? Ese coche debe de valer una fortuna. ¿Es antiguo?

—Claro.

Rudi silbó, admirado.

—Es una maravilla. ¿Sabe que se parece usted a un famoso? ¿Cómo ha dicho que se llama?

—Carcano. Tony.

Rudi dio un paso atrás, con un gesto elegante, casi de bailarín.

—¿Bromea? ¿El escritor? ¿El de Bolzano?

Mauro, su agente, decía que el noventa y dos por ciento de sus lectores eran mujeres. Tony no había creído nunca en ese porcentaje. Había un montón de chicos ahí fuera que se divertían leyendo historias de corazones rotos y —desde que E. L. James había hecho su triunfal entrada en el mundo

163

editorial— cópulas sadomaso por los rincones de las oficinas. Por supuesto, era difícil imaginar a ese hombretón enfrascado en *Medianoche y un beso* o *La cazadora de polillas...*

—El mismo. ¿Le parece bien que nos tuteemos?

Rudi le plantó una manaza en el hombro. Contusiones y arañazos se lo agradecieron.

—Será un honor.

Rudi se dirigió entonces a la camioneta roja y volvió agitando un ejemplar de *Dos,* el primer libro de Tony. Parecía tan contento que por un momento el escritor volvió a la teoría de los mundos sutiles.

Si en el bosque había acabado en medio de dientes y bocas babeantes (¡la variante Krrrka! ¡Ka!), ahora, con la inscripción en el capó, el Mustang maltratado y ese tipo exultante que le mostraba tan contento un ejemplar de su novela, pensó que se había metido directamente en el fantástico mundo de Oz.

—*Dos* es mi favorito —dijo Rudi—. *La gitana feliz* no está mal, quizás un poco largo. Y *Medianoche* es realmente bueno. Mejor dicho, para mí, *Medianoche* iría inmediatamente después de este. El policía que primero parece un cabrón y luego resulta ser un padre soltero maravilloso. ¿Cómo se llamaba la niña? ¿La que está obsesionada con combinar los colores del arcoíris con los sentimientos del padre? Papá rojo. Papá...

—Lara.

—¡Lara, sí! Encantadora. Y luego se enfrenta a toda la familia con tal de... —Rudi se interrumpió—. Perdóname. Soy un fan.

—Ya lo veo.

—En cualquier caso, *Dos* es el mejor. No hay duda. ¿Te molesta que te lo diga?

—Me siento halagado.

—¿Puedo aprovechar para hacerte una pregunta?

—Claro.

—¿Aunque sea personal?

—Vamos a ver.

La expresión de Rudi cambió de repente. Ya no parecía el amable carnívoro que contaba chistes para subir la moral de sus colegas. Parecía un carnívoro y punto.

—¿Qué tal duermes por las noches, señor escritor?

—¿Perdona?

El hombre empezó a leer.

—«... Se abrió de cuerpo y de corazón. Su mente se convirtió en un latido de placer mientras la penetraba con gestos tímidos y al mismo tiempo...»

Rudi no había abierto el libro al azar. Había un marcapáginas al lado de un fragmento subrayado. ¿Quién se tomaba la molestia de subrayar los pasajes de sus novelas? No fue la cara de carnívoro de Rudi lo que asustó a Tony. Lo que le asustó en serio fueron el marcapáginas y el subrayado.

—Lo he sacado de la biblioteca de Campo Tures. La biblioteca pública, ¿entiendes, señor escritor? Ahora, si la cosa fuera entre tú y yo, somos adultos, ¿verdad? Contar dónde se moja el churro, cómo y con quién, es normal. Entre adultos. Pero a esa biblioteca van... —Rudi agitó la mano en el aire. Su voz se hizo chillona—. He visto este libro en manos de chiquillas. Prácticamente niñas. ¿Qué te parece eso?

—¿Puedes apartarte?

Rudi le golpeó en el pecho con el libro. No fuerte. Un golpecito.

—Esto es pornografía —exclamó—. Esto es basura. Por-no-gra-fí-a.

—Un paso atrás, por favor.

—¿Cómo duermes por las noches, señor Carcano? ¿Feliz y calentito como un huevo en el culo de una gallina? ¿Te duermes contando los ceros en la cuenta del banco? Si fuera tú, a partir de ahora dormiría con un ojo abierto. Nunca se sabe si alguien no te abrirá a ti en canal exactamente como...

El sonido de un claxon. La grúa de la asistencia en carretera.

—Ya nos veremos, cerebrito.

Rudi saludó al conductor de la grúa. Una broma, un saludo y un apretón de manos. Luego se subió a la camioneta roja. Abrió la ventanilla. Se asomó para dirigirse al escritor.

Sonriendo, dijo algo que dejó a Tony sin aliento.

Treinta y tres

1

No era un lago de postal.

No tenía nada que ver con los lagos alpinos, que son el sueño de cualquier fotógrafo. El lago de Kreuzwirt no posaba. Parecía un pozo de bordes irregulares, como si Dios, el día en que decidió crearlo, hubiera ido con prisas. Había plantado su dedo en medio de la turbera y luego había rellenado la huella con agua. Listo. A otra cosa.

El lago sin nombre no era grande. Una veintena de metros de una orilla a la otra, no más. Pero era profundo. Y a pesar de la fuente que lo alimentaba todo el año, sus aguas no lograban nunca ser del todo cristalinas debido al lodo de la turbera. En el centro, la opacidad se transformaba en oscuridad.

Pero, en resumen, Dios había hecho un buen trabajo. El lago tenía un cierto encanto. Sobre todo después de que las fosas nasales se hubieran acostumbrado al olor de la turbera. Además, al contrario que los lagos alpinos, fotogénicos y llenos de poesía pero fundamentalmente muertos, el lago de Kreuzwirt rebullía de vida. Ranas, sapos, tritones y, a su alrededor, gusanos, mariposas de múltiples formas y dimensiones, pájaros.

Sibylle ya no sabía cuánto tiempo llevaba sentada en la orilla, justo enfrente del lugar en que el doctor Horst había arrastrado el cuerpo de Erika fuera del agua.

Nunca se había sentido tan sola como en ese momento. Sola y furiosa.

«¿Ya estás contenta? Me has jodido la vida. Por segunda vez.»

—Erika la gilipollas.

Para calmarse, habría necesitado ponerse el casco y acelerar. Pero la Yamaha estaba destrozada. Y ahora que Oskar la había despedido, las posibilidades de comprar otra a corto plazo se habían reducido al mínimo. «Seamos serios», pensó.

La Yamaha era el último de sus problemas. Tenía que comer. Pagar las facturas. Los ahorros para la universidad se iban a fundir como la nieve al sol. Al cabo de unos meses tendría que hacer las maletas y vender la casa de Erika.

¿A quién pretendía engañar? La situación era aún peor. Nadie en Kreuzwirt le ofrecería trabajo, nadie le compraría una casa cercada por arbustos de moras. No la aceptarían ni aunque Sibylle la regalara envuelta en un paquete lleno de lazos. La casa de Erika estaba destinada a chuparle la sangre eternamente.

Eso era lo que les pasaba a quienes se enfrentaban a los Perkman.

A menos que Sibylle decidiera olvidarlo todo. Porque los Perkman eran buena gente. Si ella quisiera, el asunto terminaría de inmediato. Bastaría con levantarse de allí, quitarse de encima el lodo de la turbera e ir a llamar a la Krotn Villa.

Karin y Michl escucharían sus problemas. La consolarían. Sibylle haría las paces con ellos, les diría que estaba equivocada. Qué estupideces se les ocurren a chiquillas estúpidas como Sibylle la Estúpida.

Karin y Michl aceptarían sus disculpas, enjugarían sus lágrimas y quemarían la foto de Erika con la sonrisa del colibrí. Todo sería perdonado.

«Tómate la medicina, Sib.

»Es amarga, pero te sentirás mejor.

»Podrás quedarte con la casa. Comprar una moto. Incluso algo mejor que una Yamaha de segunda mano. Conocerás a un buen chico de la zona. Uno sin muchos pájaros en la cabeza, que te llevará a esquiar en invierno y a la playa en verano. Un marido sin complicaciones. De vez en cuando leerás un libro de Tony y sentirás una pequeña punzada de melancolía. Se pasará enseguida, ya verás. Y cuando Sibby Calzaslargas dé señales de vida, cuando de noche sientas que te ahogas, cuando algún niño dibuje la sonrisa del colibrí en la puerta de tu casa, te subirás a tu bonita motocicleta nueva y te irás a dar una vuelta por el bosque, segura de que ninguna camioneta roja aparecerá de repente para cortarte el paso. Con el tiempo, con un poco de buena voluntad, día a día, el mundo se irá empequeñeciendo. Sus confines se estrecharán. Hasta que solo quede Kreuzwirt con sus geranios en las ventanas.

»Un pequeño lugar feliz para una pequeña Sibylle feliz.»

2

Al ponerse el sol, Sib decidió que ya era hora de regresar a casa.

Treinta y cuatro

1

Fueron amables.

Un Toyota de cortesía y una camiseta XXL que le quedaba muy holgada. Para los neumáticos necesitarían un par de días, no los tenían de esa medida. Para la pintura no estaban equipados, pero podían recomendarle a un tipo que...

Tony fue al grano. Le puso un par de billetes en la mano sucia de grasa al tipo de asistencia en carretera, garabateó su número de casa en una hoja de papel y le preguntó por el veterinario más cercano.

El doctor Pirone desinfectó las heridas de Freddy y se ofreció a hacer lo mismo con las suyas. Luego le administró al perro la primera dosis de la vacuna antirrábica. Freddy no se mostró entusiasmado, pero se dejó pinchar como un buen san bernardo estoico. El veterinario les dio una cita para la semana siguiente. Y otra para la de después. Para entonces Freddy ya estaría a salvo de Míster Rabia. Tony se lo agradeció.

En una tienda de telefonía móvil de Campo Tures compró un nuevo teléfono. Mientras conducía hacia Kreuzwirt, llamó a Polianna para tranquilizarla. Llegaría tarde a cenar, pero solo eso. Estaban perfectamente, disfrutando de lo lindo bajo el sol. No debía preocuparse. Después intentó hablar con Sibylle, pero la chica no contestó.

2

Dejó el Toyota en el aparcamiento del Black Hat poco después de las ocho. Al oeste, el cielo era una desagradable masa de sangre coagulada. Mejor así.

Ni Tony ni Freddy estaban de humor para ocasos románticos.

Treinta y cinco

1

Alguien estaba fumando delante de la puerta de la casa de Erika. Una figura sentada en los escalones, recogida sobre sí misma. La punta del cigarrillo iluminaba su cara.

—Wolfie.

El exguardabosques la observó unos segundos antes de identificarla. Tenía los ojos veteados de rojo. Era la primera vez que Sib veía a Wolfie borracho.

—Hola, niña. He oído que estás pasando una mala racha.

—Más bien una racha de mierda.

Wolfie señaló la mochila. Robusta, había visto de todo.

—Y aún no ha terminado. Es culpa mía, me temo.

Sib se puso rígida.

Wolfie intentó levantarse. Se tambaleó y cayó de culo.

—No aguanto bien el alcohol. ¿Te importaría ayudarme?

Sibylle no aferró la mano que el hombre estaba tendiéndole.

—Antes dime qué estás haciendo aquí.

—Testaruda. Y ciega. Como problema, no es poca cosa.

—¿En Kreuzwirt?

—En esta tierra, niña.

—¿Te envía Karin?

Wolfie se apoyó en el escalón para ponerse en pie. Volvió a tambalearse, pero esta vez no se cayó.

—Todos le debemos algo a Friedrich. Era una gran persona. Las deudas de los padres terminarán pesando en los bolsillos de los hijos. ¿No es lo que se dice?

—¿Qué hay en esa mochila?

Wolfie tiró la colilla y la aplastó con la bota. Luego se inclinó para recogerla y a punto estuvo de darse de bruces contra el suelo. De haberlo hecho, Sib lo habría dejado allí. Se metió la colilla en el bolsillo de la camisa de color caqui y señaló una vez más la mochila.

—Ábrela.

Vacilante, Sibylle obedeció. Dentro de la mochila encontró el mango de una piqueta.

—¿Tienes que partirme los huesos?

—No. No...

—¿No todavía?

Wolfie se encendió otro cigarrillo. Escupió al suelo.

—Después de haber visto lo que la quimio le hizo a mi pobre Margherita, el tabaco me da asco. Es como tragar mierda quemada. Pero no puedo dejarlo. Cada uno de estos cigarrillos me acerca al lugar donde ella está ahora. La echo de menos. Echo de menos aquellos tiempos. Cada cosa en su sitio y un sitio para cada cosa. Margherita era mi sitio justo. Ahora me siento huérfano, como un viejo calcetín desparejado.

Esa confesión, expresada sin el menor asomo de autocompasión, solo con un profundo dolor, en otro momento habría emocionado a Sibylle. Pero no ese día. No con el mango de la piqueta en la mano.

—¿Crees que no soy capaz de partirte la cabeza, Wolfie?

—Me harías un favor, niña.

Sib sintió el impulso de hacerlo. Levantar aquel maldito mango de madera y romperle el cráneo al viejo borracho. ¿Echaba de menos a su adorada esposa? Sibby Calzaslargas podía hacer que se reuniera con ella en un santiamén.

—Primero a ti —murmuró—, luego a esa gilipollas de Karin.

Wolfie se rio burlonamente.

—No conseguirías ni acercarte. Rudi te cerraría el paso antes. O Michl. O incluso...

—Las buenas gentes de Kreuzwirt.

Indignada, Sib dejó caer el mango de la piqueta.

—¿Qué has venido a hacer aquí?

—Tarde o temprano, uno acaba pagando por sus pecados.

—¿Qué pecados?

—Todos, sin excluir ninguno. Por eso estoy aquí. Para expiar mis pecados. Y dejarte un recordatorio.

—¿Palabra de Karin?

—Michl. Ha venido en persona. Siempre me ha dado miedo. Más que Karin. Quizás porque es médico y los médicos nunca me han gustado —Wolfie se rascó la barbilla mal afeitada—. Karin es una zorra rabiosa. Como el que mordió a tu madre. Alguien le ha transmitido la enfermedad, y ¿qué puede hacer ella? Nada. Pero Michl, él es el único que podría... Mi cabeza, mi pobre cabeza...

Wolfie tuvo que apoyarse en la pared. Sib sintió piedad del anciano. Lo sujetó y lo ayudó a sentarse en el suelo. Entró en la casa para buscar un vaso de agua.

—Gracias.

Sib se acuclilló a su lado.

—¿Qué es eso que puede hacer Michl y que te da tanto miedo?

—Marcharse sin que haya consecuencias.

—¿Karin se lo permitiría?

—Quizás sí, quizás no. A lo mejor están enamorados de verdad, como dicen; a lo mejor solo se divierte viendo cómo brincamos. Eso es lo que me asusta de ella. Karin habla y uno brinca. Karin habla y yo... estoy aquí. Con ese estúpido palo amenazando a una niña.

—¿De lo contrario qué te harían?

—No es mía. ¿Lo entiendes, niña? La casa.

2

Nadie se detuvo. Nadie los vio. Una chica menuda que arrastraba a un anciano con una mochila colgada al hombro. Y sin embargo fueron muchos los habitantes de Kreuzwirt que se cruzaron con Sibylle y Wolfie por la calle. «Nos hemos vuelto invisibles», pensaba Sibylle. O quizás era ella la única a la que nadie quería ver. Como a Erika antes de ahogarse.

Sib acompañó a Wolfie a casa. Lo ayudó a abrir la puerta y a echarse en la cama de matrimonio. Mientras lo cubría con una manta, el hombre alcanzó de la mesilla la fotografía de Margherita y la colocó sobre la almohada, a su lado.

Sib le deseó buenas noches.

Wolfie no contestó. Dormía.

Sibylle salió. El mango de la piqueta al hombro.

Treinta y seis

1

Tony se sentó en la barra.

—Un bourbon. Un Jim Beam.

—Sibylle no está —dijo Oskar—. Y no servimos a conductores.

—Es el perro el que conduce. El Big Jim es para mí. Tampoco estoy buscando a Sibylle.

Oskar le sirvió. Tony se bebió el bourbon de un trago, pensando en las últimas palabras que Rudi le había dicho. «Que tengan buena noche, señor Carcano. Erika y usted.»

No Sibylle sino Erika.

Y eso lo había aterrorizado. Pero también había despertado su intuición.

—Sabes lo que se dice en estos casos, ¿no? —le dijo a Oskar.

—No.

Tony le guiñó un ojo.

—Krrrka.

—¿Cómo?

—Es la lengua de los zorros —respondió Tony—. Significa: tengo tres preguntas que hacerte. Puede que alguna más, no lo sé, depende de ti. Pero el tres es un bonito número, así que te haré tres preguntas. Sé fuerte, aquí va la primera: ¿tú quieres a Sibylle?

Oskar retiró la botella de la barra.

—Aquí no nos gustan los borrachos.

—Es el perro el que conduce. Yo soy el que hace las preguntas. Pregunta número uno: ¿quieres a Sibylle?

—¿Después te marcharás?

—A la velocidad de la luz —Tony puso un billete en la barra—. Quédate con el cambio.

—Esa chica es como una hija para mí.

—Segunda pregunta. ¿Quién es Rudi?

Oskar se frotó los nudillos.

—¿Por qué quieres saberlo?

—Rudi. Grande, gordo. Hoyuelo en la barbilla. Óptimo gusto en cuestión de lecturas, pero pésimo carácter.

—Es el hijo de Peter.

El olor a desinfectante. El agua de rosas. El asilo de ancianos con ese nombre tan ridículo: Aurora. *Lehrerin* Rosa haciendo crucigramas. Rudi, hijo del hombre que había construido el invernadero para la señora. ¿Cómo no había caído antes?

—El guarda de la Villa de los Sapos.

—El mismo.

—Apuesto a que vive en la casa que Friedrich Perkman le regaló a su padre. Porque Perkman era una persona...

—Que cuidaba a la gente. Sí.

—¿Y qué cosas hace Rudi para los Perkman? ¿Se limita a pulir la plata de cuando en cuando o...?

—Eso no es asunto tuyo. Ni mío.

Tony apartó el vaso de Jim Beam, ya vacío.

—¿Te importaría ponerme un agua mineral? Sin gas, por favor. Odio las burbujitas. Y sin limón. Ya tengo bastante acidez.

Oskar permaneció inmóvil.

—Oskar, créeme, estoy convencido, y lo digo sinceramente, de que tú quieres a Sibylle. Y sé que, a pesar del mal carácter que se gasta, Sib te corresponde —repiqueteó con el dedo sobre la barra—. Agua para el sediento, por favor.

Oskar le pasó un vaso de agua mineral.

Tony se la acabó de un trago. No era consciente de hasta qué punto se había deshidratado en las últimas horas.

—Y eso supone un problema. Al menos para mí. Porque este hermoso cachorrillo le ha cogido cariño a esa chica. Y no quiere hacerle daño.

—¿Estás amenazando a Sib?

—En realidad, te estoy amenazando a ti.

Oskar soltó una sonora carcajada. En su lugar, Tony habría hecho lo mismo. Había al menos veinte kilos de diferencia entre él y el dueño del Black Hat.

—Mira, Oskar, conozco de sobra a los tipos como tú. Mi barrio estaba lleno de matones con ganas de pelea, pero los demás aprendimos rápido. ¿Quieres que te lo demuestre?

—Di lo que tengas que decir y no vuelvas a pisar mi local.

—De acuerdo. Pero primero explícame por qué estabas en aquel chiringuito de hamburguesas y patatas fritas. ¿Es que aquí no servían hamburguesas y patatas fritas? A lo mejor en el 98 todavía no teníais plancha. ¿Fuiste a buscar cocaína? ¿Pastillas? ¿Qué hacías en el chiringuito de Hannes el *cowboy*? Si yo le planteara esta pregunta a Sibylle, ¿qué pensaría de ti?

Oskar palideció.

Tony redobló el golpe.

—A lo mejor ibas buscando chicas. Chicas que se habían escapado de casa y necesitaban dinero. Chicas como Erika. Y ahora volvamos a ser amigos y contesta a la tercera y más importante pregunta: ¿has mentido cuando has dicho que querías a Sibylle?

Oskar cerró el puño, las venas del cuello hinchadas, los ojos reducidos a una hendidura y las fosas nasales temblorosas.

Tony no pestañeó.

—¿Seguro que es una buena idea?

El puño se apoyó en la barra. Oskar se sirvió una abundante dosis de Jim Beam.

Se la metió entre pecho y espalda sin dejar de mirar con odio al escritor.

—Cocaína. En el 98, el Black Hat estaba a punto de cerrar. Tenía treinta y tres años y la cuenta del banco vacía. No sabía qué hacer para salir adelante. Tuve que recortar la plantilla. Pero a Erika no la despedí.

—¿Por qué?

—Por cómo la trataban. Me disgustaba.

—¿Quiénes?

—Todos.

—¿Gabriel, Elisa, Karin?

Oskar negó con la cabeza.

—Ellos eran unos críos. Yo no estaba furioso con ellos. Se peleaban y al día siguiente lo habían olvidado todo. Yo culpaba a los adultos. Se reían de Erika a sus espaldas con el asunto del tarot. Erika estaba segura de que era capaz de predecir el futuro. Y ellos le seguían la corriente para divertirse.

Tony enarcó una ceja.

—Pero le pagaban.

—Era una manera de ponerla en su lugar.

—Reduces personal, aumenta el trabajo. Vas al *brattaro* de la 621-K a abastecerte de cocaína y te encuentras a Erika. ¿Qué pasó después?

—Las cosas se arreglaron. El momento difícil pasó.

—No para Erika.

—Estoy hablando del Black Hat.

Tony resopló, sarcástico.

—Perkman nunca dejaba tirados a los amigos, ¿no?

—Me sugirió convertir el Black Hat en sala de baile. Había suficiente espacio. Solo necesitaba una pequeña inversión. Y luego me ayudó a organizar los primeros conciertos. A poner anuncios en los periódicos.

—¿Eso es todo?

—Si cabreabas a Perkman, hacías cabrear a Peter. Y si cabreas a Karin...

Treinta y siete

1

Cuando Sibylle anunció a la tía Helga que quería mudarse a la casa que Erika había heredado de su madre, la mujer no se sintió feliz con la noticia. La casa de su hermana necesitaba unos cuantos arreglos, probablemente demasiados. Sib se arriesgaba a fundirse todos sus ahorros. La chica le pidió consejo a Oskar, y el dueño del Black Hat, tras una rápida inspección, se declaró pesimista. Él mismo podía ocuparse de la instalación eléctrica, y Sibylle podría sobrevivir un tiempo sin cambiar los azulejos del baño, bastaría con aplicar unos cuantos productos para el moho; pero no quedaba más remedio que reemplazar la puerta y las ventanas, los marcos se caían a pedazos. Y eso costaría un montón de dinero. Más o menos como reparar el tejado, que tenía varias goteras.

«En resumen, Sib, ¿estás segura de querer asumir todo ese esfuerzo?» Había pasado lo mismo con la Yamaha: cuando a Sibylle se le metía algo en la cabeza, era imposible disuadirla. Pidiendo un favor por aquí y otro por allá, y gracias al pequeño préstamo del banco, la casa de Erika volvió a ser habitable. No era una casa perfecta: había corrientes de aire, el calentador funcionaba un día sí y otro no, y las bombonas de gas bajo la cocinita la tenían muerta de miedo. Caldearla en invierno costaba un ojo de la cara. Pero era suya.

Entre aquellas paredes siempre se había sentido protegida.

Ahora, la casa cercada de moras se había convertido en un cepo. Sib había visto a bastantes zorros en el bosque atrapados en aquellas trampas. Casi todos, en determinado momento, debido al hambre, la sed y el dolor, eran presa de la desesperación y empezaban a mordisquearse la pata aprisionada hasta arrancársela para poder huir. Un espectáculo atroz.

A Sibby Calzaslargas se le escapó la risa. El zorro es sabio y no termina en las necrológicas. Haz lo mismo que el zorro, muérdete el tobillo, libera la pierna y vuela lejos.

Sib levantó el mango de la piqueta y soltó un aullido. El ruido de la primera ventana hecha añicos le calentó el corazón.

Treinta y ocho

Una chica rubia, completamente idéntica a Sibylle pero que de ningún modo podía ser Sibylle, porque Sib nunca haría algo semejante, estaba bailando en torno a la casa de Erika, rompiendo las ventanas con una especie de bastón grueso.

—*Di Erika kimpt di holn!* —gritaba—. ¡«Erika viene a por ti»! ¡Esa gilipollas está llegando!

—¿Sib? —la llamó Tony, incrédulo.

La muchacha clavó el mango de la piqueta en el suelo.

—Oskar —dijo, como si eso pudiera explicarlo todo.

—¿Qué pasa con Oskar?

—Ha recibido una llamada telefónica de Karin. Así que ahora estoy sin trabajo. Hemos estado tentando al diablo, ¿no? Wolfie, en cambio, tenía que dejarme un recuerdito, aunque estaba demasiado borracho para hacerlo. Por eso lo estoy haciendo yo misma.

La risa de Sib le recordaba a Tony el reclamo del zorro rabioso. *¡Kkkka! ¡Krrrka! ¡Ka!* Incluso Freddy, a su lado, parecía asustado.

—Cuéntamelo despacio, ¿quieres? Oskar te ha despedido porque Karin se lo ha ordenado. Vale. Pero el resto es un poco confuso. ¿Por qué intentas destrozar la casa?

—Porque Wolfie estaba demasiado borracho para hacerlo —la voz de Sibylle se volvió chillona—. Y yo soy una estúpida. Igual que tú. Todavía no has entendido que los Perkman son los dueños de todo. De todos.

—Sib, por favor...

—¿Por favor? —Sibby Calzaslargas se le abalanzó como un caballo desbocado—. Ya no tengo trabajo, no tengo a nadie. Y la moto... Ese hijo de puta de Rudi me ha jodido la moto. ¡Ni siquiera eso me han dejado!

Tony sintió una punzada en el estómago.

—Me dijiste que te habías caído, que fue un accidente.

—Rudi me cortó el paso con ese armatoste que conduce.

—¿Rudi?

Sibylle se apretó la cabeza entre las manos y volvió a su cantilena:

—*Di Erika kimpt di holn! Di Erika kimpt di holn!*

Tony siguió su instinto. La abrazó. Ella intentó desasirse. Tony no cedió. La chica rompió a llorar. Tony notaba las lágrimas a través de la tela de la camiseta.

—Erika está muerta. Es la única persona que no puede hacerte ningún daño. No la tomes también con ella —le dijo, acariciándole el pelo—. ¿Por qué no me contaste lo de Rudi?

Sib se tragó el orgullo.

—No quería que pensaras que no puedo cuidar de mí misma.

—Nunca pensaría eso, Sib.

—¿De verdad?

—Por supuesto.

Un colimbo lanzó su reclamo. Freddy ladró.

Las lágrimas cesaron. La respiración de Sib se acompasó.

Tony hizo ademán de apartarse de ella, pero Sib lo agarró con fuerza.

—Espera un minuto, ¿vale?

—Vale.

—No pretendo seducirte, ¿de acuerdo?

—No se me había ocurrido ni por asomo.

—Solo necesito limpiarme un poco más la nariz. Cuando lloro moqueo mucho.

—Tú sí que sabes hacer sentirse indispensable a un hombre, Sib.

Sibylle dejó escapar una risita.

—¿Y a ti cómo te ha ido el día, hombre Kleenex?

—Perfecto. Xupado, de hecho.

Sin dejar de mecerla, Tony le contó el episodio del zorro, el ultraje al Mustang y su encuentro con Rudi.

—El mensaje está claro —concluyó—. Tienes que marcharte de aquí. Tendrías que haberlo hecho hace tiempo.

—¿Quieres rendirte?

—Ni en sueños —contestó Tony—. La época en que los Carcano agachaban la cabeza ha terminado.

No eran sus palabras. Repetirlas le hizo sentir escalofríos. Y rabia. La sensación le recorrió el cuerpo como una descarga de alta tensión. Sibylle debió de notarlo, porque se separó de él y lo escrutó con una mirada interrogativa.

—Solo te estoy diciendo que necesitas un lugar seguro donde lamerte las heridas. Podrías quedarte en mi casa unos días. Tengo un cuarto de invitados que no utilizo nunca. Si no te parece bien, existen los hoteles. Corre de mi cuenta, no hay más que hablar. Lo importante es que...

Sibby Calzaslargas le dio un empujón.

—Olvídalo, Míster Macho. Yo de aquí no me muevo.

En cambio, el inamovible fue Tony.

—Los Perkman golpean donde más duele. En tu caso, la moto, el trabajo, el dinero, la casa. Pero sobre todo el orgullo, porque saben que eres una persona que nunca pide ayuda. Pero es que además ya no eres apreciada en Kreuzwirt, podría resultar peligroso para ti permanecer aquí. Por eso quiero que hagas las maletas y te vengas a Bolzano. Te lo habría pedido antes si me hubieras hablado del accidente. Y...

Tony se tomó un respiro.

Dos.

—Lo que intento decir, Sib, es que, aunque tú te rindieras, el hombre Kleenex seguiría por su cuenta. Hasta el final.

—¿Por qué?

Tony miró al cielo y repitió una frase de veinte años atrás.

—Porque ya no hay estrellas.

Treinta y nueve

1

Milani estaba esperándolo fuera de la redacción. La tarde del 23 de marzo.

Cargó a Tony a la fuerza en el Citroën, le llenó la cabeza de tonterías y lo obligó a sentarse a la mesita de un bar detrás de otro. Jim Beam Tour, lo llamó.

Entrada ya la noche, borrachos como cubas, se encontraron en un camino rural en las inmediaciones de la ciudad. Tony tendido en el suelo; Milani, a poca distancia, meando contra una hilera de viñas resecas mientras emitía gorgoritos de placer.

—Te acostumbrarás —dijo el fotógrafo—. Solo tienes que aprender el truco. Tragar sin saborear.

Tony consiguió girarse lo suficiente para no vomitarse encima. Cuando terminó, Milani le puso un cigarrillo entre los labios y se lo encendió.

—¿Qué canción es? —preguntó Tony en determinado momento.

Milani lanzó una mirada hacia el Citroën, aparcado cerca. De la radio del coche salía una melodía rítmica.

—*Criminal,* de Fiona Apple.

Tony había visto el vídeo en la MTV. Una muchacha con aire extraviado que miraba a la cámara con fiereza. Un contraste que daba miedo. Y Fiona Apple se parecía a...

—Erika —farfulló Tony—. Te lo ruego. Se llama Erika. No se llama Fiona Apple. Se llama Erika.

—Estoy casi seguro de que tu pequeña novia difunta nunca grabó una canción. Y subrayo «difunta». Si quieres

187

ser periodista debes saber manejar los tiempos verbales. Se *llamaba* Erika —corrigió Milani—. Tú no estás en lo que hay que estar, ¿verdad?

—¿Y quién te ha dicho que quiero ser periodista?

—Porque estás cabreado —el fotógrafo se rio tontamente—. Me percaté desde el primer día. Tú lo que quieres es liarte a bofetadas con el mundo entero.

—¿De qué habla esa canción?

—Del hecho de que ella se siente culpable porque la han violado. Qué locura, ¿no?

Tony sintió en los labios el sabor del barro de la turbera.

—Ya no hay estrellas —masculló.

—¿Qué dices?

—Se han ido. Las estrellas. Me lo ha dicho Erika.

Milani estalló en una risa catarrosa.

—Estás más borracho que yo. Las estrellas siguen ahí. Son los aviones los que han desaparecido. No he visto ninguno en todo el día.

—¿Aviones?

—Esas cosas con lucecitas. Que vuelan. ¿Sabes a qué me refiero?

2

—Milani tenía razón. El 24 de marzo empezaron los bombardeos sobre Serbia. El espacio aéreo del Alto Adigio se cerró a los vuelos comerciales. *Walscher* y *tralli* podían por fin asistir a un auténtico conflicto étnico en directo por televisión. Le pedí que me llevara a casa. El novato sacaba la bandera blanca. Milani dijo que me entendía. Me pidió disculpas.

—¿Por qué?

—En aquel momento pensé que sería por haberme arrastrado a aquella historia. Pero hoy, tras haber llegado a la conclusión de que fue Friedrich Perkman quien le ordenó que no me perdiera de vista, creo que se sentía culpable. Por mí y por Erika. Al día siguiente...

Una sonrisa sesgada.

—Al día siguiente me apunté al curso para aprender a conducir el toro. No trabajé en las acerías, encontré un empleo en otra empresa. No soportaba la idea de ver a mi padre. Nos peleábamos tanto que me marché de casa. Me matriculé en la universidad, algo que mi padre siempre había considerado una pérdida de tiempo. Aparte del trabajo con el toro, para poder pagar las facturas hacía de camarero de vez en cuando. Durante unos años esa fue mi vida: libros, toro y «¿qué van a tomar?».

Sib le dio una palmadita:

—Esa me la sé.

—Un día fui al cine a ver una comedia. Y en medio de la película me di cuenta de que al fondo de la sala había un chico y una chica que, en vez de reírse como todo el mundo, estaban cogidos de la mano, llorando. Experimenté la misma sensación que al ver a Erika en la orilla del lago. Solo que ese día la entendí. Entendí lo que había leído en los ojos de tu madre: que nada tenía sentido —a Tony se le escapó una risa amarga—. Ni el dolor, ni la alegría, ni la lucha, nada. Era una tomadura de pelo. Para mí, para esos dos que lloraban mientras todos los demás reían, para Erika. Estaba tremendamente furioso y asustado. No quería que ese horror me engullera, y solo había una cosa que podía hacer para impedirlo: escribir.

Tony se vio reflejado en los ojos de Sibylle y lo que vio no le gustó. Se parecía demasiado a la expresión de Freddy delante del zorro rabioso.

—Si la realidad era un cielo sin estrellas, yo escribiría sobre el amor que siempre triunfa. Si la vida y la muerte no tenían sentido, yo inventaría historias con un final feliz. ¿El mundo mentía? Yo haría más trampas aún. Le escupiría en la cara a ese cielo maldito. Fue así como nació *Dos*. Cuando terminé la novela, me dije que a Erika le habría gustado. Y esa fue la última vez que pensé en tu madre.

Tony se quedó mirando a Sib largo rato. Luego continuó.

—Se la envié a un agente. Más para librarme de ella que por otra cosa. La aceptó, pero me advirtió que no me hiciera demasiadas ilusiones. En realidad no las tenía, mi objetivo era otro. El libro tardó tres años en salir, pero cuando llegó a las librerías..., ¡bum!

Sibylle estaba llorando. Sus ojos eran límpidos. Vivos. Infinitos.

Tony le enjugó una lágrima tibia.

—Aquí estás en peligro. Deja que te ayude, Sib.

—¿Por Erika?

—Es el tuyo el final feliz que quiero escribir.

—Me gustan los libros que terminan con un beso.

—A mí también.

Tony percibió la fragancia del perfume de Sib y, debajo de esta, el olor de su cuerpo. Los rizos le hacían cosquillas en el mentón. La chica estaba tan cerca que a Tony le pareció que el azul de sus ojos se adentraba en él. Lo acariciaba. Le daba paz. Duró solo un segundo, pero fue un segundo en el que Tony pudo *respirar*. Entonces, un ruido que venía de los arbustos los sobresaltó. Un rizo ondeó a la luz de la luna y volvió a la oscuridad. Freddy soltó una especie de «¡guau!». Sib sonrió, Sibylle se retrajo y Sibby Calzaslargas le sacó la lengua.

—Ahora márchate —dijo—, antes de que... caiga un chaparrón.

—¿Vendrás?

—Hoy no, señor Kleenex. Pero te lo prometo. Dame tiempo para hacer las maletas. Y despedirme de una persona.

Tony esperó a que Sib entrara en casa. Luego se subió al Toyota y arrancó.

El Toyota enfiló la carretera. Doscientos. Trescientos metros, tal vez.

Tony frenó en seco.

—¿Te apetece ir de acampada, Freddy?

Tony y Freddy pasaron la noche detrás de los arbustos de moras, a la espera de que Karin Perkman hiciera algún movimiento. Al amanecer, Tony despertó al san bernardo y juntos volvieron al coche. Pero Tony estaba baldado. Apoyó la cabeza en el volante y se quedó dormido. La voz de Sib, diez segundos o puede que una hora más tarde, lo asustó.

—¿Quieres un café?

La tacita pasó de una mano a la otra. Tony se sentía ridículo.

Se aclaró la voz.

—El momento beso ha terminado, ¿verdad?

Sibylle se rio. Era hermoso oírla reír.

—Te falla el sentido de la oportunidad.

Cuarenta

1

A las ocho, Tony dejó a Freddy con Polianna. A las ocho y diez salió de la ducha. A las ocho y cuarto estaba en camino. Y a las ocho y media había llegado a la sucursal del banco.

Muy impaciente.

2

Sib tampoco había dormido mucho esa noche. Estaba confusa respecto a Tony. Lo había visto velarla. Había sentido la tentación de salir a buscarlo o al menos de enviarlo a casa para que descansara en su cama.

Pero su presencia la había tranquilizado. Igual que su abrazo.

Sib estaba triste. Por Erika. Por lo que Tony le había contado. Por sí misma. ¿Por Wolfie? Sí, también por Wolfie. ¿Y Rudi? ¿Y Oskar? Títeres en manos de los Perkman.

Estaba confundida. ¿De verdad había estado a punto de cerrarle la boca a Tony con un beso? ¿Se había tratado de un impulso pasajero? ¿Un arrebato de Sibby Calzaslargas? ¿Una consecuencia de todo ese torrente de emociones?

Su mente se contradecía una y otra vez. Tristeza, confusión, felicidad. Y miedo. De la tía Helga. La mujer le abrió la puerta, miró la mochila y la maleta y corrió a abrazarla. El miedo se desvaneció.

—Gracias a Dios, mi niña. Gracias a Dios.

—Lo siento...

193

—No, yo... —Sibylle se apartó de la mujerona con dulzura— lo entiendo.

Se sentaron en la cocina. Una frente a la otra.

—Pero necesito saber.

—¿Por qué?

—Porque de lo contrario seguiré siendo siempre la hija de Erika la Rarita.

Helga señaló la mochila de Sibylle.

—¿Piensas volver?

—No lo sé. Háblame de Erika. Te lo ruego.

—¡Ay! Fue difícil para ella. Ese apodo, por ejemplo. Se reía, pero yo sabía que le hacía daño.

—¿Karin? ¿Gabriel?

—Todos.

—¿También Oskar?

—No, Oskar quería mucho a Erika.

La tía Helga no dejaba de retorcer el delantal. Un gesto que Sibylle le había visto hacer miles de veces.

—Kreuzwirt es así. Ya lo sabes.

Sí, lo sabía. Y, por primera vez, Sib cayó en la cuenta de que la gente hablaba de Kreuzwirt no como de un pueblo, sino como de un ser vivo. Una persona.

«Kreuzwirt es así.» A Kreuzwirt no le gustan los turistas. Kreuzwirt llama al pan, pan, y al vino, vino. Kreuzwirt siempre ayuda a los amigos. De vez en cuando, Kreuzwirt mata a alguien.

—Me dijiste una vez que habías trabajado para los Perkman.

La tía Helga asintió.

—Para la señora, en realidad. *Frau* Christine, una mujer maravillosa. Pertenecía a una familia de gran solera. Y Friedrich se enamoró de ella. Es imposible imaginar una pareja más enamorada que esos dos. Yo estuve en su boda, ¿sabes?

Helga fue a buscar un viejo álbum de fotos y empezó a hojearlo.

—¿En qué año trabajaste para la señora?

—En el 78, antes de que nacieran Erika y los gemelos. Me encargaba de la limpieza. Aún no se había construido la torre, pero la biblioteca sí. A la señora le encantaba leer. Poesía, novelas. Había libros para todos los gustos. Cada sábado iba a Innsbruck a comprar nuevos ejemplares. Pero no tocaba los que estaban bajo llave. La sección prohibida.

«Libros antiguos de gran valor.»

Eso había dicho *Lehrerin* Rosa.

—¿Qué significa prohibida?

—Nadie estaba autorizado a leer aquellos libros. Yo misma apenas podía limpiarles el polvo. Horst y Perkman decían que se trataba principalmente de textos científicos, pero yo nunca me lo creí.

—¿Y Horst? ¿Qué sabes de él?

—Lo que sabe todo el mundo.

—Llegó a Kreuzwirt en el 73, ¿no?

—Con Michl. Qué niño más guapo. Silencioso, inteligente. Muy inteligente. No sabíamos quién era su madre o por qué no estaba con ellos; era un misterio. En el 73, Horst tenía problemas. Y Friedrich...

—Le echaba una mano a todo el mundo. Siempre la misma historia —resopló Sibylle, irritada—. ¿Tienes un problema? Perkman te lo resuelve. Oskar no hace más que repetírmelo.

Helga vaciló.

—¿O es que es mentira? —le preguntó Sibylle.

—La verdad...

—Por favor.

—... es que Oskar odiaba a Perkman.

3

Al quedarse solo en la cámara acorazada, Tony se tomó una pausa. Las manos le temblaban debido a la rabia. Pero esa rabia no era suya.

Era de su padre.

Giuseppe Carcano había muerto en mayo de 2006, pocas semanas después de la publicación de *Dos*. Cuando Tony acompañó a su madre al entierro, *Dos* se encontraba en lo alto de la lista de *bestsellers*. Al final de la ceremonia, uno de los amigos de su padre le entregó una nota. Una cita. Giuseppe había dejado algo para él. Algo que su esposa nunca debía descubrir.

Tony ya se lo esperaba. Su padre había sido un hombre práctico. Cuando Tony era niño, siempre se ocupaba de que no saliera a la calle sin una moneda para el teléfono. En 1988, en medio de las tensiones regionales, mientras estallaban bombas y los helicópteros sobrevolaban la zona, Giuseppe se llevó aparte a su hijo y habló con él por primera vez de hombre a hombre. Le dijo que hacía bien en huir cuando los chicos más mayores buscaban pelea, era justo, Nuestro Señor había dicho que debíamos ofrecer la otra mejilla.

«Y Nuestro Señor es Nuestro Señor, ¿está claro? Sin embargo...»

Tony abrió la caja de seguridad. Allí estaba la pistola calibre 22 de su padre. Pequeña, rechoncha. Fea. Tony le dio vueltas entre las manos. «Pero un hombre —le dijo Giuseppe— siempre debe defender a su familia. Es lo único que importa, ¿me entiendes?». Tony comprobó el seguro e introdujo el cargador como su padre le había enseñado a hacer. Por último, amartilló el arma, al tiempo que recordaba los gritos de su madre al descubrir la pistola. «¿Qué haces con eso? ¿Quieres que te maten?, ¿que tu hijo crezca sin padre?» Giuseppe hizo desaparecer la pistola en el Isarco: le dijo a su mujer que la había tirado al fondo del río. Tony no se lo creyó ni por un segundo.

Sí, su padre era un hombre práctico. Alguien que nunca habría dejado a su familia sin protección.

Tony escondió la pistola, le tendió un billete al empleado —que desactivó el detector de metales— y se despidió con un gesto.

4

—A tu edad, Oskar tenía grandes proyectos.

—¿El Black Hat?

Helga le sirvió a Sibylle una porción de *strudel*.

—Compró el terreno en 1986, antes incluso de solicitar los permisos. Y esa fue su ingenuidad. Por eso quebró.

—¿Quebró?

—El Black Hat tenía que haber sido un hotel. Esa era la idea de Oskar. Quería construir el primer hotel de Kreuzwirt. Era demasiado joven para entender todo lo que había hecho Friedrich para que la gente de Kreuzwirt se olvidara del turismo. Y era un cabezota. Exactamente igual que tú. ¿No te gusta el *strudel*?

La tía Helga era muy buena cocinera, sus dulces superaban los de la pastelería. Aquella fue la única vez que Sibylle comió solo para contentarla.

—Perkman habló con él y le propuso comprarle el terreno. Oskar se negó. Quería ese hotel a cualquier precio. Pero los permisos empezaron a retrasarse. Hubo problemas técnicos. Cosas de esas. Perkman le ofreció entonces el triple de lo que valía el terreno, una cifra mareante. Oskar lo acusó de estar saboteándolo, lo amenazó con llamar a los carabineros. Pero Perkman ya no volvió. Mandó a Peter en su lugar.

El tenedor con el *strudel* se quedó suspendido a media altura.

—¿El padre de Rudi?

—Sí, Peter le hizo una oferta de parte de Friedrich. Perkman le dejaría tranquilo a condición de que, en vez de un hotel, montara una sala de baile. Y Oskar cedió. Los documentos no tardaron ni una semana en llegar, aunque Oskar tuvo que esperar dos meses para firmarlos debido a las fracturas. ¿Entiendes a qué me refiero, mi niña?

—Si Perkman cuidaba tanto de sus amigos —dijo Sibylle—, ¿qué les hacía entonces a sus enemigos?

Helga no respondió. Había encontrado lo que estaba buscando. Señaló una fotografía.

Friedrich Perkman, mucho más joven que el hombre en silla de ruedas al que Sib había visto un par de veces por el pueblo, cuando la enfermedad ya estaba avanzada.

Bigote poblado, porte jactancioso.

A su derecha, el doctor Horst, con gafas redondas, apenas presagiaba la obesidad que sería su rasgo característico en los recuerdos de Sibylle.

Y la señora. Con el traje regional. En aquella época, a ninguna mujer del Tirol del Sur se le habría ocurrido vestirse de blanco el día de su boda. Habría estado fuera de lugar.

—*Frau* Christine.

Esbelta. Radiante. Enamorada. Con una cascada de pelo rubio y rizado.

El teléfono sobresaltó a las dos mujeres.

Tony.

—*Tante* Frida ha encontrado a Gabriel.

—¿Dónde?

—No te va a gustar.

Cuarenta y uno

1

—¿Cómo estoy?

El hombre sentado a la sombra se limitó a gruñir.

Ella no se molestó. Ya se había topado con bastantes locos a lo largo de su carrera.

Había empezado esa *carrera* a los veinte años. El embarazo había llegado de forma inesperada. Un tipo cualquiera, al que conoció en un bar. Una historia de un polvo y punto. Nunca volvió a verlo. Y luego la sorpresa. Nada como una ecografía para abrirte los ojos a la realidad. Ni dinero ni trabajo. Ninguna perspectiva.

Lo único valioso que poseía era su cuerpo, así que lo puso en venta. La primera vez lloró. Él se asustó y le pidió perdón. Ella lo mandó al diablo. Lo insultó. Lo abofeteó.

Pero aceptó su dinero.

Luego se acostumbró. El truco consistía en vaciar la mente. Pensar en la lista de la compra, en las notas de la niña, que había crecido tan deprisa...

Al cabo de unos años los clientes empezaron a disminuir. Preferían muchachas más jóvenes y tonificadas que ella. Su capital iba perdiendo valor, de manera que —como decían los economistas en la tele— había que encontrar un nicho de mercado a partir de un sencillo planteamiento de base: los hombres eran unos ilusos. Acudían a ella en busca de un polvo rápido o para obtener lo que no conseguían de sus mujeres (cómo culparlas). Sea como fuere, creían estar al mando. Error. Los clientes pagaban para ceder el mando a alguien que fuera más fuerte que ellos. Entonces, ¿por qué no hacer más... explícito el asunto?

Nicho de mercado. Qué hermosa expresión. Menos clientes, más beneficios. Un chollo.

2

—¿Te gusto?

El hombre se levantó de la silla y le ajustó la peluca en la cabeza. Luego, sujetándole la barbilla con delicadeza, le volvió la cara a derecha e izquierda.

—Comencemos.

No era la primera vez que veía a ese tipo. Pagaba religiosamente, sin excusas. Pero en el fondo le daba miedo. Sus peticiones eran... extrañas. Casi todos sus clientes le solicitaban alguna extravagancia (su favorito le pagaba para que lo obligara a hacerle regalos), pero en este caso lo inquietante era el modo de solicitarlas.

Además, no había duda sobre su afición a las drogas. Las señales eran inequívocas. Pero pagaba bien, y el embrague de su Fiat Punto estaba para el arrastre. No era momento de ponerse quisquillosa.

El hombre se quitó la camisa y se arrodilló delante de la bañera llena hasta los bordes. Agua fría. Para satisfacerlo, ella había añadido hielo.

Impaciente.

—¿A qué estás esperando?

La mujer le agarró del pelo —largo pero no sucio: aunque fuera un drogadicto, seguía escrupulosamente las reglas de la casa, motivo por el que la prostituta fingía no advertir sus vicios—, tiró lo justo para hacerle un poco de daño y le sumergió la cabeza en el agua. Contando. Uno, dos...

A los sesenta le sacó la cabeza.

—Más. Dos minutos.

Un minuto estaba bien. Dos minutos, vale. Pero cuando le pidió tres, ella vaciló.

—Es peligroso.

El hombre tatuado le señaló la chaqueta encima de la cama.

—Ahí tienes otros cien.

—No es cuestión de dinero.

—Si no aguanto, levantaré una mano.

La prostituta negó con la cabeza.

—No. No lo harás. Y yo acabaré con la mierda hasta el cuello.

Él la miró con las pupilas pequeñas e inquietas. Estaba colocado. Completamente colocado.

—Doscientos.

—No es...

—Trescientos. Más la tarifa habitual.

Una bonita cifra, desde luego. Así que cedió. Entonces lo agarró del pelo y hundió su cabeza en el agua. Él se agitó. Las burbujas subieron a la superficie. Ella tuvo que hacer fuerza para mantenerlo abajo.

Al llegar a ciento ochenta segundos, lo soltó. Estaba llorando. Un espectáculo lamentable.

—¿Por qué lo haces? —le preguntó ella.

—Quiero saber qué se siente. Una vez más, te lo ruego.

En una ocasión, la prostituta tuvo que enfrentarse a un cliente armado con un cuchillo. Muchas veces se había encontrado en situaciones que habrían hecho perder la sangre fría a buena parte de los agentes de policía con los que se había topado en el curso de su carrera. Pero ese día comprendió que había cosas peores que un cuchillo o las miradas despectivas de los agentes. La sonrisa de ese tipo, por ejemplo.

—No. Ya basta. Se ha acabado el tiempo —se arrancó la peluca rubia y la lanzó lejos. Luego le tendió la palma de la mano—. Dame los trescientos que prometiste. Y márchate. No quiero volver a verte.

Gabriel miró la peluca en el suelo y se puso a temblar.

—¿Qué has hecho? —gritó—. ¿Qué has hecho?

Entonces se abalanzó sobre ella, le atenazó la garganta y apretó.

Cuarenta y dos

1

—¿La mató?

—Casi. Ella llevaba un cuchillo escondido. No era una ingenua. Se lo clavó. Después llamó a los carabineros, que lo arrestaron. En realidad, los arrestaron a los dos, pero a ella la soltaron. Fue en 2008, y desde entonces Gabriel es huésped de via Dante.

Tony frunció el ceño.

—Yo pensaba que las penas por delitos graves no se cumplían en la cárcel de Bolzano sino en Padua.

—Y así es. Pero tu amigo el señor Plank está allí, entre rejas. Y no es lo único extraordinario de su expediente.

Aparte del intento de homicidio, Gabriel había sido acusado de tenencia y tráfico de drogas, asalto, hurto, allanamiento, estafa, robo con agravantes, robo a mano armada, agresión a un funcionario público y otros delitos menores que constaban en el dosier que *Tante* Frida había logrado obtener. Algunos de esos delitos se habían cometido dentro de la prisión.

Reyertas, sobre todo.

—Pasa más tiempo en aislamiento que en la celda. También se adjunta un diagnóstico. Paranoia con delirio disociativo. Gabriel está como una cabra. Y es socialmente peligroso.

—Pero —se entrometió Sibylle—, con un diagnóstico semejante, ¿no debería estar en una institución psiquiátrica?

—Debería, sí —dijo *Tante* Frida—, y más teniendo en cuenta que se trata de un adicto. Por alguna razón, el abogado defensor de Gabriel nunca ha jugado la carta de la enfermedad mental ni la de su recuperación. He echado un vistazo a las actas de los juicios y, si queréis mi opinión profesional, ese letrado es un auténtico incompetente. Los jueces siempre han impuesto la pena máxima a su cliente. Y él nunca, nunca ha presentado ninguna apelación.

Tony enarcó una ceja.

—Qué raro.

—No, no es raro. Es inaudito. Tanto más cuanto que conozco al abogado en cuestión.

—¿Te ha dado alguna explicación?

Tante Frida se alisó la falda turquesa.

—No ha sido necesario. El abogado de Gabriel Plank se llama Johannes Kaufmann. Es uno de los mejores juristas del Alto Adigio.

—Entonces no es una cuestión de incompetencia.

—En absoluto. Es más bien lo que nosotros, los picapleitos, llamamos «dolo». Alguien no quiere que Plank salga de la cárcel.

—Kaufmann está relacionado de una manera u otra con los Perkman, ¿verdad? —preguntó Sibylle.

—Son sus únicos clientes. Aparte de Gabriel, que dudo que pueda permitirse pagar la minuta de Kaufmann. Así que me he ahorrado la llamada.

—Tenemos que ir a verle. No a Kaufmann —dijo Sibylle—, a Gabriel. Si los Perkman...

Tante Frida la interrumpió alzando una mano.

—Los Perkman quieren a Gabriel entre rejas. Fuera de juego. Pero lo quieren fuera de juego en su territorio. Si lo hubieran trasladado a Padua o a Trieste, no podrían controlarlo. Aquí es otra historia. Para conseguir un encuentro con Plank es necesario pasar por su abogado. Nadie lo ha logrado desde hace diez años.

—Pero Karin no lo quiere muerto —murmuró Sibylle—. Es igual que con Martin. ¿Por qué? Martin es su hermano. Gabriel, un drogadicto. Si Karin hubiera querido acabar con Gabriel, podría haber encontrado infinidad de maneras de matarlo. Una sobredosis. Un accidente de tráfico.

Una camioneta que te corta el camino en medio del bosque, pensó. O un asesinato disfrazado de suicidio.

—Por tanto, o Gabriel sabe algo —dijo la muchacha—, algo que también necesita saber Karin...

—O Gabriel está en posesión de algo —apostilló *Tante* Frida— que podría traerle problemas a la familia Perkman.

—Exacto.

—Quizá Gabriel —dijo Tony, lúgubre— haya cometido una falta para la que la muerte sería un castigo demasiado... dulce.

Las dos mujeres se volvieron hacia él.

Tony se explicó.

—Hasta ahora hemos pensado en Martin como posible asesino de Erika. Pero en realidad no tenemos muchas pruebas. Tú misma lo has dicho, Sib: Martin mata a Erika, Horst y Perkman echan tierra sobre el asunto y luego lo encierran. ¿No es eso? Y hasta ahora la conducta de Karin no ha hecho más que avalar esa hipótesis. El incidente con la camioneta, las fotografías con Irina, Rudi montando su numerito con el Mustang y Oskar mandándote a la calle. Después Wolfie. Como dice *Tante* Frida, es probable que los Perkman guarden varios esqueletos en el armario. Eso es evidente. Sin embargo, todavía nos falta el porqué. No sabemos por qué Karin se está comportando de esa forma. Así que quizás estemos siguiendo un camino equivocado. Me pregunto, por tanto, si Karin no estará castigando a Gabriel. ¿Y si fue Gabriel quien mató a Erika?

Sibylle se retorció un mechón de pelo entre los dedos.

—¿Por qué motivo? ¿Y qué sentido tendría confinar a Martin todo este tiempo?

—A lo mejor Martin sabe algo y no puede mantener la boca cerrada. Eso explicaría también que Gabriel no esté recluido en una clínica de salud mental. Allí los psiquiatras podrían escuchar lo que tiene que decir. En cambio, en prisión...

—A nadie le interesan los delirios de un preso.

—Exacto. En cuanto al móvil, lo cierto es que los móviles casi nunca tienen sentido, pero... podría ser la propia locura, como en el caso de Martin. O quizás Gabriel estaba enamorado de Erika y ella lo rechazó demasiadas veces.

—Olvidas que Martin tenía antecedentes y Gabriel no. Bueno, no los tenía en aquella época. Sus problemas con la justicia empezaron después de la muerte de Erika, no antes. Olvidas el incidente del 88. Fue Martin quien agredió a Elisa, no Gabriel. Y olvidas que Martin desapareció del mapa el día de la muerte de Erika, mientras que Gabriel acabó en la cárcel nueve años más tarde —Sib meneó la cabeza—. En cualquier caso, debemos hablar con él. Sin Gabriel no tenemos nada a lo que agarrarnos.

—Con Kaufmann y los Perkman en alerta, no será fácil —dijo *Tante* Frida—. Puedes tentar al diablo un tiempo, pero llega un momento...

A pesar del ambiente plomizo que envolvía el estudio de *Tante* Frida, Tony sonrió burlonamente.

—Conozco esa expresión, *Tante* Frida. Cuando la pones, significa que ya has pensado en una solución.

La mujer se llevó las manos al pecho, parpadeando.

—Tú sí que sabes leer el corazón de una jovencita.

—Pero mira que a la gente le gusta tomarme el pelo. ¿Se te ha ocurrido un modo de sortear a Kaufmann y hablar con Gabriel?

—No te va a gustar.

—Imagino. Dime qué debo hacer.

Tante Frida intercambió una mirada de complicidad con Sibylle.

—¿Por qué los hombres son siempre tan egocéntricos?

Cuarenta y tres

1

Matteo Zanon era un burócrata, pero le gustaba definirse como un buen padre de familia.

Sus hijos (no los biológicos, gracias a Dios) habían cometido unas cuantas fechorías y había que castigarlos, por supuesto, pero él creía en la rehabilitación. Y la rehabilitación no podía basarse únicamente en barrotes en las ventanas y ranchos de pésima calidad. Requería asimismo, de vez en cuando, hacer la vista gorda. Igual que un buen padre.

Por eso había accedido a la petición de *Tante* Frida, fingiendo que no se percataba del subterfugio del vis a vis conyugal. Hacer pasar a una prostituta por la «novia» era un viejo truco que Zanon conocía de siempre.

Sin embargo, cuando *Tante* Frida insistió en que la joven con tacones y minifalda que la acompañaba no fuese registrada, Zanon se preocupó. *Tante* Frida le juró entonces que no sucedería nada malo, y que nadie se enteraría nunca, mucho menos Kaufmann.

Sobre este último particular, el director tenía sus dudas. Kaufmann era un repugnante hijo de puta con ojos y oídos en todas partes, pero dado que Zanon era un buen padre de familia y le debía un par de favores a *Tante* Frida, decidió hacer la vista gorda. Vis a vis conyugal aprobado.

Aun así, se sentía inquieto.

De entre todos sus hijos, el preso 66-55-321 era al que —debía admitirlo— menos apreciaba. A decir verdad, Zanon le tenía miedo. Y esa muchacha era un palillo. Si 66-55-321 le ponía las manos encima...

Cuando salieron de su despacho, Zanon acompañó a la chica hasta las escaleras. Después al corredor de la segunda planta. El bloque de celdas. Giraron a la derecha y luego a la izquierda. Pasaron por delante de los talleres ocupacionales y de las aulas de estudio.

Más escaleras.

Y por fin llegaron.

La muchacha dio un respingo cuando Zanon le dirigió la palabra.

—Espere aquí. La cámara de dentro no funciona. Junto a la puerta verá usted un botón. Púlselo si hay cualquier complicación. ¿Entendido?

La joven asintió.

—Repítalo, se lo ruego.

—Hay un botón para las emergencias. La cámara está rota. Lo he entendido.

El director hizo ademán de marcharse. Se detuvo. Se tragó un antiácido.

Volvió sobre sus pasos.

—¿Es realmente necesario, señorita?

2

Los barrotes de las ventanas le provocaron claustrofobia. Por no hablar del olor —esa mezcla de sudor, suciedad, comida y testosterona— o de los comentarios de los presos.

Mientras seguía al director Zanon, Sibylle había procurado mantener la mirada en el suelo y concentrarse solo en su voz, que le explicaba el reglamento interno. Pero eso no había impedido que escuchara el silencio que iba dejando a su paso. La hizo sentirse sucia. Y triste.

En el cuarto casi desnudo no había más que una cama y una silla. El olor del cloro la hacía lagrimear. Se sentó en la cama. El colchón se hundió. Los muelles chirriaron.

Sib se levantó de un salto. Se quedó de pie. Mucho mejor.

«¿Es realmente necesario, señorita?»

Sí.

Tres pasos adelante. Pared.

Tres pasos atrás. Pared.

El instinto le decía que se olvidara. Que pulsara el botón y pidiera que la sacaran de allí. Al aire libre. Quitarse esa ropa. Volver a ser Sibylle. Y no saber nunca lo que Gabriel pudiera decirle. Sobre Erika. Sobre Martin.

Gabriel era la llave. Sin Gabriel no tendrían nada a lo que aferrarse. Los Perkman habrían ganado. Una vez más. Y Erika habría muerto de nuevo.

Ruido de pasos que se acercaban. Sib puso en marcha la grabadora que llevaba en el bolso.

Cuarenta y cuatro

1

Iba vestido con unos vaqueros deformados y una camiseta blanca sin mangas. Dos guardias lo hicieron sentarse en el catre. No la saludaron, no le concedieron ni una mirada.

Uno de los dos, fornido y con bigote, le quitó las esposas al preso, que se frotó las muñecas magulladas. El metal le había lacerado la carne, y Sibylle vio también hematomas en sus brazos musculosos y tatuados. Un moratón grande y oscuro bajo la barbilla. Y a saber cuántos más ocultaba la ropa. La chica recordó lo que *Tante* Frida había dicho de Gabriel: que también en prisión se empleaba a fondo.

—¿Le han informado sobre el botón? —preguntó uno de los dos policías.

Sib asintió.

—En voz alta, por favor.

—Sí.

2

Del chiquillo de la Polaroid que soñaba con ser astronauta no quedaban más que las gafas. Más gruesas y con una montura distinta. En cuanto al resto, Gabriel podría haber sido otra persona. Aparte de una buena musculatura, ahora tenía el pelo largo y tatuajes garabateados por todas partes. Pero era el aire de peligro que proyectaba lo que lo volvía completamente diferente.

Lanzó un suspiro y levantó los ojos hacia ella.

—Sabía que te vería aquí sentada.

Hizo un gesto señalando la silla. Hablaba tranquilo, como si mantuviera una charla agradable. Pero su mirada...

«No olvides que está loco. Ten cuidado —le había dicho Tony—. Si hace un solo movimiento para acercarse, si dice algo que no te gusta, lo que sea, solo con que te mire mal, déjalo todo y sal de ahí. Si no vas a poder salir ilesa, mejor vete pitando. ¿De acuerdo?».

Sibylle agarró la silla y se sentó, demasiado consciente de la distancia que mediaba entre sus rodillas y las del preso. Menos de un metro y medio.

—Gracias por haber aceptado...

Gabriel la interrumpió.

—¿O debería decir sentado? ¿Eres varón o hembra? A lo mejor para ti esta pregunta no tiene ningún sentido, ¿verdad?

—No entiendo.

Gabriel hizo un gesto imperceptible hacia la cámara.

—Está apagada —dijo Sibylle intentando aparentar calma en su voz.

Gabriel le guiñó un ojo.

—¿De qué quieres hablar?

—De Erika.

El preso se quitó las gafas. Las examinó y luego se las puso de nuevo.

—¿Qué has hecho con ella? —preguntó—. Has elegido una rubia para venir a verme. Se le parece. ¿Qué has hecho con ella?

—No entiendo —dijo Sibylle—. ¿Qué significa eso?

—¿Quién nos está mirando? ¿Kaufmann? ¿O Karin ha decidido salir de la villa para venir hasta aquí?

Del bolsillo de los vaqueros, Gabriel sacó un paquete arrugado de Marlboro.

—¿Te molesta? —preguntó en el mismo tono casual.

—Haz lo que quieras.

Gabriel le mostró una cerilla. La encendió frotándola contra la pared.

—No nos dejan tener encendedores. Pero cerillas sí. Demencial, ¿no te parece?

Darle cuerda. Hacer que hable.

Sibylle acomodó el bolsito en su regazo. Confiaba en que el micrófono fuera lo bastante potente para captar todo lo que Gabriel estaba diciendo.

—Un poco. Sí. Es raro.

Una calada.

—¿Horst está ahí fuera?

—El doctor Horst murió.

—Josef sí. Pero me consta que el doctor Michl Horst está muy en forma. ¿Lo conoces? Una buena pieza. Siempre a lo suyo. Muy reservado, elegante. Gusta a las señoras, eso dicen. Seguro que a Karin le gusta —Gabriel la apuntó con el cigarrillo—. Has hecho un buen trabajo. Pelo rubio, rizado. Te pareces a ella. A Erika. La persona sutil para tu mundo sutil. Pero si crees que eso es suficiente para joderme, te equivocas. Y mucho. ¿Vas armado?

—No, yo...

—¿Qué tienes en ese bolsito? ¿Un cuchillo? ¿Una pistola? Por el modo en que lo sujetas, debe de ser una pistola. ¿O prefieres matarme con tus propias manos? Estoy seguro de que serías capaz. Aunque no es tu estilo, y dudo que lograras ponerme de rodillas. No soy de esa clase. Pero no quieres matarme, ¿verdad?

Sibylle se mordió los labios.

—¿Qué es una persona sutil?

Gabriel soltó el humo por las fosas nasales.

—Las personas sutiles son la llave. Y la cerradura.

—¿Tú también eres una persona sutil?

Una carcajada.

—Yo soy el cazador. Si fuera una persona sutil, no estaría aquí. Estaría sentado en tu lugar.

No tenía sentido.

Aun así, Sibylle prosiguió.

—Y yo..., en tu opinión, ¿quién soy?

—Tienes muchos nombres.

—Dime uno.

—Te diré el que te doy yo: la presa.

Sib se sobresaltó.

—No te gusta, ¿verdad? —dijo el recluso con sorna.

—¿Por qué... la presa?

Gabriel se echó hacia delante, sin dejar de sonreír, y susurró:

—Porque antes o después aplastaré tu hermosa cabecita y te haré volver al lugar de donde has salido. El destello en los ojos de Gabriel hizo que Sibylle estuviera a punto de pulsar el botón del pánico. Pero en vez de eso se puso en pie y se soltó el pelo.

—Soy Sibylle, la hija de Erika. No sé quién crees que soy, pero te equivocas. No soy tu presa.

—¿Sibylle? ¿La recién nacida?

—Sí.

Sib recordó el relato del *cowboy* traficante.

—No soy el *Wanderer*.

Gabriel entrecerró los ojos, intrigado.

—Si de verdad eres Sibylle, ¿quién te ha hablado del *Wanderer*?

—Hannes.

—Nunca ha sido capaz de mantener la boca cerrada, ese capullo. ¿Qué más te ha dicho?

—¿Quién es el *Wanderer*?

Gabriel lanzó una mirada a la cámara de seguridad. Se humedeció los labios. Tiró el cigarrillo al suelo.

Dejó que el humo inundara la habitación. Siguió las volutas mientras se elevaban hacia el techo y se dispersaban, hasta que el cigarrillo se consumió por completo.

Parecía irritado.

—¿A qué estás jugando?

—Solo estoy tratando de entender —le explicó Sibylle—. Las personas sutiles son la llave, la cerradura, la puerta. Para mí todo eso no significa nada.

—La llave, la cerradura, la puerta. La llave, la cerradura, la puerta. La llave.

Gabriel se quitó la camiseta.

Sibylle dio un paso atrás. El botón estaba a su espalda, bastaba con darse la vuelta. Pero no lo hizo.

En el pecho del recluso: tatuajes y una cicatriz. El torso de Gabriel era una cicatriz enorme que iba de hombro a hombro y del ombligo a la garganta.

La sonrisa del colibrí. Grabada en la carne.

Gabriel pasó un dedo por encima. Luego hurgó. Brotó sangre.

—La llave —dijo—. La puerta. Son importantes. Pero lo más importante es lo que sale por ella. El *Wanderer*. Atrapa a las personas y devora sus almas. Hace que se arrodillen ante él. Se las pone como un par de guantes. Las utiliza. Luego se libra de ellas y vuelve a matar.

Un sollozo.

Sibylle apartó la mirada de la cicatriz de Gabriel. De esa uña que no dejaba de hurgar.

El hombre estaba llorando.

—Y mata. Mata una y otra vez.

Sib sentía lástima. Horror y lástima al mismo tiempo. Pero debía aprovechar la ocasión, no habría una nueva oportunidad.

—¿Hasta que aparece un cazador?, ¿como tú?

Gabriel hundió a fondo la uña.

Gimió.

—Grahame lo sabía, y tú lo sabes —murmuró—. Yo sé quién eres.

Sibylle se acercó un poco. Le acarició la mano.

Gabriel no protestó.

—Soy Sibylle, de verdad. No soy... el *Wanderer* o quienquiera que creas que soy. Mírame. Me parezco a...

—... Erika.

Gabriel se apartó bruscamente, eludiendo el contacto.

Se frotó la cara con las manos.

—Me matan día a día. Aislamiento. Luego las duchas. Siempre hay alguien esperándome. Y las medicinas. Las medicinas. Kaufmann. Karin. Michl. Los Perkman.

—¿Y el *Wanderer*?

—Él nunca viene aquí. Pensaba que eras tú. Lo esperaba.

—Para matarlo.

—Para acabar de una vez por todas.

—¿Qué saben los Perkman del *Wanderer*?

Gabriel se quedó en silencio.

—¿Qué quieren de ti?

—Nos están observando —respondió acercando sus labios al oído de Sibylle.

—No, tranquilo. La cámara de seguridad está apagada.

—Tú no lo entiendes.

—Lo entiendo, pero tienes que ayudarme a...

Gabriel la aferró de la garganta. La levantó. La sacudió como a una muñeca de trapo.

—¿Tú? —rugió—. ¿Qué entiendes tú?

Sibylle se sacudió. Dio golpes aquí y allá, a ciegas. Patadas, puñetazos. Nada. Gabriel era demasiado fuerte. La joven estaba indefensa frente al prisionero, cuya cicatriz no paraba de sangrar.

Los ojos de Gabriel ardían.

—¿Qué sabes tú de las chicas muertas? ¿Qué sabes de la isla en medio del claro? ¿Qué sabes de Mirella? No me mientas. Tú no sabes nada.

—Te lo ruego...

Gabriel la soltó. En el suelo, Sibylle intentó recuperar el aliento y acercarse al botón del pánico. Estaba mareada, puntos negros bailaban delante de sus ojos.

—¿Sabes qué es esto? —gritó Gabriel volviendo a hundir sus uñas en la carne—. ¿Sabes lo que le hizo Grahame a su hijo? ¿Lo sabes?

—Yo solo quiero saber qué le pasó a Erika. Necesito saber si alguien borró la sonrisa del colibrí en el lago, y qué pasa con los Perkman, qué hay detrás de todo esto...

Gabriel arrancó la cámara de seguridad de la pared y la lanzó contra el suelo.

Fuera del cuarto se oyeron blasfemias.

Las voces de los guardias que la llamaban.

—¿Señorita? ¿Señorita?

Sib los ignoró.

—Te lo ruego. Ayúdame —dijo.

El sonido metálico de unas llaves. Maldiciones.

—Ya vienen —susurró Gabriel—. Mirella. A Mirella se la llevó el viento. Como a todas las demás.

La puerta se abrió. Brazos fornidos cercaron a Sibylle. Un uniforme azul se interpuso entre ella y el preso.

—¿Qué significa? —gritó Sib.

Gabriel empujó al guardia contra la pared. Otros dos hombres, porra en mano, entraron en la habitación.

—Si realmente eres quien dices ser, busca a Mirella.

Los dos agentes lo golpearon. Gabriel rugió. Más golpes. El recluso se doblegó. Cayó al suelo. Los golpes no cesaron. Lo último que oyó Sibylle antes de que el guardia con bigote lograra arrastrarla hasta el pasillo fue la risotada de Gabriel.

Cuarenta y cinco

1

Tante Frida le ofreció una copa de *grappa* y no se dio por satisfecha hasta que Sibylle la vació. Quemaba en el estómago. *Tante* Frida le sirvió otra.

—Si los Perkman quieren algo de Gabriel —dijo Sib en cuanto recobró un poco el ánimo—, no van a obtenerlo.

En su cabeza resonaba aún el ruido de las porras cayendo sobre el cuerpo del preso. Los gritos de Gabriel, su risotada.

—Nunca cederá —añadió—. Nunca.

—Pareces muy segura de ello.

—Gabriel se siente investido por un poder superior. Es una especie de fanático.

—Está loco —la cortó Tony—. Y puede que no se trate de fanatismo sino de sentimiento de culpa. Acuérdate de la prostituta. Le hizo ponerse una peluca y le rogó que lo ahogara. Luego intentó matarla. Una peluca rubia y rizada. ¿Qué te sugiere eso?

—Me ha dado pena, no miedo.

—No hay que tenerle compasión al diablo, Sib, o acabaremos mal.

—¿Quién es Grahame? ¿Y quién es Mirella? —preguntó la abogada, llevando la discusión hacia un tema más concreto.

—No sé nada de Mirella —contestó Tony—, pero Grahame es un escritor: Kenneth Grahame. Su novela más famosa es *El viento en los sauces,* un libro para niños. El favorito de Martin, según nos contó *Lehrerin* Rosa. ¿Recuerdas, Sibylle?

La muchacha asintió, luego encendió la grabadora y buscó el momento en que Gabriel decía: «¿Sabes lo que le hizo Grahame a su hijo?».

—¿Tú lo sabes?

—El hijo de Grahame se ahogó —explicó Tony—. Al parecer fue un suicidio. Tenía veinte años.

—Suicidio —murmuró *Tante* Frida—. Un ahogamiento...

Ninguno de los tres lo dijo en voz alta, pero todos pensaron en el lago circundado por la turbera.

—Entonces, ¿Gabriel intentaba decir que fue Grahame quien mató a su hijo? —preguntó Sib.

Tony se agitó en la butaquita.

—¿Y cómo iba a saber él los detalles de algo que sucedió hace casi un siglo? En mi opinión, lo que pretendía decir es que Grahame le hizo a su hijo lo que Perkman le hizo a Martin. Lo encerró en casa. Bajo siete llaves.

—¿Encerrado?

—Grahame escribió *El viento en los sauces* para su hijo. Lo quería, pero no lo bastante para desafiar la moral de la época, que veía en lo diverso algo que esconder. Sin embargo (y no es que me ponga del lado de mi gremio), pensad que Grahame podría haber recluido a su hijo en un manicomio y olvidarse de su existencia. En cambio, lo mantuvo a su lado. Demostró, cuando menos, más sensibilidad que la mayoría de la gente de su época.

—Menudo consuelo. No le fue muy bien, diría yo, en vista de que al final se suicidó —comentó ácida *Tante* Frida—. ¿Y qué tenía ese pobre muchacho que fuera tan terrible?

—El hijo de Grahame era ciego de un ojo. Y probablemente tenía alguna otra discapacidad. Nadie lo sabe. El concepto de discapacidad era bastante confuso en aquel tiempo. El desempleo se consideraba una tara mental, por poner un ejemplo. La cuestión es..., ¿cómo llamaba *Lehrerin* Rosa a Martin?

—«Mi topito.»

—El Topo es el protagonista del libro de Grahame.

—Hay otro detalle que me desconcierta —dijo *Tante* Frida—. Gabriel ha hablado de chicas muertas. En plural.

Alargó un brazo hacia la grabadora. La voz de Gabriel volvió a llenar el estudio: «A Mirella se la llevó el viento. Como a todas las demás».

—¿No es echarle demasiada fantasía al asunto? —protestó Tony.

—¿Es que no te llama la atención?

—Estamos hablando de un paranoico.

Sib interrogó con la mirada al escritor, y después a la abogada.

—Un momento —dijo—, ¿me estoy perdiendo algo?

—Gabriel mencionó a mujeres, en plural —le explicó *Tante* Frida—. Dijo que el *Wanderer*, quienquiera que sea...

—No quienquiera que sea sino sea lo que sea —protestó Tony—. Para Gabriel, el *Wanderer* es una especie de monstruo que devora el alma de las personas. En resumen, ese tipo no está bien de la cabeza. *Tante* Frida, no puedes creer en serio que...

Pero la mujer lo hizo callar con la mirada.

—«Mata una y otra vez.» Es lo que dijo —murmuró Sibylle sintiendo escalofríos—. ¿Piensas que podría haber más víctimas?

Tante Frida se ajustó las gafas en la nariz.

—No estoy afirmando nada. Son meras especulaciones.

—Siento deciros —se quejó Tony— que la especulación conduce a menudo a la equivocación. No nos pongamos imaginativos, ¿de acuerdo?

—Solo digo que tengamos en cuenta ese detalle, eso es todo. En cualquier caso, hay que descubrir quién es la tal Mirella. Si está viva, si ha muerto, o ambas cosas.

Sibylle apuró la segunda copa de *grappa*. Esta vez, a la dentellada en el estómago le siguió un calor agradable.

—¿Cómo puede alguien estar vivo y muerto al mismo tiempo?

—Personas desaparecidas, cadáveres sin identificar. Eso es cosa mía.

—Me parece —dijo Sib— un tanto vago.

—Entiendo tus dudas, ¿pero sabes lo que me han enseñado todos estos años de trabajo?

—¿A tener paciencia?

—Que raras veces las soluciones se encuentran donde uno va a buscarlas. La aguja nunca está en el pajar.

—Nosotros —murmuró Tony— ni siquiera sabemos dónde está el pajar.

Tante Frida abrió un cajón y rebuscó un par de caramelos. Primero le ofreció uno a Sib y luego el otro a Tony, que, al contrario que la muchacha, desenvolvió el suyo sin mirarlo siquiera y se lo metió en la boca. Sabía a fresa. Detestaba ese sabor.

—No te dejes engañar por las películas, muchacho. En la vida real, la mayoría de las veces la policía no encuentra al culpable.

—¿Estás intentando mantener alta la moral de la tropa, *Tante* Frida?

—La mayoría de las veces la policía se queda estancada.

Entonces, al ver que el caramelo seguía en la mano de Sibylle, añadió en tono de reproche:

—Sib, ¿qué es la vida sin un poquitín de azúcar?

Cuarenta y seis

1

En cuanto cerraron la puerta del bufete, Tony le dijo a Sibylle (después de haber escupido con escasa elegancia el caramelo en un pañuelo) que iba a acercarse a Campo Tures para recoger el Mustang y devolver el Toyota de cortesía. Los del taller le habían avisado mientras ella estaba en compañía de Gabriel.

—Voy contigo.

—Estás cansada. Necesitas reposo. Y además —añadió Tony con una sonrisita enigmática—, ya he avisado a Polianna.

Delante del ascensor, Sib dio un respingo.

—¿Polianna?

—Mi niñera, aunque si la llamas así se cabrea. Que no se te escape. «Empleada del hogar» es la fórmula que usa el contable.

Sib valoró su intento de ironía. La reunión con Gabriel la había dejado agotada, y también Tony estaba bastante pálido. El único que parecía inmune a esa atmósfera era Freddy, que meneaba la cola tan feliz.

—Está abajo esperándote —prosiguió el escritor—. Te acompañará a casa. Yo volveré en un abrir y cerrar de ojos. Demasiadas emociones por hoy.

—¿No podías acompañarme tú?

El ascensor llegó y las puertas se abrieron. La sensación de claustrofobia entre ellos se agudizó.

—Es mejor que conozcas a Polianna en un terreno neutral. Es un poco posesiva. Pero no se te ocurra mencionarlo tampoco.

—¿Cómo posesiva? ¿Es tu novia o algo así?

Tony se echó a reír.

—Mi madre más bien. Has dicho que querías dejar atrás Kreuzwirt. ¿Era mentira?

Sib señaló la mochila que llevaba al hombro.

—No...

—Y estás exhausta. Polianna cuidará de ti. No tardaré, me reuniré contigo en cuanto recoja el Mustang.

La luz del sol los cegó.

Polianna estaba plantada como un poste a pocos metros del Toyota. Llevaba un bolso en bandolera, una falda hasta los tobillos y un pañuelo en la cabeza.

«Si Polianna no me hace trizas antes», se dijo Sib mientras Tony hacía las presentaciones.

La mujer parecía taciturna y Tony estaba decididamente nervioso. Habría sido casi cómico, de no ser porque Sib se sentía en la picota.

—¿Cuidarás de Freddy, Polianna?

—Por supuesto.

—Si surge cualquier problema, llámame.

—No te preocupes. Ponte el cinturón y no corras.

Tony se metió en el coche, dijo adiós con la mano y desapareció entre el tráfico.

Entonces Polianna le dirigió sus primeras palabras a Sib.

—¿Quieres hacer sufrir a mi chico, señorita?

—¿Esa es una pregunta preventiva?

La mujer se encaminó con paso decidido hacia la parada del autobús.

«Gracias, Tony. Muchas gracias.»

Cuarenta y siete

1

—Usted no es un purista, ¿verdad? —el mecánico señaló los neumáticos nuevos del Mustang.

En efecto, se dijo Tony, un entendido habría puesto
mala cara, pero encontrar los neumáticos originales habría
requerido un montón de tiempo.

—Me interesa que funcione. Eso es todo.

—Si quiere que le quiten la inscripción —dijo el mecánico mientras le colocaba un papel pringoso en la mano—,
aquí tiene la dirección de un amigo. Estoy de acuerdo con
usted sobre los neumáticos, pero...

Tony se metió el papel en el bolsillo.

—En cambio, yo creo que «Xupa» le da un toque de
personalidad.

—El coche es suyo, jefe —respondió el hombre pensando que estaba chiflado, aunque eso no le impidió aceptar los billetes de Tony.

Le entregó resuelto la factura, le recomendó que presentara una denuncia al seguro y a los carabineros (Tony
no lo había hecho, no habría servido de nada) y se despidió de él para volver a sus asuntos.

De nuevo al volante del Mustang, Tony se dirigió a un
almacén de bricolaje que estaba justo a la salida de la ciudad. Compró un martillo de carpintero, clavos de varias
medidas en abundancia (mejor ir sobre seguro) y tablas de
contrachapado de diez milímetros. Con un poco de esfuerzo logró meterlo todo en el coche y volvió a emprender el camino de Kreuzwirt.

En el edificio en el que Tony había pasado su infancia nunca había hecho falta llamar a un fontanero, un electricista o un carpintero. Bastaba con tocar a la puerta de la familia Carcano y listo. Gracias a su padre, Tony fue el único alumno del colegio Martin Luther King capaz de distinguir un tornillo Torx de un Robertson, de conocer la diferencia entre un pelacables y unos alicates y de pronunciar la palabra «escariador» sin que se le trabara la lengua. Sin embargo, no poseía ni la mitad del talento de su padre. Carecía del toque maestro. Aun así, pensaba Tony mientras el Mustang pasaba bajo la sombra de la Krotn Villa, seguro que podía colocar unos contrachapados en las ventanas de la casa de Sibylle, para impedir que los animales o la lluvia causaran daños. Los tableros no servirían de mucho frente a ladrones o intrusos decididos a entrar, pero quizás disuadieran a los chiquillos del pueblo de atreverse a una bravata.

Cuando llegó a la casa rodeada de arbustos de moras, sin embargo, Tony vio que alguien había tenido su misma idea. Y eso no le gustó nada de nada.

Sobre todo porque había dejado la calibre 22 en casa.

2

—He sido desconsiderada. Perdóname.

Sib levantó la cabeza del plato. Cuando Polianna le ofreció el primer sándwich, Sib lo aceptó por pura cortesía, aunque estaba convencida de que después de lo sucedido en la cárcel sería incapaz de probar bocado. Pero ya iba por el tercero.

—Yo...

La chica se limpió la boca con el dorso de la mano. Se percató de su glotonería y se sonrojó.

Polianna sonrió.

—Son los favoritos de Tony. Jamón ahumado, ternera asada, paté de aceitunas y queso. Utilizo el de cabra, pero no se lo digas. Es el ingrediente secreto.

—Seré una tumba.

—Eres una buena chica. Lamento haberte atacado de esa forma.

Sibylle sonrió.

—Tony me ha dicho que es usted muy...

—Tutéame, por favor.

—Tony me ha dicho que eres un poco protectora con él.

Polianna hizo una mueca, y Sib temió por un instante haber metido la pata.

—Un poco. Sí, tal vez. ¿Y tú? —añadió la mujer—, ¿le harás daño a mi chico?

—No somos...

Sib buscó el término adecuado, pero Polianna fue más rápida.

—No es necesario serlo para herir a alguien.

—No. No para hacerlo intencionadamente, por lo menos.

—Tony ya no es el chiquillo que corría a esconderse en la biblioteca, ¿sabes? Ha aprendido a dar y a recibir. Siempre se estaba peleando con su padre. Sin embargo, en cierto sentido no ha cambiado. ¿Sabes que fui yo quien le regaló el perro a Tony? Y también fui yo quien lo convenció para que diera esas clases del curso de escritura creativa. Su madre y yo estábamos muy unidas. Fue ella la que le dijo a Tony que podía permitirse una gobernanta que le llenara la nevera mientras él escribía. Tendrías que haber visto en qué estado se encontraba esta casa la primera vez que puse el pie aquí.

—¿Era un desastre?

—Al contrario. La tenía demasiado ordenada, pero de forma incorrecta. Obsesiva. Tony se había construido una especie de...

—Fortaleza. Con grandes fosos y caimanes.

—¿Sabes cómo son los días de Tony? Despertador a las seis, café, paseo con Freddy, otro café, nueva novela hasta el mediodía, tentempié, noticias en la radio, paseíto con Freddy, tercer café del día, corrección de pruebas, cena ligera, puesta de sol con Freddy, una película o lectura, y buenas noches.

—Creía que la vida de un escritor era más emocionante. Autógrafos, admiradores...

Polianna se echó a reír.

—Tony y el escenario son dos mundos opuestos y separados. Ni siquiera hace presentaciones. Escribe, escribe. Y basta. Y eso es peligroso.

—¿Por qué? Al fin y al cabo es su trabajo. Y le gusta.

—Lo adora. Pero corre el riesgo de...

Polianna buscó la palabra adecuada.

Fue Sib quien la encontró. Un hombre en camiseta con un perro de la correa. Solo, en medio de los manzanos. Un poco pálido, un poco ensimismado, un poco cabreado.

Un hombre que escribía finales felices para escupir a la cara al cielo sin estrellas.

—Perderse.

Cuarenta y ocho

1

Oskar dejó de dar martillazos en cuanto el Mustang enfiló el camino de entrada. Dejó la herramienta en una escalera y se limpió las manos con un trapo, luego se dirigió hacia el coche.

Tony apagó el motor y salió del vehículo. Preparado para el enfrentamiento.

—Lo siento por Sib —dijo el dueño del Black Hat cruzándose de brazos.

—¿Por la casa o por el trabajo?

—Me he visto obligado.

—¿Te ha llamado por teléfono Karin Perkman?

—Michl. ¿Dónde está Sibylle?

—En Bolzano. ¿Te molesta?

Oskar negó con la cabeza. El pendiente brilló a la luz del sol.

—Es adulta. Tomarse un descanso de vez en cuando sienta bien. Aunque vuestra historieta no esté destinada a durar mucho tiempo.

Tony sintió el impulso de echarse a reír a carcajadas. «Historieta.»

Los daños semánticos de las telenovelas.

—Me parece que no conoces a Sibylle ni la mitad de lo que piensas, amigo mío.

—Quiero hacerte tres preguntas, Tony.

—Eso ya lo he oído antes.

—¿Quieres a Sib?

—¿No puedes ser más original?

Oskar le clavó el índice en el pecho.

—Responde.

—Yo nunca le haría daño. Ahora quítame esa mano de encima o voy a hacer que te la tragues.

—Me imagino que tendré que contentarme.

—Ese es mi lema. ¿Segunda pregunta?

—¿Quieres ver de lo que se ha librado Sibylle marchándose de Kreuzwirt?

Oskar no se hizo esperar. Se subió la camiseta y le mostró a Tony una cicatriz de diez centímetros. El corte era limpio, preciso.

—¿Peter? —preguntó Tony, recordando lo que le había contado Sib acerca del proyecto de Oskar de construir un hotel en Kreuzwirt—. ¿Fue él?

—Esta es del año 2000. En esa época Peter estaba en cuidados intensivos. Lo daban por perdido, en cambio resistió otros cuatro años. ¿Sabes lo que se dice de la mala hierba, no?

—Rudi, entonces. ¿O quizás Martin?

Oskar se bajó la camiseta.

—Martin estaba encerrado en la villa, y Rudi... Sé que habéis tenido un encontronazo, pero lo de Rudi es puro teatro. Créeme, Rudi es un tipo normal. Tiene amigos, le gusta el cine. De vez en cuando vamos juntos a pescar.

—Incluso disfruta de la lectura. ¿A quién pretendes engañar, Oskar? —dijo Tony, belicoso—. Rudi intentó matar a Sibylle.

La respuesta de Oskar lo dejó de piedra.

—¿Y dónde está el cadáver?

—¿El... cadáver?

—¿Quería matarla o únicamente asustarla?

A Tony empezó a hervirle la sangre.

—Eso es una gilipollez.

Hizo ademán de darse la vuelta para marcharse. No tenía nada más que decirle al calvo.

Oskar lo detuvo agarrándolo del brazo.

—Rudi te ha estropeado el coche. Y te ha dado un buen susto. No mientas, te has cagado de miedo. Pero pregúntate qué habría ocurrido si te hubiera puesto las manos encima.

Tony se liberó.

—¿Por qué no pruebas a preguntar a Hannes el *cowboy*?

—No quiero problemas. Solo que entiendas que Rudi se limita a hacer lo que los Perkman ordenan. Si ellos le dicen que te asuste, él se pone la máscara de psicópata, te hace pasar cinco minutos que no olvidarás y luego se vuelve para casa a ver una película o se viene al Black Hat a tomarse una cerveza. Peter, su padre, en cambio... —Oskar meneó la cabeza—. Cuando quise montar el hotel, Perkman le pidió que me diera una pequeña zurra, tal vez que me rompiera algún diente. Nada más. Rudi lo habría hecho así. Su padre, en cambio, me rompió el codo por tres partes y disfrutó cada segundo de esa tortura. Peter era la clase de capullo que atropella a un perro solo por el placer de verlo morir.

Tony puso cara de disgusto.

—Se me ocurren un par de tratamientos medievales para quien hace cosas semejantes.

—En cualquier caso, en 2000 Rudi tenía trece años y pesaba cuarenta kilos con ropa incluida. ¿Crees que un chaval en los huesos habría sido capaz de hacerme esto?

Señaló la cicatriz, ahora cubierta por la camiseta.

—Entonces ¿quién fue?

—Michl.

Tony sintió que lo vencía el mareo.

¿Michl?

—Yo estaba borracho como una cuba, el momento perfecto para agredirme. Mientras Michl me rajaba, Karin se reía. Los dos se reían. Ella también disfrutó del espectáculo.

Michl.

Karin.

—¿Por qué? ¿Por qué lo hicieron?

—Kreuzwirt es como un animal. Antiguo. Malvado. Le cuesta adaptarse a los cambios. No los tolera. Cada cosa debe estar en su lugar. Eternamente. Y yo quería marcharme de una vez por todas. Cerrar el Black Hat y desaparecer. Ya no podía más.

—¿Erika tampoco sabía estar en su lugar?

—Empiezas a entender.

—¿Y cuál era su lugar?

—El final de la cadena alimenticia. Leer el tarot estaba bien. Ser «la rara» estaba bien. Pero hacerlo a la luz del sol, reivindicar su... diferencia, eso de ninguna manera. Erika era demasiado para este pueblo. Demasiado viva, demasiado libre. Kreuzwirt es como la jaula de un hámster y tú eres el hámster. Si sigues corriendo en tu rueda no te pasará nada malo. Pero ni se te ocurra bajarte.

—Un lugar en el que nada cambia salvo los nombres de los actores, ¿no es eso? Rudi ocupa el lugar de su padre y Karin el de Friedrich. Mientras, Michl hace de hámster igual que Horst antes de él.

Era como si en Kreuzwirt el tiempo se hubiera detenido en una espiral cenagosa. Y si alguien se atrevía a forzarla...

—Has dicho que tenías tres preguntas. Falta una.

—¿Harás que Sibylle se olvide de este asunto?

—No va a rendirse.

—Entonces quédate cerca de ella.

—Y tú no hagas de hámster obediente. Si sabes algo, dilo. No esperes a que alguien salga malparado.

Oskar se dio la vuelta para mirar la casa de Erika.

Cuando se giró de nuevo parecía haber envejecido veinte años.

—Con Gabriel solía haber alguien —murmuró—. Los veía cuando iba a... pillar.

—¿No estabas limpio en aquellos años?

—No.

—¿Cocaína?

—Había vuelto a recaer. Se la compraba a Gabriel en vez de a Hannes. Me parecía, no sé, menos grave pedírsela a alguien que conocía. A veces a Gabriel lo acompañaba una chica. Su mujer.

Tony se estremeció.

—¿Se llamaba Mirella?

—A mí me dijo que se llamaba Yvette. Yvette Fontana. Pero Gabriel la llamaba Leah, y ella se cabreaba cuando lo hacía. Una tipeja delgada. Yonqui, sin duda.

Leah «la vaca», como la había llamado el *cowboy*.

—¿Y el nombre de Mirella?, ¿te dice algo?

—Nunca lo he oído.

—¿No hay nadie en Kreuzwirt que se llame así? ¿Alguien que tuviera relación con Gabriel?

—¿Es que habéis visto a Gabriel?

—Está en la cárcel por intento de asesinato.

—No lo sabía.

—Pero no te sorprende.

—No.

—¿Eso es todo, Oskar?

—En 2000, esta cicatriz fue un mensaje para mí. Hoy el mensaje ha cambiado. Ahora es para ti. De parte de Erika. Salva a su hija, llévatela de aquí. Lo más lejos posible.

Cuarenta y nueve

1

Sib se despertó presa del pánico. Por un momento creyó que todavía estaba en la celda. Los barrotes en las ventanas, las puertas blindadas. El olor nauseabundo. Duró poco, por suerte. Estaba en casa de Tony. En el barrio que él seguía llamando Shanghái. Se acordó del sándwich con paté de aceitunas y queso de cabra. «No se lo digas a Tony.» Estaba en un lugar seguro, no en la prisión de via Dante. Ningún barrote en las ventanas.

¿Qué hora sería? La luz oblicua que se filtraba por los postigos y el reloj en la pantalla del teléfono revelaban que eran poco más de las cinco de la tarde.

Sibylle se desperezó.

Al advertir lo cansada que estaba, Polianna había cortado la cháchara y la había acompañado al cuarto de invitados, una habitación con vistas al castillo Firmiano. Una cama apetecible, dos armarios («Hay espacio de sobra», le había dicho Polianna echando un vistazo a la mochila repleta hasta los bordes de Sibylle) y un pequeño escritorio con una silla de oficina. Mientras Polianna le enseñaba el cuarto, Sibylle se sorprendió preguntándose cuántas mujeres habrían dormido ya en esa cama. O en la de la habitación de al lado. «No es asunto tuyo. No seas infantil.»

Polianna le había dejado su número.

«La nevera está llena. Solo tienes que acordarte de cambiarle el agua a Freddy, los san bernardos sufren mucho con el calor. De todos modos, si necesitas algo no dudes en llamarme, vivo en el edificio de enfrente.»

Al quedarse sola, Sibylle se había rendido a la curiosidad. El apartamento era espacioso, pero aparte del aire acondicionado último modelo (que Tony debía de haber instalado pensando en Freddy, se dijo Sib divertida) y de la cocina salida de una nave espacial, parecía una casa como cualquier otra. Algunas reproducciones de cuadros famosos, un par de pósters, un equipo estéreo, el espejo junto a la puerta de entrada, la cama de Freddy, un sofá y toneladas de libros. Estaban por todas partes. Eran los muros de la fortaleza de Tony. Un bostezo le recordó que aún necesitaba descanso. Alcanzó de un estante una de las novelas de Tony y se la llevó al cuarto. Le avergonzaba un poco no haber leído nunca una sola línea escrita por él.

Se tendió en la cama vestida. A las tres páginas ya se había dormido.

2

Un par de horas más tarde, tras esos segundos de desorientación, Sibylle se levantó y salió del cuarto, descalza, con el pelo revuelto, la boca pastosa y los sentidos todavía ligeramente embotados. Freddy roncaba como una lancha motora, al tiempo que el aire acondicionado le acariciaba el pelaje.

—¿Has dormido bien?

Sib se sobresaltó.

Tony dejó el teléfono móvil sobre el sofá y le sonrió.

—No quería asustarte.

—¿Por qué no me has despertado?

—No quería.

—¿Más correos de lunáticos?

Tony sacudió la cabeza, resignado.

—Comienzo a lamentar haberle pedido a Chiara que corriera la voz entre esa panda de chiflados.

—¿Tan terrible es?

—El más simpático es un tipo que se cree el Anticristo.

—El mundo es extraño —dijo Sibylle—. ¿Has llegado hace mucho?

—He tenido una charla con tu exjefe. Pacífica, no te preocupes.

—Hazme un resumen.

—Me ha dicho que no te haga daño.

—Curioso. Es lo mismo que Polianna me ha dicho a mí.

Una mueca en la cara de Tony.

—¿Ha sido dura contigo?

—¿Después de *Tante* Frida? ¿Bromeas? Dime la verdad: tienes debilidad por las mujeres con carácter.

—Por las mujeres con carácter y por las... —Tony se interrumpió.

«Que se despiertan con el cabello revuelto.

Que se lo enroscan entre los dedos.

Que no se dan cuenta de lo valientes que son.

Y que...»

—... que saben cocinar —concluyó, poniéndose de pie—. Qué le vamos a hacer, soy un neandertal. ¿Te apetece un café?

Sib lo siguió.

—¿Sabías que Oskar quiso dejar el Black Hat en el año 2000?

—No.

Tony colocó la cafetera sobre la placa eléctrica.

—¿Y sabías que Karin y Michl le dieron un buen tajo?

Cincuenta

1

Día flojo para Madama dell'Angelo. El último cliente, un empleado de H&M que soñaba con casarse con una compañera de trabajo que nunca recordaba su nombre, se había marchado a las diez de la mañana. Satisfecho y, como siempre, esperanzado. Desde entonces, nadie. Madama dell'Angelo aprovechó el tiempo libre para hacer algunos pedidos en Zalando, actualizar su perfil de Facebook (gatitos y citas inexactas), añadir alguna telaraña artificial a la estatuilla de la Santa Muerte —llegada a Bolzano directamente desde una fábrica coreana por solo 29,99 euros—, llamar por teléfono a su madre que había pillado un resfriado estival, y almorzar un bocadillo de queso y una bebida dietética. Cuando estaba a punto de cerrar y volver a casa, más o menos a las cinco de la tarde, oyó sonar la campanita de encima de la puerta y echó un vistazo.

Un hombre y una mujer. Él tendría unos cuarenta años, ella era mucho más joven. Pelo rubio, largo. Madama dell'Angelo se enderezó el turbante y las cadenas que llevaba al cuello y ocultó su satisfacción. Las parejas eran su fuerte. Sobre todo si estaban en crisis: «Pareja mal avenida, ganancia servida». Las parejas en crisis recurrían a ella como último recurso para volver a juntar algo que ya no existía. Y eso significaba unas cuantas sesiones, rituales complementarios y algún amuleto para poner debajo de la almohada.

Los invitó a sentarse a una mesita en el centro de la tienda, encendió un par de velas y mezcló las cartas del tarot. Entretanto estudiaba su lenguaje corporal (la muchacha parecía bastante nerviosa, el tipo en cambio era el clásico «he-venido-solo-por-ella») y hacía alguna pregunta para sonsacarles información.

—El Diablo. La pasión se ha apagado —dijo, mostrando la primera carta.

La muchacha se llevó la mano a la cara.

—No lo sientas, cariño. Veamos qué os tienen reservado los Arcanos. Que salga el Diablo no siempre es malo. Quítate la venda de los ojos. No creas en lo que lees.

—Hay un montón de charlatanes por ahí —comentó el hombre.

—Pero vosotros estáis con Madama dell'Angelo.

Madama dell'Angelo siempre hablaba de sí misma en tercera persona.

Nueva carta. La Templanza.

—Serenidad y calma. ¿Veis el ánfora de oro? Representa la razón. La razón es a menudo heraldo de...

—¿Heraldo? ¿Realmente has dicho eso? —el hombre la miró primero a ella y luego a la muchacha que tenía a su lado—. ¡Cielo santo! ¡Heraldo! —repitió, incrédulo. Luego sopló las velas—. ¿Tienes idea de lo que diría mi editor si le presentara un manuscrito con una palabra semejante?

La joven se levantó y cerró la puerta con llave. Luego corrió la cortina que cubría la única ventana del establecimiento.

El hombre le arrebató a la adivina el mazo de cartas y empezó a disponerlas sobre la mesita.

—Ahora me toca a mí.

Dos líneas con tres cartas paralelas, en vertical. Dos cartas en la base, inclinadas. Otras dos en lo alto, horizontales. La sonrisa del colibrí.

Madama dell'Angelo se quitó el turbante dejando a la vista una cascada de pelo oscuro y vaporoso. Sabía que tarde o temprano sucedería. Que tarde o temprano alguien aparecería.

—¿No sientes curiosidad por conocer tu futuro, Yvette?

Yvette Fontana, alias Leah, al contrario que Madama dell'Angelo, no hablaba en tercera persona. Apartó un poco el humo que desprendía la vela recién apagada.

—No es necesario —dijo—. Queréis que os hable de Gabriel y Mirella.

Cincuenta y uno

1

Fue *Tante* Frida quien proporcionó a Tony y a Sibylle la dirección de Madama dell'Angelo. Una vez descubierta la verdadera identidad de la novia de Gabriel, para la anciana abogada fue un juego de niños localizarla. Yvette Fontana no solo tenía un nombre bastante inusual; además, la habían arrestado durante un control policial en 2007, en compañía de Gabriel, y ambos habían sido acusados de vender cocaína en el aparcamiento de una discoteca de Appiano. La acusación cayó en saco roto, porque probablemente los dos tuvieron tiempo de deshacerse del resto de la mercancía, pero lo que acababa en las bases de datos de la comisaría quedaba allí para la eternidad.

—Y no me hables del derecho a la intimidad, Tony, o me pongo a chillar.

—No he abierto la boca.

Licenciada en Psicología, Yvette se había reciclado como santera tras desintoxicarse y pasar por una serie de empleos ocasionales. Su establecimiento, un antiguo estudio de tatuajes en via Cassa di Risparmio, en el centro de Bolzano, aparecía registrado como consulta terapéutica.

Tony había apreciado la ironía.

2

—Gabriel tenía fuego en su interior —empezó a decir Yvette—. Nos conocimos el año 2003, en una discoteca. Ga-

243

briel se me acercó para venderme éxtasis. No lo había tomado nunca, pero había oído hablar y me dije que merecía la
pena probarlo. ¿Por qué no? Estuvimos charlando. Era inge-
nioso, inteligente. Me enamoré enseguida, y en poco tiempo
me pegó el vicio. Una historia de caérsete el alma a los pies.

—Pero estuvisteis juntos bastante tiempo.

Yvette sonrió, melancólica.

—Estar con Gabriel me gustaba. Era excitante. Al menos al principio. Yo siempre había sido una chica muy normal, estudié porque mi familia quiso que lo hiciera. Cuando estaba con Gabriel, en cambio, éramos como Bonnie and
Clyde. Aunque a menudo durmiéramos en albergues para
los sintecho o en la calle.

—¿Gabriel era violento? —preguntó Sib.

—No, conmigo no. Nunca. Pero tenía sus problemas.
La muerte de Erika. Supongo que conocéis la historia, ya
que habéis llegado hasta aquí. Gabriel tenía una fotografía
suya. Decía que se lo haría pagar a Kreuzwirt. Me dijo que
supo de inmediato que la habían asesinado. Me contó cómo
la llamaba la gente.

—¿Erika la Rarita?

—Sí, pero eso era lo de menos. Según Gabriel, le tenían envidia. Aseguraba que Erika era libre, genial. Aunque él hablaba como un hombre...

—¿Enamorado?

—Obsesionado —precisó Yvette—. Corrían muchos
rumores sobre Erika. Algunos eran ciertos, según Gabriel.
Por ejemplo, que de noche vagaba por el bosque. Que hablaba con los animales, y no solo de pequeña. Pero también
había falsos rumores. Si un hombre dejaba a su mujer, cul-
paban a Erika de haberlo seducido, cosas así. Pagarle para
que les leyera el tarot era una manera de tratarla de puta.
Y cuando empezó a trabajar en el Black Hat, los cotilleos
se multiplicaron. Erika decía que le importaba un bledo,
pero Gabriel sabía que le dolía. Se había aferrado al tarot
para eso, para sentirse especial.

—¿Puede que todo eso la afectara hasta el punto de suicidarse?

—Hasta el punto de escaparse de casa.

Sib se limpió el sudor de las sienes. A pesar del ventilador que colgaba del techo, el aire era tórrido.

—Para regresar embarazada. ¿Gabriel sabía quién era el padre?

—No. Gabriel decía que jamás había conocido a una persona que estuviera tan sola como Erika. Por eso decidió hacérselo pagar a Kreuzwirt. De un modo... demencial. Se ponía una peluca rubia e iba por ahí dibujando ese maldito símbolo por las paredes de las casas. Era su forma de poner de los nervios a todo el mundo. Enloqueció un poco, pero yo siempre lo encontré romántico.

—¿Gabriel era el *voyeur* que entraba en las casas?

—No. No era él, me lo habría dicho. Tienes que pensar que hasta la muerte de Erika era un chiquillo como cualquier otro. Fue ese suceso lo que le cambió. Poco a poco, Gabriel se fue dedicando a torturar a la gente de Kreuzwirt con su puesta en escena. Su padre no tardó demasiado en darse cuenta, pidió el traslado y se llevó a la familia con él. Gabriel me contó que cuando ese pobre hombre descubrió la peluca se volvió loco, creía que su hijo era gay.

—Lo que se dice una mentalidad abierta —murmuró Tony.

—Kreuzwirt —sentenció Sib.

—Se marcharon, pero el daño ya estaba hecho. Gabriel seguía traumatizado. Tenía pesadillas, soñaba con Erika, el lago, el pueblo. Al crecer, empezó a tomar pastillas. Primero para dormir, luego para no dormir, luego porque ya no podía pasar sin ellas. Estaba obsesionado. Con Erika y con Von Juntz. A veces me ponía celosa. De una muerta. Es de locos, lo sé.

—¿Quién es Von Juntz?

—Von Juntz es el autor del libro *Unaussprechlichen Kulten*. Creía que ya lo sabíais.

Unausprechlichen Kulten.
«Cultos innombrables.»
—No lo había oído nunca.
—Una vez Gabriel me llevó a ver Kreuzwirt. No entramos en el pueblo, nos quedamos en una ladera, entre los árboles. Me mostró la villa, la Krotn Villa. Dijo que allí había una biblioteca a la que iba de niño con Erika, Elisa y Karin. Era allí donde Erika había encontrado el Von Juntz, una obra llena de ilustraciones según Gabriel. A él le daba miedo, pero a Erika no. Ese símbolo, la sonrisa del colibrí, lo sacó de ese libro. Naturalmente, cuando el doctor Horst los encontró curioseando entre aquellos volúmenes montó en cólera. Despidió a la asistenta, que no había cerrado con llave el armario donde estaban guardados, la tía de Erika...

Sib abrió los ojos de par en par.
—¿Helga? ¿Se llamaba Helga?
—No lo sé. Tal vez.

Mentiras. ¿Cuántas mentiras le había contado la tía Helga?
—A partir de entonces —prosiguió Yvette—, Erika empezó a disponer las cartas copiando ese dibujo. La sonrisa del colibrí. Decía que se trataba de un símbolo de buena suerte, porque los colibríes traen suerte. A Erika le gustaban mucho los animales, Gabriel decía que era muy buena imitando sus cantos. ¿Lo sabíais?
—Sí.
—Años después llegaron a manos de Gabriel unas fotocopias arrugadas del Von Juntz, llenas de subrayados. Me explicó que no pertenecían a una primera edición y que faltaban algunas partes, pero que eran más que suficientes para entender que Erika se había equivocado.
—¿En qué?
—La sonrisa del colibrí servía para convocar al *Wanderer*. Llamaba al *Wanderer* de más maneras: «Aquel que viene y va», «el fantasma», o «Tommy Rayodesol». Gabriel pensaba que Horst había sido imprudente al dejar ese libro

sin vigilancia. En su opinión, habría tenido que quemarlo. Ese símbolo..., ¿sabéis algo sobre los mundos sutiles?

Tony se movió inquieto en la silla.

—Muy poco.

—Gabriel decía que existen muchos mundos. Algunos son copias del nuestro pero con pequeñas diferencias. El símbolo de las Olimpiadas está formado por seis círculos en vez de cinco, Yvette es rubia en vez de morena o el Adigio pasa por Roma y...

—Los Foxes de Bolzano pueden permitirse jugadores de la liga de hockey norteamericana.

—Entre los mundos hay bisagras. Esas bisagras sirven para contener el mal de forma que no se desborde, pero al mismo tiempo tienen la función de hacer de depósito. Porque el mal, según el Von Juntz, es necesario para el funcionamiento del universo. Sin muerte, no hay vida. Sin duelo, no hay renacimiento. Sin guerra, no hay paz.

—A ver si lo entiendo —dijo Tony—. ¿El universo contiene el mal en las bisagras y luego, de tanto en tanto, rocía un poco aquí y otro poco allá para que las cosas rueden mejor? Eso es de locos. Y una idiotez.

—Las mismas palabras de Gabriel. El universo es idiota. Un idiota ciego y absurdo que sigue cometiendo siempre los mismos errores. Pero es el único que tenemos. Los lugares sutiles son los puntos en los que los mundos están más cerca unos de otros. La mayoría de las personas no pueden verlos, pero las más sensibles advierten su presencia. Los seres sutiles como Erika se columpian entre un mundo y otro. Los seres sutiles son individuos singulares, eso es lo que decía Gabriel. Viven ignorando el poder que tienen, que consiste en saber rascar bajo la superficie de las cosas. Pero para hacerlo se requieren las llaves.

Yvette señaló las cartas del tarot sobre la mesita.

—Las personas sutiles son la puerta, la llave y la cerradura. El Von Juntz habla de eso. De cómo, por medio de determinados símbolos, se pueden alcanzar otros mundos a través de puntos de la realidad más frágiles. Erika había empezado a jugar con uno de esos símbolos. Uno de los peores. La sonrisa del colibrí. A través del cual podía pasar el *Wanderer.*

—Entonces, ¿el *Wanderer* no es una persona?

—Tommy Rayodesol no es de este mundo. Es una pesadilla. La sonrisa del colibrí permite acceder directamente a las bisagras. Y el *Wanderer* viene de ahí.

El goteo de una especie de clepsidra. Un claxon en la lejanía.

La risa repentina de Tony.

—Muy sugestivo. De acuerdo, pero ahora volvamos a Mirella. A Martin Perkman. A Gabriel. Y a Kenneth Grahame. ¿Has oído alguna vez ese nombre?

—*El viento en los sauces.* Gabriel citaba ese libro casi tanto como el Von Juntz, afirmaba que las dos obras estaban de alguna forma conectadas, aunque nunca me explicó cómo. ¿Os preguntáis si Gabriel hablaba de Martin? Sí, a menudo. Y también de Elisa y de Karin. Sobre todo de Karin. La odiaba, estaba seguro de que la mayor parte de las calumnias sobre Erika las había puesto ella en circulación.

—Teníamos entendido que eran amigas.

Una mueca más que elocuente en el rostro de la mujer disfrazada de adivina.

—¿Y Mirella?

La expresión de Yvette se ensombreció.

—Mirella Buratti, ese es su nombre completo. Desapareció en enero de 2008. Recuerdo a su madre en la tele, haciendo llamamientos. Gabriel estaba convencido de que la había matado el *Wanderer.* Aquel fue un momento extraño. Gabriel dejó casi de consumir, solo tomaba anfetaminas para mantenerse despierto. Pero ningún alucinógeno u otras drogas. Tampoco vendía. Únicamente quería encontrar a esa chica. No lo consiguió, es obvio. Unos meses después agredió a aquella prostituta y... —Yvette se retorció el collar—. Fue Gabriel el que me abandonó. Decía que era peligroso estar a su lado. Sucedió inmediatamente después de verse con ese dandi.

—¿Qué dandi?

—Michl Horst. Un médico. El novio de Karin Perkman. No sé lo que se dijeron.

«Los dos se reían... Mientras me rajaba.»

—Solo sé que al final de esa reunión Gabriel quemó todas sus notas, un montón de mapas llenos de garabatos, libretas, cuadernos, quemó también las fotocopias del *Unaussprechlichen Kulten*. Me subió al coche y me llevó a una clínica de desintoxicación en Trento. Me dejó allí plantada y me dijo que nunca más nos veríamos.

Yvette los escrutó a los dos.

Tenía los ojos llenos de lágrimas.

—Yo a eso lo llamo amor. ¿Y vosotros?

Cincuenta y dos

1

—¿Qué opinas?

Sibylle y Tony iban paseando con Freddy a remolque. De vez en cuando se cruzaban con algún temerario en *mountain bike,* algún fanático del *footing* y unos cuantos amantes de los perros, pero, aunque el sol estaba a punto de ponerse, el calor era lo bastante intenso como para desalentar a la mayoría a asomar la nariz fuera de casa.

—Creo que Tommy Rayodesol es una tontería. Que los mundos sutiles y las bisagras del universo son tonterías aún más grandes. Sobre el universo idiota me reservo la opinión, porque con tantos idiotas por ahí tengo mis sospechas. Y creo que el amor es realmente extraño, si quieres llamar amor a eso.

—La dejó antes de hacerle daño: en cierto sentido, la protegió.

—¿De sí mismo? Enhorabuena —refutó Tony—. No olvides que fue él quien la hizo esclava de esa mierda.

Sibylle dio una patada a una piedrecilla.

—Perdona —dijo Tony—, es que ciertas cosas me enfadan muchísimo.

—Disculpas aceptadas. O sea, que piensas que Tommy Rayodesol es una figura más del mundo de... —Sibylle buscó en su memoria el nombre del chico de Shanghái que se pasaba los días acariciando un gato invisible— Cucú Ricky Riccardo.

—Junto con los caballos alados, el Ratoncito Pérez y los Pitufos.

251

—¿Y Mirella? ¿Te has enterado de si *Tante* Frida tiene alguna novedad?

—He intentado llamarla, pero se ha mostrado un poco...

—¿Brusca?

—Lacónica. Me ha dicho que le dejara hacer su cuota de trabajo. Lo de la cuota lo subrayó varias veces. Fin de la transmisión. Mejor no insistir demasiado. Cuando está en plan obsesivo le salen las raíces de la Val Pusteria —soltó una risa—. *Tante* Frida puede acceder a la base de datos de la policía: si Mirella Buratti existe y fue denunciada su desaparición, como ha dicho Yvette, sin duda alguna la encontrará. Y no me preguntes si entrar en el servidor de la jefatura es legal. No queremos saberlo, ¿verdad?

—*Nix.*

—En cualquier caso, si la prensa se hizo eco del caso de Mirella y su madre fue a la televisión, también podemos buscarla sin la ayuda de *Tante* Frida. Me pondré con ello en cuanto volvamos a casa. De todos modos, Sib, hasta que no tengamos más pruebas de lo contrario, te pido por favor que permanezcas lúcida —Tony se detuvo y dulcificó el tono de voz—. Siempre es mejor usar el condicional. ¿Vale? La palabra clave es *si.*

—¿Y el *Wanderer?* —lo instigó ella—. ¿Y las pruebas que reunió Gabriel? Podrían ser el motivo por el que Michl fue a hablar con él en 2008, cuando lo asustó hasta el punto de inducirlo a abandonar a Yvette y desaparecer.

—¿Qué pruebas? Hasta ahora solo tenemos rumores. Hay que andarse con pies de plomo, Sib. Además, todo eso no significa que el *Wanderer,* o lo que sea, exista de verdad.

En otras palabras, pensaba Tony mientras sentía cómo la frustración crecía dentro de él, alimentando el calor y el cansancio: a pesar de sus esfuerzos, estaban dando vueltas para llegar al mismo sitio.

—¿Tú nunca pierdes el equilibrio? —se burló Sibylle.

Tony puso una sonrisita irónica.

—¿Quieres la verdad?

—Dispara.

—A mí Tommy Rayodesol me huele a admisión de culpa.

—¿Por haber matado a Mirella y quizás a alguna otra chica?

Tony dejó vagar la mirada entre los viñedos y el castillo Firmiano.

Un poco más al sur, el río Adigio discurría apacible.

—Y aquí volvemos al mágico mundo de la incertidumbre.

Cincuenta y tres

1

Sibylle entró corriendo en el estudio de Tony en plena noche y él se asustó.

—¡Sé quién es!

—¿Quién? ¿Qué? —preguntó, confundido—. ¿Qué hora es, Sib?

Solo entonces se percató Sibylle del caos que reinaba en la habitación. Había folios esparcidos por todas partes y la impresora no hacía más que vomitar papel.

—¿Qué pasa? —preguntó la joven.

—*Tante* Frida ha hecho los deberes.

—¿Todo esto es sobre Mirella?

Tony se frotó los ojos.

—En cierto sentido, sí.

—¿Por qué no me has llamado? ¿Y qué significa «en cierto sentido»? ¿Sabes que eres realmente insoportable cuando quieres?

—Se suponía que estabas durmiendo.

—Pues ya ves que no. ¿Puedes contestarme, por favor?

—Cada cosa a su tiempo. ¿De quién hablabas?

—De Tommy Rayodesol. He visto tus DVD. Tus libros. Tu cultura pop hace aguas por todas partes. Y pensar —sonrió Sibylle— que se trata de una película de tu época.

—¿De mi época?

—De cuando tenías mi edad.

—¿*El club de la lucha*? ¿*Matrix*?

—*El exorcista.*

—Cuando se estrenó esa película yo aún no había nacido —protestó Tony—, niña.

—*El exorcista III* es del año 90.

—Tenía *once* años.

Sibylle abrió unos ojos como platos.

—¿De veras? —le tomó el pelo—. ¿Solo once años? Quizás deberías empezar a utilizar una crema antiarrugas.

—Qué ingeniosa.

Sib se sentó en un pequeño sofá, cruzó las piernas y fingió no advertir la despreocupación con que Tony se esforzaba por no mirárselas. Fingió incluso que eso no le gustaba.

—Tommy Rayodesol, o Tommy Sunlight —explicó—, es el nombre de un personaje de William Peter Blatty.

—¿Tendría que conocerlo?

—Pues claro que sí. Era un genio. Escribió la novela *El exorcista* y dirigió *El exorcista III,* que a su vez se basa en otra novela suya titulada *Legión.*

—¿Entonces estamos buscando a un escritor obsesionado con el género de terror?

Sibylle atrapó una revista y se la lanzó.

—Tonto.

Tony esquivó el golpe.

—Ponme al día. Porque no entiendo nada de nada. Debe de ser la edad.

—*El exorcista III* es la auténtica secuela de *El exorcista.* ¿La has visto?

—La primera. Casi me muero del susto.

—Bravo como un león, Míster Kleenex. La película fue un gran éxito, así que hicieron la segunda parte, pero esta no contaba con el aval de Blatty. Unos años después, sin embargo, escribió y dirigió *Legión,* que debería haber sido *El exorcista II* porque era la verdadera secuela. Hay muchas diferencias entre el film y el libro, y la principal es el nombre del malo. En la película se llama Paciente X; en el libro, Tommy Sunlight.

—Es decir, Tommy Rayodesol.

—¿Sabes de qué va *El exorcista III*?

—La niña que vomitaba papilla verde con la cabeza del revés ha crecido y trabaja de escort. Se encuentra la American Express de Richard Gere y se enamora.

—El demonio Pazuzu vuelve a la ciudad. Y mata a un montón de personas. Lo que ocurre es que a la policía le cuesta Dios y ayuda encontrarlo.

—Lógico, es un demonio.

—Sobre todo porque, para citar a Gabriel, Pazuzu «utiliza a las personas como si fueran guantes».

—Una forma brillante de joder a la policía científica, pero no creo que pueda sernos de ayuda.

Era un chiste, pero sonó desganado. Tony miró a su alrededor, le tocaba a él poner al día a Sibylle.

¿Por dónde empezar?

Cincuenta y cuatro

1

—Vamos a partir de la realidad. Te presentaré a Mirella Buratti. Mira.

Un clic.

2

En el vídeo, una mujer apretaba un pañuelo entre las manos. Estaba angustiada y se notaba.

Se había maquillado para la entrevista, un poco de colorete y lápiz de ojos, pero el lápiz formaba churretes allí donde la mujer, inútilmente, había intentado restañar las lágrimas.

El vídeo había sido extraído de un informativo de televisión de enero de 2008. Era un llamamiento. La mujer se llamaba Grazia Buratti. Su hija Mirella llevaba desaparecida cuarenta y ocho horas.

Las palabras de la madre se alternaban con la imagen de la muchacha ocupando la pantalla. La cara regordeta de Mirella sonreía bajo una cascada de pelo rubio.

3

Tony congeló la imagen.

—Mirella —explicó— tiene veintitrés años cuando desaparece el 11 de enero de 2008. Su madre avisa a la policía al día siguiente, el 12, pero como la chica es mayor de edad, hay que esperar cuarenta y ocho horas. El día 13, aún sin rastro de ella, la noticia aparece en los periódicos. Se le presta atención durante un par de días y luego se olvida. Hay algunos avisos que, sin embargo, caen en saco roto.

—Nunca la encontraron.

—Nunca. Ahí tienes la notificación de su desaparición. Pero *Tante* Frida no se ha limitado a Mirella —Tony abrió los brazos para señalar el caos que había invadido su estudio—. Personas desaparecidas que residían en el Alto Adigio. Arco temporal: desde el año 1999 hasta hoy. Son más de trescientas, una barbaridad si tenemos en cuenta la población total. También me ha enviado un archivo con todos los casos de desaparición que fueron resueltos. Accidentes, huidas románticas, gente que se pierde en el bosque y cuyo cadáver se encuentra...

—¿Cuántos?

—Al menos el triple.

—¿El triple?

—Exactamente. No te he avisado de inmediato porque he intentado realizar un viajecito por el mundo de las probabilidades.

Sib frunció el ceño.

—¿El mundo del *sí*?

—He probado a razonar como si detrás de la historia del *Wanderer* y toda la cháchara de Gabriel hubiera algo de verdad. He dejado a un lado la realidad y he empezado a especular, como diría *Tante* Frida.

—Continúa.

—Me he preguntado: ¿qué tienen en común Erika y Mirella? Muy poco. Proceden de sitios diferentes, hablan lenguas diferentes, han vivido de modo diferente y en épocas diferentes.

—Por el contrario, ambas son jóvenes, mujeres y rubias.

—Bueno, la idea es un tanto vaga, pero recuerda que me muevo en el mundo de lo probable, ¿okey?

Sibylle asintió, concentrada.

—He intentado acotar la investigación a esos parámetros. Y el lío que ves a tu alrededor es el resultado. Setenta y cuatro mujeres rubias menores de treinta años desaparecidas en los últimos veinte.

—No esperaba que fueran tantas.

—Yo tampoco —se apresuró a decir Tony, ligeramente arrepentido de haberle confiado a Sibylle sus reflexiones—. De momento estos datos no significan nada. En realidad, ni siquiera son datos, porque no sabemos si Mirella fue asesinada o simplemente se marchó a vivir a Hawái. Ni siquiera sabemos si a Erika la mataron realmente... Lo sospechamos, pero no hay ninguna prueba concreta. Y fíjate que ni siquiera he tomado en consideración a Elisa.

—¿Crees que no guarda relación?

—Creo que lo único cierto es que Mirella desapareció, y que quien nos ha puesto la mosca detrás de la oreja es una persona que está mal de la cabeza. ¿Conoces la expresión «testigo poco fiable»?

—Yo he mirado a los ojos a Gabriel. No mentía. Y no está loco.

—Hay un diagnóstico que dice justo lo contrario.

Sibylle se puso a hojear los expedientes.

4

Anne Liebermann, veinticuatro años.
Estudiante.
Fecha de la desaparición: 22 de noviembre de 2009.
Vista por última vez a las 13:40 horas en una parada de autobús de Brunico. Vestía gorra roja y un anorak azul claro. Escuchaba música y movía la cabeza rítmicamente. Parecía serena.
En la fotografía que acompañaba el dosier, la muchacha sonriente abrazaba un árbol.

Marianna Caiani, veintinueve años.
Empleada.
Fecha de la desaparición: 3 de julio de 2011. Vista por última vez a la salida de la empresa de pinturas donde trabajaba, a las 15:05 horas. Vestía pantalón de loneta y blusa oscura. Se despidió de sus compañeros, pero parecía distraída. Conducía un Mini color cereza. A partir de entonces se pierde su rastro. El Mini nunca apareció.
En la foto adjunta, Marianna, en un mercadillo navideño, llevaba un sombrero de reno.

Lucia Macchi, veintiocho años.
Desempleada.
Fecha de la desaparición: 15 de septiembre de 2006. Vista por última vez a la salida del Domino, una discoteca de Aldino. Había discutido con el portero del local, preocupado por su evidente estado de embriaguez. Verificaciones posteriores demostraron que en realidad la muchacha trabajaba esporádicamente y sin contrato en la discoteca.
La mirada de Lucia, en la foto divulgada por los investigadores, parecía de desafío.

Helena Gamper, veintidós años.
Estudiante.
Fecha de la desaparición: 15 de agosto de 2010. Vista por última vez por su madre, en Moso in Passiria. Helena iba camino de la piscina municipal para nadar con sus amigas de siempre. Nunca llegó al lugar de la cita.
En la fotografía se la veía a horcajadas en una Vespa.

Julia Unterkircher, veintitrés años.
Obrera.
Fecha de la desaparición: 6 de septiembre de 2015. Vista por última vez a las 19:15 horas por un pariente

lejano en el centro de Bresanona. Dijo que estaba esperando un taxi. El pariente se ofreció a llevarla, pero Julia lo rechazó.
La foto mostraba a una muchacha alta, con una camiseta de los Lupi de Pusteria.

MILENA WEISSER, veinticinco años.
Estudiante...

5

—¿Sib?

Tony la sacudió con delicadeza.

—¿De verdad vamos a creer que un loco puede matar a setenta y cuatro personas y seguir en libertad?

Sibylle no contestó.

En los ojos todavía tenía el horror de todas esas vidas engullidas por la nada.

Tony prosiguió:

—Supongamos que el asesino es una especie de genio del mal y que la policía está integrada por auténticos imbéciles. Calcula el tiempo que a alguien le llevaría localizar a la víctima, matarla y deshacerse del cadáver de modo eficaz, mejor dicho, extremadamente eficaz, porque no se ha encontrado ni un solo cuerpo. Calcula el tiempo necesario para hacer desaparecer las huellas, tanto de la víctima como suyas. ¿Pongamos un año? ¿Seis meses? Pongamos tres meses. Setenta y cuatro por tres son doscientos veintidós meses, o sea dieciocho años. ¿Dieciocho años haciendo que una mujer se desvanezca cada tres meses sin que salte ninguna alarma?

Sib lo fulminó.

—No me tomes el pelo, Tony. Nadie ha dicho que haya asesinado a las setenta y cuatro. Podría haber matado solo a una décima parte, o a dos o tres, y las demás simplemente haberse escapado de casa o...

—En efecto. El parámetro es amplio e impreciso. Más de la mitad de las mujeres del Alto Adigio son rubias. Solo esto pone en cuestión cualquier cálculo.

—Lo veo —dijo Sib, irritada—. Cada mañana en el espejo. De acuerdo. He recibido el mensaje. Pero no demos un salto hasta las conclusiones.

—Cada cosa a su tiempo. Olvidémonos de lo probable. Hemos encontrado a Mirella. Empecemos por su madre. Creo que vale la pena hacerle algunas preguntas. El resto son solo teorías.

Sibylle comenzó a recoger los informes.

—¿Falta algo?

—El material secundario.

—¿Y eso qué es?

—Artículos de prensa, testimonios sin valor para la investigación, actas, más actas y unas cuantas actas más.

—Imprímelo todo.

—¿Todo?

—Todos los expedientes. No solo los de las rubias.

—Sib, es tarde. Deberíamos...

—No tengo sueño y no tengo nada para leer.

—Son cientos de páginas. Quizá miles. Es imposible imprimirlo todo.

—¿Eso es una *tablet*?

Tony la conectó al ordenador.

—Te arriesgas a perder de vista el quid de la cuestión.

—Quiero todos los archivos que te ha enviado *Tante* Frida, también los de los casos ya resueltos. Sin excluir a nadie.

—Sib...

—Explícame una cosa, Tony. Por favor —lo interrumpió ella mirándolo con aire de desafío—. Si estás tan convencido de tener razón, si realmente crees que todo esto es una pérdida de tiempo...

—Lo es.

—... Entonces ¿por qué estás tan aterrado?

Cincuenta y cinco

1

Grazia Buratti vivía en uno de los edificios de protección oficial construidos en los años ochenta y noventa, en via Milano. Había una pegatina de un Jesús psicodélico al lado de la etiqueta del interfono. Tercer piso.

La mujer les ofreció té frío de melocotón casero. Estaba demasiado azucarado y dejaba un regusto amargo en la boca, pero refrescaba. Tony y Sibylle le dieron las gracias.

Por la ventana abierta de par en par se oían gritos de niños que disputaban un partido de fútbol en el patio. El italiano se mezclaba con el albanés, el árabe y el tigriña.

La madre de la joven desaparecida se sentó frente a ellos, en un saloncito repleto de fotografías de la hija, imágenes sagradas de dudoso gusto y un televisor polvoriento.

La mujer tenía los ojos rojos y húmedos. Párpados pesados y uñas mordisqueadas. Bajo el olor del desodorante se advertía el tufo de un cuerpo necesitado de un buen baño.

En un rincón, un viejo ordenador conectado a un *router* lanzaba destellos intermitentes.

—Lo utilizo para mantener vivo el recuerdo de Mirella —explicó la mujer, tras interceptar la mirada de Tony—. Quiero que quien cometió el error la recuerde para siempre.

—¿La policía?

—Esos cabrones nunca la buscaron. Nunca. No en serio, en todo caso. Desde el primer día dijeron que se había marchado. Para ellos el asunto estaba cerrado, tenían otras cosas que atender. Como si mi hija no fuera importante.

—¿Usted no cree que se escapara?

La mujer apretó los puños con fuerza.

—De ninguna de las maneras. Teníamos una buena relación. Mirella trabajaba en el Departamento de Caza y Pesca de la delegación provincial. Estaba buscando casa para independizarse. ¿Por qué se iba a marchar?

—¿Salía con alguien? Un novio o...

—Ya me lo preguntó la policía.

—¿No era así?

—No.

—A lo mejor tenía alguna relación de la que usted no estaba al corriente.

—Mi hija me contaba todo —soltó la mujer, con el tono exasperado de quien ha repetido lo mismo miles de veces—. Yo sabía que estaba colada por su jefe, Dario Rossini. Y también sabía que existía una señora Rossini. Le aconsejé a Mirella que se hiciera a la idea y lo superara, porque ciertas cosas es mejor dejarlas estar, pero no le monté ningún numerito. Con Mirella no era necesario ponerse a gritar, era una chica razonable.

—La policía...

Un tic en el ojo izquierdo. La mujer se lo frotó como si quisiera sacárselo de la órbita.

—La policía, la policía...

El puño cayó sobre el muslo.

—Un día me lo encontré en el portal, al jefe de Mirella, el doctor Dario Rossini. ¿Doctor en qué?, diréis. Un hombrecito insignificante. Me acusó de haberle arruinado la vida. Como si su reputación pudiera importarme algo.

—¿Le pareció peligroso?

—¿Ese homúnculo? —la mujer se bebió de un trago lo que quedaba de su té—. No sería capaz de hacerle daño a una mosca. Solo palabrería y amenazas.

—Las apariencias engañan.

—La policía removió hasta la última piedra de su vida. Por eso su mujer lo abandonó. Descubrió el lío que tenía con mi hija y lo dejó plantado. Pero no encontraron nada que lo implicara. Y en ese momento dejaron de buscar. Dijeron que Mirella se había escapado de casa. Idiotas. Cada vez que voy a la comisaría los oigo susurrar. «La loca», me llaman. Pero yo sé que Mirella está muerta, lo presiento. Y necesito llorar el cadáver de mi hija, darle un entierro digno, poder... —se le quebró la voz.

—Entonces, usted cree que está muerta —dijo Sibylle dulcemente.

—Venid conmigo.

La siguieron hasta la habitación de Mirella. Había un retrato al óleo de Kurt Cobain colgado sobre la cama. A juzgar por las pinceladas, lo había hecho la muchacha. En el suelo, en un resquicio entre el armario y la ventana, había otros dos.

Jim y Jimi. Morrison y Hendrix.

Algunas velas de colores estaban bien a la vista en una repisa repleta de libros, al lado de un angelito de cerámica. *Cómo luchar contra la timidez. Yo estoy ok, tú estás ok. Fitness para perezosos. ¡Si quieres..., puedes!* Un par de métodos de adelgazamiento. Cristales, aromaterapia y *feng shui,* pero nada sobre tarot, advirtió Tony. En una esquina del cuarto, bajo una tabla de planchar, había una esterilla de gomaespuma, enrollada y sujeta con una goma elástica. Sobre la tabla, una blusa de rombos doblada. En las paredes, fotografías.

Mirella abrazada a alguna amiga. Mirella sacando la lengua. Mirella con aire soñador, inmortalizada a la luz del ocaso a la orilla del mar. Mirella que incluso en la playa llevaba pantalones cortos y camisetas anchas. Mirella con amigas, nunca con amigos. Mirella que se enamoraba de su jefe. Mirella que colgaba el diploma de contabilidad junto al cuadro de Kurt Cobain.

Mirella que...

—¿De verdad creéis —dijo la señora Buratti— que una chica así se puede marchar de casa de un día para otro?

Cincuenta y seis

1

Se llamaba Alessandra, pero en la tarjeta que le colgaba del pecho ponía «Alexandra». Alexandra trabajaba en una perfumería del centro, en la sección de dermocosmética. Productos para la piel, acné, pomadas calmantes para las irritaciones, lociones de bronceado. Por teléfono les dijo que podía dedicarles solo unos minutos antes de que el jefe se cabreara. Tenía un contrato temporal.

A la hora acordada se vieron en la calle. Tras una rápida presentación, los llevó hasta la mesita de un bar a escasa distancia de la tienda.

—Grazia nos ha dicho que la visitas a menudo.

—La quiero mucho. Desde que su hija desapareció, ya no es ni la sombra de cuando Mirella y yo íbamos al colegio. Ahora parece una ruina, pero en su día fue una fuerza de la naturaleza.

—¿Mirella y tú estabais muy unidas?

—Muchísimo.

—¿Sabías lo de Rossini?

—¿El cerdo? —dijo Alexandra haciendo una mueca—. Se la follaba y punto. Nunca habría dejado a su mujer. Y, en cualquier caso, Mirella tenía a otro. Se lo dije a Grazia. También se lo dije a la policía, pero no tengo ni idea de quién era. Nunca lo vi y nunca me habló directamente de él, pero hay ciertas cosas que se intuyen.

—¿En qué sentido?

La joven se ajustó la blusa, que era parte del uniforme de la perfumería. Tony no la envidió. Con esa tem-

269

peratura equivalía a pasearse por ahí con un traje de buceo.

—Mirella se había vuelto más... luminosa. Más guapa. Se cuidaba más. Incluso adelgazó. Tampoco le venía nada mal, Mirella siempre había sido un poco gordita. Se cortó el pelo. Una melenita corta al estilo de Valentina, la del cómic. No es que le quedara perfecto, pero a ella le gustaba, y eso bastaba para que pareciera más... sexi. Recuperó la confianza en sí misma, parecía otra. Dejó de ver a las amigas, a los compañeros del colegio, y...

—¿Amigas como tú?

Alexandra jugueteó con la cucharilla del café.

—Al principio me sentó mal. Pero el último día que la vi pasó por mi casa a verme y me regaló esto. He pensado que podría interesaros.

Un libro de bolsillo. *El viento en los sauces*, Kenneth Grahame. Un ejemplar muy desgastado.

—¿Era suyo?

—Eso dijo. Y ahora, seguro que también vais a preguntarme por el garabato.

—¿Qué garabato?

Alexandra abrió el libro por la primera página.

«Cada viaje es un nuevo
principio»

Junto a la firma revoloteante de Mirella figuraba la sonrisa del colibrí: el garabato.

—¿Por qué dices «también»? —le preguntó Sibylle—. ¿Te refieres a la policía?

—No, ellos lo fotografiaron, me tomaron declaración y no volvieron a ponerse en contacto conmigo —Alexandra se levantó, mirando inquieta el reloj—. Me refiero al otro tipo. El del pelo largo y los tatuajes.

Cincuenta y siete

1

Sibylle estaba sumida en la lectura del material recopilado por *Tante* Frida, bajo el chorro fresco del aire acondicionado. Tony, sentado en el escritorio, mordisqueaba un Bic negro. Los tenía a docenas, repartidos por toda la casa. Decía que escribir a mano lo ayudaba a concentrarse. En parte era verdad y en parte superstición. La primera versión de *Dos* la había escrito con uno de esos bolígrafos.

—¿En qué piensas?

Tony dio un respingo.

—¿Te he asustado?

—Estaba reflexionando. Tengo tendencia a...

—¿Abstraerte?

—Los grandes escritores se abstraen —precisó Tony—, yo me limito a desaparecer un rato.

—¿Y dónde te habías metido?

—En casa de Mirella. Dime qué lees y te diré quién eres. Mirella tenía un montón de libros de autoayuda. *Cómo adelgazar en cien días* o *Cambia tu vida cambiando de sitio los muebles de tu casa.*

—Prefiero a Stephen King.

—A mí siempre me han parecido más inquietantes que Stephen King.

—No te imagino haciendo dietas macrobióticas.

Tony sonrió.

—Soy escritor. Los escritores leen.

—Qué tonta, y yo que creía que los escritores escribían. ¿Por qué te parecen inquietantes?

Tony se levantó y se dirigió a la estantería para alcanzar un volumen bastante grueso.

—¿Un manual de caza?

—Documentación para una novela que nunca escribí. Solo estaba reflexionando sobre algunos... parámetros.

—Mujeres jóvenes, rubias y por debajo de los treinta.

—No exactamente.

El Bic volvió a los labios de Tony. Se sentó. Aunque sus ojos tenían delante las piernas de Sibylle, no las miraba. Había vuelto a refugiarse en algún rincón de su mente.

—¿Tú crees que soy un cínico? Contesta sinceramente.

Sibylle se quedó desconcertada.

—Podría utilizar varios adjetivos para definirte, pero cínico, precisamente, no.

Tony parpadeó, volviendo al estudio que daba a via Resia.

Con algunos segundos de retraso, apartó la mirada de las piernas de Sib.

—Los autores de esos manuales lo son. Saben perfectamente que si añades unas gotas de limón en tu dieta no va a cambiar tu forma de ver el mundo. Y que sin duda no vas a encontrar el amor de tu vida ni a hacer fortuna poniendo cuarzo en la mesita de noche. Son unos manipuladores. Utilizan la fragilidad de la gente para..., bueno..., para ganar dinero.

—En cierto modo, todos los artistas lo hacen. Mediante la escritura, la pintura o la música, manipulan las emociones del público y se ganan el pan. Tú también lo haces.

—Error. Para citar una de esas películas de terror que tanto te gustan: «Yo vendo el humo, no el asado».

Sibylle chascó los dedos.

—Fácil. *Hallowen*, la versión de Rob Zombie. La segunda. A Carpenter le dio asco, a mí no me desagradó. La frase es del doctor Loomis, interpretado por Malcolm McDowell, el de *La naranja mecánica*.

—Mi cultura pop no tiene tantas lagunas, ¿has visto?

—También eres muy hábil esquivando preguntas. No eres cínico, pero sí *esquivoso*. ¿Existe esa palabra?

—No creo.

—Pues deberían inventarla.

Tony se hundió el Bic en la barbilla.

—Respuestas a un módico precio. Justo lo que venden esos tipos. Ofrecen el asado, pero el asado no existe. Yo vendo humo. Ficción. Unas cuantas jornadas en compañía de una historia que te haga respirar. Eso es lo que buscan mis lectores. Y estoy encantado de dárselo —el Bic empezó a dar vueltas en el aire, como si Tony estuviera dirigiendo una orquesta que solo él podía oír—. ¿Qué ofrecen los tipos que escriben esos manuales? Cambios. Cambiar de ropa, cambiar de peinado. Cambiar la forma de verte a ti mismo. Y sobre todo, y eso es algo que no soporto, esos gurús no hacen más que incitarte a dividir a las personas en «positivas» y «negativas». Naturalmente, te sugieren que te alejes de las negativas.

—¿Y qué hay de malo en eso?

—Que son ellos —dijo Tony con sequedad— quienes te dicen cuáles son las personas negativas.

—Ni que fueran Charles Manson.

Tony sonrió, y por un instante volvió a ser el chiquillo que huía de los matones refugiándose en la biblioteca.

—Buen ejemplo. Crear dependencia. Eso es lo que quieren. Y eso lleva al aislamiento, a la exclusión por parte de los grupos que hasta ese momento han estado cerca de ti, como la familia. ¿No has visto esos documentales en los que una leona acecha a una manada de antílopes? Nunca se lanza al centro de la manada: espera a que uno de los antílopes, el más frágil, quede aislado. Estoy haciendo sociología barata, pero has sido tú la que ha preguntado en qué estaba pensando. Ahora ya lo sabes.

—¿Crees que el nuevo novio de Mirella era un manipulador?

—No nos aventuremos, ¿vale? Pero puede que a Mirella la sedujera una especie de depredador muy astuto. Y viceversa.

—¿Viceversa?

—Cazo lo que me gusta. Mujeres jóvenes y rubias. Son parámetros que en realidad no atañen a las víctimas. Nos dicen lo que le gusta a nuestro hipotético, y subrayo el adjetivo «hipotético», *Wanderer.*

—¿Crees que podría ser Gabriel?

Tony repiqueteó con el bolígrafo en la rodilla, con frustración.

—No hago más que darle vueltas. A simple vista, Gabriel sería perfecto. Inestable, violento, morbosamente atraído por la muerte de Erika y con debilidad por las rubias. ¿Pero tú ves a Mirella con alguien como Gabriel?

—No, desde luego. Gabriel podía ejercer cierta fascinación en alguien como Yvette, pero Mirella... Mirella era la clásica buena chica que salía el sábado por la noche con las amigas del colegio. Vivía con su madre y estaba colada por su jefe.

—Exacto.

—Pero alguna idea te habrás hecho.

—Apenas una teoría.

Sibylle resopló.

—¿Es necesario decirlo cada vez?

—Sí, porque la especulación conduce a la...

—Entonces ¿quién?

Tony tardó un poco en responder. El Bic pasó de sus labios al escritorio. Luego de nuevo a los labios.

—Pienso en un hombre inteligente, capaz de manipular a los demás. Alguien que sabe tratar a la gente. Dotado de cierto encanto, ¿entiendes? Pero al mismo tiempo frío. Muy frío. Un tipo que observa, estudia, espera. No actúa de forma impulsiva.

—Y con debilidad por las rubias.

—¿Me equivoco o Karin Perkman es rubia? Juguemos a los cumpleaños, Sibylle. ¿Qué edad tenía Michl Horst en 1999?

Sib no dudó un instante en proporcionarle esa información. Desde que había encontrado la foto de Erika en su buzón no hacía más que calcular fechas de nacimiento.

—Es del 72, me parece, de febrero o tal vez de...

Polianna abrió la puerta del estudio. Estaba pálida.

—Hay una persona que...

«Que te da miedo», pensó Tony. Y cualquiera que le diese miedo a Polianna venía buscando problemas.

El hombre entró sin hacerse anunciar.

—Es un placer conocerle, señor Carcano.

Cincuenta y ocho

1

Alto, pelo corto canoso. Un corte militar. Gafas finas de metal. Mirada gélida. Sonrisa burlona. Vestía un traje de lino de aspecto caro.

—Edvard Bukreev.

Acento ruso.

El Alto Adigio y Trento estaban llenos de rusos. Históricamente, la ciudad de Merano había sido destino de la aristocracia zarista. Y los nuevos ricos que habían proliferado después de la caída de la Unión Soviética habían colonizado prácticamente el lago de Garda.

¿Pero qué hacía un ruso en su casa?

Tony le comunicó a Polianna con un gesto que todo estaba en orden. Aunque no fuera verdad. Aquel tipo apestaba a dinero. Mucho dinero. No era cuestión de indumentaria sino de presencia. Los ricos, aquellos cuyo dinero se calcula en fluctuaciones bursátiles y no en efectivo, se mueven como si nada pudiera afectarles. Y siempre traen problemas.

Como los Perkman.

Polianna salió y cerró la puerta.

—Señor Bukreev —dijo Tony—, no tengo ni idea de quién es usted ni de cómo me ha localizado, pero siéntese, se lo ruego.

Sibylle se desplazó hacia la ventana. De pie. En guardia. A la máxima distancia entre ella y el recién llegado. Se cruzó de brazos. Echaba de menos del cortacapullos.

—Le pido disculpas por esta intrusión —respondió Bukreev—, pero he intentado ponerme en contacto con usted por e-mail en vano. Así que he venido.

Chiara la librera, pensó Tony, los correos electrónicos. Junto con el del lunático que le llamaba «querido señor Anticristo», Tony recordó haber lanzado a la papelera al menos tres mensajes de un ruso que escribía como Tolstói. El hecho de que se encontrara allí, en su casa, lo hizo estremecer.

El ruso prosiguió.

—Usted no es alguien que se agobie con facilidad, ¿verdad, señor Carcano?

—¿Qué pretende decir?

Bukreev señaló un estante encima del escritorio.

—Veo que conserva las ediciones extranjeras de sus éxitos. Para otros sería terrible guardarlas en el mismo espacio en que trabajan. El propio éxito puede ejercer cierta presión.

—En cambio a mí me tranquilizan —respondió Tony—. Como las malas críticas. Significan que no soy un genio. Los genios mueren jóvenes y pobres, mientras que yo deseo una larga y cómoda vida.

—Y, pese a ello, ha puesto a Karin Perkman en su contra.

—¿Lee usted la prensa amarilla, señor Bukreev?

—Leo todo lo que me resulta útil —Bukreev se dirigió a Sib—: La señorita Knapp, supongo. Ahora entiendo por qué el no genio aquí presente ha decidido poner en peligro su largo y cómodo futuro. Es usted una joya, permítame decirlo.

—Si no nos aclara por qué está aquí —fue la respuesta de Sibylle—, esta joya se liará a hostias con usted.

El ruso pareció valorarlo.

Abrió el maletín y extrajo un folio.

—Por favor.

Se trataba de una fotocopia ordinaria en un papel común y corriente. La reproducción de una página de un texto antiguo, a juzgar por los caracteres. En el centro, la sonrisa del colibrí.

Sibylle le pasó la hoja a Tony.

—¿Sabe usted quién es Friedrich von Juntz? —preguntó Bukreev—. ¿Conoce el *Unaussprechlichen Kulten*?

—No —mintió Tony—, pero soy un gran admirador de Sophie Kinsella. ¿La ha leído usted?

Bukreev cerró el maletín y lo dejó a su lado.

—Un hombre extraño, Friedrich von Juntz. Murió en 1833, a la temprana edad de cuarenta y un años. Un antropólogo, diríamos hoy en día. Pero también astrónomo, matemático y opiómano. Lo que lo hace irresistible a nuestros ojos, ¿no le parece?

Tony no contestó. No tenía importancia. No para Bukreev. Por primera vez, su cara de hielo dio señales de vida.

—El símbolo sobre el que pidió usted información a una ignorante librera, una tal Chiara, de la librería...

—Carnival, via Andreas Hofer.

—Exacto. La joven librera hizo correr la voz entre quienes se interesan por ciertos asuntos... curiosos. «¿Alguien conoce este símbolo?» Su voz se difundió y llegó hasta mí, y ese alguien soy yo —el ruso señaló la fotocopia entre las manos de Tony—. Por eso intenté ponerme en contacto con usted, y por eso estoy aquí. Ese símbolo procede de la obra maestra de Von Juntz: *Unaussprechlichen Kulten*. La fotocopia reproduce una página de, ¡ay!, la segunda edición de ese texto. Rara, pero no tanto como la primera, que editó personalmente el erudito de Düsseldorf poco antes de su prematura desaparición. Von Juntz fue —terminó Bukreev— asesinado. Probablemente por haber divulgado cosas que en su época no se debían divulgar.

—Menuda estupidez.

—¿Usted cree?

—En 1833 la gente no moría por un libro.

—En los años veinte y treinta del pasado siglo, por no hablar de los cuarenta, las notas de Oppenheimer, Heisenberg o Fermi fueron clasificadas. Cualquiera que hubiera leído una sola palabra de ellas se habría arriesgado a acabar asesinado por los servicios secretos.

—El suyo es un mero ejercicio de retórica. Fermi y compañía se ocupaban de cosas muy concretas.

—Concretas y terribles, estoy de acuerdo.

—Lo dice como una amenaza.

—Al contrario, señor Carcano. Estoy ofreciéndole mi ayuda. Usted necesita información sobre Von Juntz y yo puedo contarle lo que sé.

—¿Por qué?

El ruso fingió no haber oído la pregunta.

Tony estaba a punto de repetirla cuando Bukreev sacó del maletín un paquete bastante voluminoso de fotocopias y se lo tendió.

—¿Qué es esto?

—No muerde: cójalo.

Tony lo aceptó.

—Esas son las fotocopias de la segunda edición del Von Juntz de mi colección particular.

—¿No tiene la primera edición? —dijo, burlón, Tony—. ¿Demasiado cara?

—Que yo sepa, solo existe un ejemplar completo de la primera edición.

—¿En la biblioteca Perkman? —preguntó Sibylle.

—La biblioteca Horst —la corrigió el ruso.

—¿Lo conocía?

Bukreev volvió a colocarse su máscara de impasibilidad.

—Me crucé con él en una ocasión. Le hice una oferta por la primera edición del Von Juntz, pero se rio en mi cara. A su muerte, le ofrecí el triple a Friedrich Perkman, pero a esas alturas ya no estaba en su sano juicio...

—¿En qué sentido?

Bukreev cruzó las piernas.

—Hay tres clases de personas interesadas en este género de libros. Las que curan el cáncer con bicarbonato, las que decapitan gallinas a medianoche para invocar al diablo y las que saben valorar las cualidades intrínsecas de los textos.

—¿Intrínsecas? ¿Y cuáles serían?

—Poseer una primera edición del Von Juntz equivale a poseer una obra de arte. Es una inversión económica considerable, lo que se denomina un activo refugio. Soy un hombre de negocios, señor Carcano, no alguien que degüella gallinas.

—¿Y Perkman? —quiso saber Sibylle—. ¿Bailaba con los espíritus a la luz de la luna?

—Perkman me dio a entender que creía en serio en su desconcertante contenido.

—¿Estamos hablando del mismo Perkman que en los años setenta intuyó que la electrónica era el futuro?

—La gente cambia, señorita Knapp. Sobre todo al envejecer y enfermar. Además, ¿quién le ha dicho que los ordenadores y las antiguas leyendas son incompatibles? Los mundos bisagra de Von Juntz, sus tesis sobre los universos superpuestos, de algún modo pueden entenderse como precursores de las teorías de Schrödinger o Tomonaga. Y el *Wanderer* podría ser una magnífica metáfora para ilustrar los estudios sobre la antimateria de Paul Dirac.

La discusión iba deslizándose hacia un terreno que a Tony le daba dolor de cabeza, así que la llevó de nuevo a un plano más concreto.

—También las recetas de Polianna, si se leen a medianoche delante de un espejo, esconden increíbles descubrimientos esotéricos y científicos. No me tome el pelo, Bukreev. ¿Cuánto vale el Von Juntz? Una primera edición, quiero decir.

—Le ofrecí a Perkman siete millones de euros.

—¿Siete millones? ¿Es una broma?

Bukreev señaló la librería.

—Veo que le apasiona Hemingway. ¿Cuánto pagaría por un ejemplar de *El viejo y el mar*?

—El precio de venta al público, imagino.

—¿Y si fuera una primera edición americana?

—No tengo ni idea.

—Las cotizaciones actuales giran en torno a los veinte mil dólares.

—¿Adónde quiere llegar, Bukreev?

—A lo que todos los coleccionistas saben. Que los libros a menudo tienen historias curiosas a sus espaldas y que parte de su valor depende también de esas historias. Imagínese que yo le propusiera comprar *El viejo y el mar* que John Fitzgerald Kennedy llevaba en el bolsillo el 22 de noviembre de 1963. Un ejemplar manchado con la sangre del rey Arturo. Su valor sería incalculable, ¿no le parece?

—Se lo pregunto otra vez. ¿Qué quiere de nosotros, señor Bukreev?

—Usted ha preguntado por este símbolo y yo estoy aquí para decirle lo que sé.

—Soy todo oídos.

—Según el Von Juntz, este símbolo es una puerta al Mal. Una invitación que permite al Mal encarnarse. La llave para atraer al *Wanderer*.

—Para ser un cínico hombre de negocios, parece estar más cerca de la categoría dos que de la tres, señor Bukreev. ¿Debería esconder al perro o se limita usted a degollar gallinas?

Bukreev se puso en pie.

—Quédese las fotocopias del Von Juntz. Nunca se sabe lo que puede pasar.

Una sonrisa.

—Y salude de mi parte a Zingerle.

—¿Zingerle?

—Ha tenido hace poco una niña y aún no he podido darle la enhorabuena. Mis respetos, señorita. Le deseo una larga y cómoda vida.

Cincuenta y nueve

1

En el sueño, Sibylle se encontró con su madre.

Erika llevaba un vestido rojo, largo. No estaban en Kreuzwirt, sino en el apartamento de Tony. Erika iba descalza.

Había huellas de agua negra en el suelo.

Erika llevaba consigo el olor de la turbera y el lago. Su piel estaba gélida, pero Sibylle se dejó abrazar. Dejó que las manos de Erika la acariciaran.

«Deberías añadir limón a tu dieta, pequeña mía.»

Sibylle se liberó del abrazo.

«Deberías alejarte de las personas negativas.»

Tommy Rayodesol vestía un traje de noche, rojo y manchado de barro.

«Deberías superar el pasado.»

Tenía los ojos en blanco y la boca como la de una leona.

«Y cortarte el pelo. Estarías mucho mejor con el pelo corto.»

Sesenta

1

En el Alto Adigio abundaban los Zingerle, pero solo había un Ignaz Vinzenz Zingerle Edler von Summersberg, nacido el 6 de junio de 1825 en Merano y muerto en Innsbruck el 17 de septiembre de 1892, y era el único al que Bukreev había podido referirse. No fue el instinto lo que llevó a Tony a sacar esa conclusión. Fue pura lógica.

2

Con un nombre semejante, Ignaz Vinzenz y-todo-lo-demás solo tenía dos posibilidades en la vida: convertirse en comerciante como su padre o emprender la carrera de teólogo, igual que un tío suyo que se había abierto camino en el Vaticano. En cambio, Ignaz se hizo filólogo, germanista y, sobre todo, experto en mitos y sagas. En otras palabras, había navegado durante toda su vida por el mismo mar que tanto le gustaba al magnate ruso. O a Perkman antes de morir. Y también a Horst, si había que creer que la biblioteca Perkman era en realidad la biblioteca Horst.

De Ignaz Vinzenz Zingerle existían fotografías que lo pintaban como un hombre de buen semblante, con una barba frondosa. Una de esas personas que uno se imagina contando cuentos a una camada de nietecitos al lado de la chimenea. Y fumando en pipa, aunque solo sea por seguir con el estereotipo. El único descendiente directo de Ignaz Zingerle había colgado en la red una página informativa sobre su ilustre antepasado. Thomas Zingerle, el sucesor del filólogo, vivía en la falda de una ladera del macizo de Plose, a dos pasos de Bresanona, en una hermosa villa rodeada de viñedos. La vida debía de irle bien.

El descendiente de Ignaz no llevaba barba, tenía el pelo castaño y le hizo señas para que apagara el motor. Empujaba un carrito de bebé. Dentro, una recién nacida dormía apaciblemente. La tercera y última de la camada, le explicó a Tony.

3

Thomas Zingerle lo condujo al interior de la villa, una construcción moderna con amplias cristaleras en la que imperaba el alegre caos de quien tiene tres hijos y está feliz con ello.

—Hace años que sueño con escribir la biografía de Ignaz, pero me temo que mis habilidades con la pluma se limitan a extender facturas.

—¿A qué se dedica?

—Forraje para el ganado. Ignaz no se habría sentido orgulloso de mí.

—¿Y eso por qué? ¿Odiaba la ganadería?

Thomas Zingerle («Solo Thomas —había dicho por teléfono—, la tradición de los nombres kilométricos quedó limitada al siglo XIX») abrió una puerta y le mostró una sala repleta de objetos, libros, periódicos y fotografías. Una especie de museo.

—Yo seguí las huellas paternas. Ignaz, en cambio, era un rebelde. Su padre quería que fuera comerciante o teólogo. Pero él hizo lo que quiso. La culpa la tuvo ese libro —señaló un volumen.

—Los cuentos de los hermanos Grimm —sonrió Tony.

—Se lo leía su nodriza. Cuando fue algo más mayorcito, Ignaz descubrió que los dos hermanos no se habían inventado una sola palabra de lo que habían escrito. Sencillamente habían recopilado lo que la gente llevaba siglos contando. Así que decidió hacer lo mismo. Esa es su primera publicación.

Sagas del Tirol del Sur.

—Un hombre curioso.

—E inteligente. Aquí —dijo Thomas— hay muchas anotaciones suyas. Los Grimm tenían corresponsales que transcribían las leyendas de sus localidades de origen y se las hacían llegar por correo. Ignaz no confiaba en ese método, de modo que desarrolló otro más vanguardista. No solo iba en persona a entrevistar a las fuentes, sino que en sus textos distinguía con gran precisión sus propias reflexiones de las de su interlocutor. Hoy es un procedimiento estándar, pero él fue uno de los primeros en ponerlo en práctica.

Del cajón de un armario, Thomas sacó una fotografía de época. Dos hombres con ridículos pantalones bombachos y sombreros emplumados, mochilas a la espalda, sonreían, al lado de una mula de cuyos lomos colgaban sacos y una gran caja. Uno de ellos era Ignaz, el otro parecía mucho más joven. Bigotes estilo káiser y mirada orgullosa.

—Este es Fritz Giraldi. Fritz era un *Welschtiroler,* es decir...

—Un trentino, un italiano nacido bajo la bandera del káiser.

—Era el guía que acompañaba a Ignaz cuando iba a realizar sus entrevistas. Fritz conocía las montañas como la palma de su mano.

Tony señaló el mosquete que el grandullón con bigote llevaba al hombro.

—Era cazador.

—Al principio, Ignaz lo eligió por eso. Más tarde, a pesar de la diferencia de clase social y de cultura, llegaron a ser grandes amigos.

—¿Él también cazaba?

—No, la escopeta era para protección. Según las cartas que Ignaz le escribió a su esposa, en aquella época el Alto Adigio era un lugar bastante primitivo y peligroso. Pero usted no está aquí por esto, ¿verdad? Por teléfono me dijo que le interesaba el *Unaussprechlichen Kulten.*

Tony le enseñó a Thomas Zingerle el fajo de fotocopias que le había dado Bukreev. Había pasado toda la noche revisándolas, entendiendo poco o nada en absoluto. No solo por los caracteres, que hacían difícil la lectura, o el alemán arcaico, sino por el sentido de lo que Von Juntz (un opiómano, según había comentado el ruso, y Tony había podido corroborar desde las primeras líneas) había escrito. Oscuras fórmulas y abreviaturas incomprensibles, delirantes pasajes sobre regiones ocultas tras el velo de la realidad. Una larga página, una invectiva contra Schopenhauer («¡ha confundido Maya con el Aklo!»), lo divirtió bastante, tenía que admitirlo, pero el resto...

El *Wanderer.* Bisagras que exudaban maldad. Universos en precario equilibrio.

Ricky Riccardo, si estás ahí, silba.

Sobre todo, Tony no había hecho más que preguntarse por qué Bukreev se había dejado caer por su casa. Podía tratarse de un rico excéntrico en busca de audiencia para sus peregrinas historias, pero Tony no lo creía. Bukreev era un hombre de negocios, y los hombres de negocios nunca actuaban desinteresadamente. Así que decidió hacer una búsqueda rápida él también. En las hemerotecas de los periódicos a los que Tony estaba suscrito, Bukreev aparecía raras veces, siempre relacionado con grandes inversiones en gasoductos o contratos para autopistas y puentes. Alguien así, se dijo el escritor, siempre busca obtener algo.

La cuestión era: ¿qué?

No había hallado la respuesta.

Sin embargo, mientras las primeras luces del día se filtraban por los postigos, al releer por tercera vez el *Unaussprechlichen Kulten,* en la página 32 se topó con un símbolo que poco tenía que ver con los delirios de Von Juntz.

Un sello.

¿Qué había dicho Bukreev? Los libros tienen historias curiosas a sus espaldas. Exacto. El sello de la página 32 había sido estampado en la biblioteca del convento de Sabiona, en Chiusa, no muy lejos de Bolzano. Y mientras sacaba a pasear a Freddy y Sibylle dormía el sueño de los justos, Tony decidió llamar por teléfono.

Una monja muy amable y muy madrugadora le dijo que la copia del libro sobre el que pedía información, una segunda edición del Von Juntz, ya no formaba parte de la colección del convento. Lo habían donado a principios de los años ochenta a la Iglesia ortodoxa de Moscú, y ahora pertenecía a la colección privada de un tal Edvard Bukreev.

«¿Cómo llegó al convento esa segunda edición del Von Juntz?»

«Fue una donación de Ignaz Vinzenz Zingerle, poco antes de su muerte. Zingerle poseía dos ejemplares del libro y pensó que la segunda edición podría interesarle al abad de aquella época.»

«¿Dos ejemplares del *Unaussprechlichen Kulten*?»

«Aparte de la segunda edición que regaló al convento, Zingerle tenía en su poder una rarísima primera edición que conservó él, naturalmente. Por desgracia, se la robaron. No se sabe quién ni cómo. Lo único cierto es que la primera edición del *Unaussprechlichen Kulten* hoy forma parte de la colección Perkman.»

«Pero si se trata de un objeto robado, cómo es posible...»

La monja soltó una risotada.

«Es usted un poco ingenuo, ¿sabe, señor Carcano?»

4

—¿Le suena que Ignaz admirara *El viento en los sauces*, el libro de Kenneth Grahame? ¿Hay alguna nota que lo relacione con el *Unaussprechlichen Kulten*? Sé que puede parecerle una tontería, pero...

Thomas le sonrió con aire de quien se las sabe todas.

—¡Imposible! Ignaz murió en 1892 y Grahame publicó *El viento en los sauces* en 1908.

«Esto es lo que sucede —se dijo Tony— cuando uno deja de razonar y empieza a asociar hechos carentes de conexión lógica».

—Bukreev. Es él quien lo ha enviado aquí, ¿no? —preguntó Thomas, burlón.

Tony se sonrojó.

Zingerle se echó a reír.

—Cuando se habla de mi antepasado, siempre aparece Bukreev. Precisamente debido a la teoría que vincula el *Unaussprechlichen Kulten* con Kenneth Grahame.

—Entonces, ¿hay algo de cierto en ello?

—En los años cuarenta, un erudito alemán, un tal Michael See, se descolgó con una extravagante teoría que relacionaba a Ignaz con Grahame. Se refiere a una aventura que mi antepasado tuvo poco antes de morir.

—¿Cuál es la relación?

—Una relación del tipo *Pinocho*.

Tony pensó que no lo había entendido bien.

—¿*Pinocho*? ¿Collodi? ¿Ese *Pinocho*?

—¿De verdad conoce usted el Von Juntz y no sabe nada de *Pinocho*?

Sesenta y uno

1

Con los ojos ardiendo a fuerza de estar pegada a la *tablet,* Sibylle empezó a preguntarse qué demonios estaba buscando. ¿El número de identificación fiscal y el carnet de conducir de quien había hecho desaparecer a Mirella?

De cualquier forma, no estaban inmersos en la montaña de datos que *Tante* Frida había volcado sobre ellos. No al menos en lo que tenían entre manos.

Era como ir a pescar sardinas con una red para atunes. ¿Y qué estaba buscando *realmente?*

Algo, se respondió, que estrechara la malla de la red hasta hacerla tan delgada que le permitiera, como habría dicho *Tante* Frida, tropezar con la sardina justa.

Sin embargo, se dijo dejando a un lado la *tablet,* no iba a encontrarlo si continuaba mirando las caras de todas esas desconocidas. Solo le robaban energía y lucidez.

Y por tanto era necesario retroceder.

Eliminar a Erika, Horst, Perkman. Olvidarse de Gabriel y concentrarse en Mirella. ¿Habían pasado algo por alto? Sibylle se dio un manotazo.

—Mirella...

En efecto, había algo concreto, tangible y objetivo en lo que ni Tony ni ella habían pensado. Más que algo, *alguien* a quien hacer determinadas preguntas. No un demonio, no una aparición del mundo de lo probable. Un testigo al que no le haría gracia que lo molestaran. La especialidad de Sibby Calzaslargas.

¿Por qué no había caído antes? Porque, pensó, habían actuado como niños obstinados, distrayéndose con los detalles y perdiendo de vista el cuadro general.

Sibylle sonrió, dispuesta a armar una de las suyas. Pero antes necesitaba realizar algunas compras. El estilo, decía siempre la tía Helga, no lo es todo.

Pero casi.

En una tienda de Shanghái, compró un vestido que habría recibido la aprobación de Polianna (Sib se había fijado en cómo la observaba la mujer, con la misma mirada de la tía Helga cuando le decía: «¿Tienes que ir vestida de ese modo por ahí?»), y luego consultó en internet cómo llegar al Departamento de Caza y Pesca de la delegación provincial; cogió el autobús y se puso a la cola con una buena carpeta entre las manos. La carpeta, naturalmente, estaba llena de folios en blanco. Al igual que el vestido, formaba parte de la puesta en escena. El estilo no lo es todo, pero casi.

Cuando llegó su turno, sonrió y entró en la oficina del amante de Mirella.

—Rossini —dijo este, sonriendo.

—Buratti —respondió ella.

El hombre dio un respingo.

Sib cerró la puerta.

—Mirella Buratti.

Sibylle se sentó. Cruzó las piernas.

—Hábleme de Mirella.

—Salga de aquí.

—Por favor.

—¡Fuera!

Sib puso el cortacapullos encima del escritorio. Un cortacapullos recién salido de fábrica, hecho en Shanghái, que no habría recibido la aprobación ni de la tía Helga ni de Polianna. Pero la de *Tante* Frida sí.

2

—¿Sabía que Collodi fue miembro de una orden masónica?

—Sinceramente, no.

—Pero no piense en conspiraciones ni atentados. En la época de Collodi, la masonería era una especie de club de librepensadores. Y Collodi era justo eso: un librepensador. Puede que demasiado libre, dado que lo expulsaron. Por el asunto de *Pinocho*.

—La crítica nunca es benévola con los genios.

Thomas sonrió.

—¿De qué habla *Pinocho*? Del largo recorrido que una marioneta realiza para llegar a ser un niño de carne y hueso. Tiene una especie de madrina: el Hada Azul. Y fue precisamente el Hada Azul la que puso a Collodi en problemas con los maestros masones. Dese cuenta: hasta entonces nadie había utilizado nunca el término «azul» para referirse a un personaje femenino...

—Siempre es el príncipe el que es azul.

—De hecho, el mandil ceremonial de los masones es de ese color: azul turquesa. Los cofrades de Collodi supieron leer entre líneas. *Pinocho* no es más que la alegoría del camino iniciático que el aspirante emprende para alcanzar la sabiduría última.

—Curioso.

—Michael See, el erudito que he mencionado, afirmó en un ensayo que Kenneth Grahame había hecho lo mismo con el Von Juntz. Había transformado el saber contenido en el *Unaussprechlichen Kulten* (del que le recuerdo que circulaban poquísimos ejemplares, cincuenta de la primera edición) en un cuento para niños de gran éxito.

Tony pensó de nuevo en el libro de Grahame y se le escapó la risa. El topo tímido y amable, la rata de agua que vivía a la orilla del río; la rana y su obsesión por los automóviles.

—Thomas, he leído el Von Juntz y de niño me gustaba mucho *El viento en los sauces,* y eso es un disparate, perdone que se lo diga.

—Déjeme terminar. Según Michael See, Ignaz Zingerle era la prueba que demostraba su teoría. Y es también el motivo por el que Edvard Bukreev me felicita siempre las navidades y no se olvida de los cumpleaños de mis hijos o mi mujer. Zingerle se había topado con... Espere, ahora se lo enseño.

Thomas le mostró una caja de madera igual a la que había visto colgada a lomos de la mula en la fotografía que reproducía a Ignaz junto a su guía de bigote curvado. Tony le ayudó a abrirla. Dentro había una extraña maquinaria.

—En la época de Ignaz la filología era una disciplina muy importante. Recuperar el saber del pueblo, sus raíces, era una tarea con gran predicamento entre los soberanos. Por eso Ignaz disfrutó de fondos casi ilimitados. Y era un genio. Este es el artefacto que utilizó para sus estudios. Ignaz no se limitaba a transcribir los cuentos y leyendas que escuchaba, sino que los registraba para la posteridad. Vivió un tiempo de grandes cambios, y los experimentó de modo doloroso. El ferrocarril allanaba montañas, el dirigible conquistaba los cielos. Todo lo que amaba iba desapareciendo. No obstante, supo valorar las innovaciones que la tecnología iba aportando.

—¿Es una grabadora?

Thomas asintió.

—Ignaz deseaba que las futuras generaciones leyesen las historias que recopilaba, pero también, y sobre todo, que pudieran escucharlas. El idioma, la entonación, los golpes de tos... Todo. Por desgracia, la mayor parte de las grabaciones originales se perdieron. El incendio del 61 las destruyó, pero en 1953 el hijo de Ignaz, mi bisabuelo, las había pasado a bobinas. Las famosas «bobinas Zingerle».

Le entregó una. Era pesada.

—¿Y Bukreev quiere comprarlas? —preguntó Tony—, ¿aunque sean falsas?

Thomas soltó una risa.

—Tiene usted razón, en la época de Ignaz no existían las grabadoras de cinta. De hecho, él grababa sobre cera. Cilindros de cera, para ser exactos. Estas, en cambio, son cintas de los años cincuenta. Por eso hay poca gente que crea que estas bobinas son la reproducción auténtica de los cilindros de cera de Ignaz y no una falsificación. Mejor dicho, prácticamente todos los eruditos niegan que las grabaciones originales existieran alguna vez.

—No es el caso de Bukreev, sin embargo.

—Ni el mío, señor Carcano.

—¿Por qué?

—Porque fue mi propio padre quien me contó que había visto a mi bisabuelo pasar los cilindros de cera a estas cintas.

—Podría haber mentido.

Thomas se encogió de hombros.

—No necesito convencerlo, señor Carcano. Solo le digo que hay quien piensa que en estas cintas se encuentra la supuesta conexión entre Grahame y el Von Juntz que defendía Michael See; o sea, la prueba de que el trabajo de Von Juntz fue muy parecido al que hicieron en su época los hermanos Grimm.

—Entonces, ¿el *Unaussprechlichen Kulten* contiene una especie de saber antiguo, transmitido oralmente, que su ancestro grabó en cilindros de cera y Grahame transformó en cuento en su libro?

Thomas acababa de terminar de montar una vieja grabadora, muy diferente a la anterior. No tan vetusta, pero tampoco una Sony de última generación.

—Exacto.

Thomas insertó la bobina en la máquina y la encendió. Pulsó un par de interruptores. Las válvulas crepitaron, hubo un chisporroteo. La máquina zumbó.

—Permítame que le introduzca en el contexto. Ignaz y Fritz se hallan en Valle Aurina. ¿Lo conoce?

—Un poco más arriba de Val Pusteria, sí.

—Estamos en 1890, dos años antes de la muerte de Ignaz. Es invierno y las condiciones son sin duda adversas. Hay una carta de la esposa de Ignaz muy explícita al respecto.

—¿En la que le pide que se abrigue?

—Más bien le reprocha que se lance a esas aventuras a su edad. En fin, ajenos a las inclemencias, Ignaz y Fritz cargan la mula y se dirigen a Valle Aurina. Ignaz está radiante, sus cartas de ese periodo están plagadas de signos de exclamación. Después de tantos años y tantas investigaciones, tiene la posibilidad de coronar el sueño que llevaba toda la vida persiguiendo.

Thomas pulsó un interruptor.

Las bobinas se movieron.

—Entrevistar a una bruja.

Sesenta y dos

1

—¿Qué quiere de mí?

Sib podía imaginárselo despotricando contra Grazia Buratti, la madre de Mirella, acusándola de haberle arruinado la vida y amenazándola con quién sabe qué.

A Sibby Calzaslargas la idea de cortar en rodajas a ese tipo le parecía tentadora.

—Hábleme de Mirella.

—Voy a llamar a la policía.

Sib jugueteó con la navaja.

—No lo creo.

Rossini miró primero el arma y luego la cara de Sibylle. En ambas leyó la misma determinación.

—Esa maldita zorra... Mi mujer me dejó y ahora no puedo ver a mis hijos más que una vez a la semana. Su desaparición (por llamarlo de alguna manera) me metió en muchos problemas.

—¿No estaban enamorados?

—No puedo hablar por ella.

—Estoy aquí para conocer su punto de vista.

Rossini se ajustó la corbata. Usaba una loción para después del afeitado de muy mal gusto que impregnaba toda la oficina.

—A mí me gustaba. No era gran cosa, un poco tontita tal vez, pero... tenía su encanto.

—Así que usted se la tiraba a escondidas de su mujer.

Rossini tuvo un arrebato.

—¿Es usted una moralista, señorita?

—Solo tengo curiosidad.

—¿A qué vienen estas preguntas?

—Una amiga de Mirella me ha pedido que indague un poco acerca de su desaparición.

—¡Y una mierda desaparición! Yo volví a verla. Un año más tarde. En un karaoke. ¿Sabe que a Mirella le gustaba el karaoke? Siempre me llevaba. Una auténtica tortura. Había que ir hasta Trento, claro, para no toparse con alguien que pudiera reconocerme.

—¿Por qué no le contó eso a la policía?

—Era tarde y estaba borracho. No me habrían creído.

A pesar del tono belicoso de Rossini, Sibylle guardó el cortacapullos en el bolso.

—¿Ha dicho que no le gusta el karaoke?, ¿que le parece una tortura?

—Sí. ¿Y qué?

—Que me pregunto qué narices hacía usted en un karaoke un año después de la desaparición de Mirella.

Rossini agachó la cabeza.

«El gallito», pensó Sib, «bajaba la cresta».

—¿La echaba de menos?

Rossini no respondió.

—Sea sincero, Rossini. La echaba de menos. Por eso estaba allí, ¿no?

La fachada de aquel imbécil pretencioso se desmoronó.

—Sí... La... la echaba de menos. Mirella... era torpe, y cada vez que decidíamos vernos se ponía histérica de pura ansiedad, pero la echaba de menos. En esa época yo creía que había muerto... asesinada. Y me sentía responsable. Me imaginaba a Mirella con la garganta cortada en una zanja o en el fondo de un barranco.

—¿Tenía instintos suicidas?

—Si había alguna candidata al suicidio, era ella. Tan cerrada, tan sola. Veía a gente, pero solo del colegio. Siempre las mismas amigas. ¿Hay algo más triste?

«Sí, un jefe que se tira a la becaria», pensó Sib.

A pesar de sus lamentos, Sibby Calzaslargas era incapaz de compadecer a aquel tipo.

—¿Qué karaoke era ese?

—Il Tucano. Está cerca del peaje de Trento Sur.

—Y allí vio a Mirella.

—Era ella. Estoy seguro.

—Pero no estaba sobrio.

—Ese es el motivo por el que mantuve la boca cerrada con la policía. No lo estaba. Aun así, estoy segurísimo de que era ella.

—Era de noche...

Rossini plantó un dedo en el escritorio.

—Era de noche, la vi de lejos y no estaba sobrio, pero era ella.

Sibylle no se dejó intimidar.

—¿Por qué me toma el pelo, señor Rossini? ¿Qué está ocultando?

—Ahora ya nada —dijo el hombre con tono cansado—. Era ella. Estoy seguro. ¿Y sabe por qué? Porque llevaba un abrigo que yo le había regalado. Un abrigo rojo muy particular, estilo años sesenta. Yo había estado en un congreso en Verona y se lo había comprado allí. A ella le encantaba. Decía que era su favorito.

—O sea, que usted vio, de noche, a alguien que llevaba el mismo abrigo. Y quiere convencerme de que se trataba de Mirella.

—Déjeme acabar. Mirella me saludó. Antes de subirse al coche, ponerse al volante y desaparecer. Cuando nos despedíamos, ella siempre hacía un gesto, nuestro gesto secreto, lo llamaba..., por lo de la clandestinidad, y la mujer del abrigo rojo hizo ese mismo gesto. Idéntico. Nadie lo conocía, solo nosotros.

—Y luego se subió al coche y se marchó.

—¿Sabe qué es lo más extraño?

—Dígamelo usted.

—Mirella no tenía carnet de conducir.

Sesenta y tres

1

... cerrad la ventana para...

Ruidos.
Una voz que carraspeaba.

Ya estamos. Frau Holle, es un placer conocerla. No sabe cuánto [...] como usted.

Tony miró de reojo a Thomas. La grabación era pésima. Chasquidos, ruidos de fondo, palabras enteras que se perdían. Y el alemán que hablaba Zingerle era dificilísimo para Tony, casi incomprensible. Por suerte, Thomas hacía de intérprete.
La carcajada de la mujer los sobresaltó.

No me llamo Frau. No tengo ningún [...] que me mande.
Discúlpeme, Fräulein Holle.
No Holle. Así me llama [...] la gente. Estúpidos.
La presento de nuevo [...] llamarla, entonces?
... suficiente, Herr Professor.
Es un nombre precioso. Pero ¿puede acercarse más a este [...], sí, así la oirán mejor. Perfecto. ¿Puede repetir su nombre?

La voz, crepitante, salió limpia y clara por los altavoces.

Erika. Me llamo Erika.

Sesenta y cuatro

1

No fue un pensamiento. La sombra de un pensamiento que aún no encontraba palabras para expresarse. Una especie de prurito que cuanto más avanzaba, más insoportable iba haciéndose.

Las palabras de Rossini habían hecho saltar en la memoria de Sibylle algo que no lograba enfocar. Como si entre los papeles de *Tante* Frida hubiera leído algo que su cerebro había descartado y archivado y ahora reclamaba su atención. Sibylle estaba segura, *segura,* de haber dado ya con algo útil en la masa de datos enviados por *Tante* Frida.

No en la lista de mujeres rubias menores de treinta. En la otra, la que contenía también las denuncias presentadas por error y los casos resueltos. El pajar más grande. Personas que huían de sus acreedores y a las que la policía encontraba hechas un ovillo en las salas de espera de las estaciones de tren; individuos con trastornos mentales que acababan en albergues; chiquillos a los que no les habían dado permiso para ir al cine, que volvían al cabo de unos días muertos de miedo y remordimiento; amantes que decidían que su pasión no valía un corte radical con la vida anterior.

Y cadáveres.

El archivo de *Tante* Frida estaba lleno de muertos. Cadáveres sin identificar aguardando a que un programa informático vinculara sus huellas digitales con un rostro y un nombre, cuerpos hacinados en alguna cámara frigorífica a la espera de que alguien los llorara.

Con la *tablet* entre las manos y a pocos centímetros de la cara, Sibylle no hacía más que murmurar para sus adentros, maldecir, resoplar, con la esperanza de que uno de esos rostros, una anotación o una fecha detuviera aquel maldito prurito. La sombra de un...

Eso era.

Tony lo habría definido como un disparate de Ricky Riccardo, pero allí estaba, delante de sus ojos, por escrito.

Muertos que vuelven de la tumba.

Sesenta y cinco

1

Los muertos siempre saben dónde se encuentran. A los [...] no les pasa nada. No tienen maestros, no [...] alumnos. Los muertos conocen el mundo. Le tienen miedo al mundo.

¿Dónde se encuentran los muertos? ¿Y por qué le tienen miedo al mundo? ¿Usted le tiene miedo al mundo, Fräulein Erika?

Bajo tierra. En la linde del bosque. Yo conozco el mundo de arriba y el de abajo. Tengo miedo. Y usted, Herr Professor, tiene miedo.

¿Yo? ¿Por qué?

Usted lleva una escopeta. ¿Le tiene miedo a Fräulein Erika, Herr Professor? ¿Cree lo que [...] pueblo?

Hábleme de los muertos.

Siempre saben dónde se encuentran. Sabios muertos.

¿Se refiere al cementerio que hay a las afueras del pueblo?

No. No. Los muertos están debajo de los árboles, antes del claro.

¿Y qué hay en el claro?

Cantos y bailes hasta que sale el sol. Y muchas otras cosas.

¿Qué cosas?

Quiere saber demasiado, Herr Professor.

Una voz de barítono interfirió.

Herr Professor ha hecho un largo viaje para escuchar sus palabras. Él es un hombre importante...

Fritz, por favor...

Discúlpeme, Herr Professor.

¿El profesor necesita una maestra?
Los profesores siempre necesitan maestros. Soy un buen
alumno.
¿Hablará con el párroco? Ese... odioso...

La voz de la mujer se hizo estridente; las palabras se le
trababan.

Mentiras y...
Le doy mi palabra.
Ese hombre...

De nuevo, la voz de barítono.

Modere su lenguaje...
Fritz, ¿puedes dejarnos, por favor?
Ignaz..., ¿estás seguro?
Fräulein Erika no le haría daño ni a una mosca. Te lo
ruego...

Pasos lentos.
Una puerta que se cierra.

Asno.
No, Fritz es un amigo.
Todo hombre es un animal. Fritz es un asno. No ve. No oye.
¿Y yo? ¿Qué soy yo?
Un tejón.
Un animal inteligente.
Muy importante, no muy inteligente.

La risa de Ignaz.

Fräulein Erika, yo soy un hombre de ciencia. Quizás no
sea [...] tiene razón. Pero le aseguro que [...]. Todo lo que
dicen...

¡Mentiras! ¡Mentiras! ¡Yo nunca he [...] niños! ¡Nunca!
Me gustaría...
Usted quiere ir al centro del claro. Quiere encontrarlo.
Pero no debe. No está preparado.
Quién está en el...
Ellos lo saben.
¿... los niños?

Una risotada.
A Tony se le puso la piel de gallina. Si esas cintas eran
una falsificación, estaban realmente bien hechas.

Temblor y alegría. Miedo y placer. En el centro del claro.
Y cantos y bailes.
¿Los niños desaparecidos? ¿Están en el claro? Si le mostra-
ra un mapa, ¿podría indicarme el lugar?
No hay ningún mapa. El claro no está en el mapa. Los
niños no están en el mapa. Ellos dicen que...

La voz manifestaba rabia. Ignaz intentó calmar a la
mujer, reapareció Fritz, la discusión subió de tono, Fritz
dio un portazo. Volvió la calma.

... animalitos.
¿Los niños son animalitos?
Ratoncitos, ranas, hurones, gorriones.

Tony se quedó sin respiración.

¿Usted quiere a los niños?
Hombres. Mujeres. Animalitos. Todos tienen un pequeño
animal en su interior.
¿Está hablando del alma?
Eso es cosa de curas.

Escupió la voz sin dejar de graznar.

Animales. Dentro. Usted, el tejón. Su amigo Fritz, el asno. Cerdo, el cura del pueblo.
Él quiere las almas, entonces.
Son miel para su boca.
¿Y qué hace con los cuerpos?
Se los pone.
Estoy confuso, Fräulein. A pesar de este... horror..., los animalitos lo quieren. ¿Por qué lo harían? ¿Por qué querrían estar con alguien que quiere comerse sus almas? No lo entiendo.
El topo ciego grita y se desespera. Nunca ha sentido un placer más grande. Y nunca más lo sentirá.
¿Los animalitos, Fräulein, están... muertos?
¿Muertos? ¿Quién puede decirlo? Alguno se ha escapado hacia el este, alguno se ha convertido en pájaro y se ha marchado volando.
¿Adónde?

Y de nuevo esa risita.

Al sur del paraíso.
No logro...

Un susurro.

El Wanderer. En el centro del claro. Canta. Abres la puerta y él llega. Abres la puerta y oyes su canto. De rodillas, tiemblas y te desesperas, de rodillas no sentirás placer más grande. El Wanderer canta y su canto es el viento. El viento que hace enloquecer a los animalitos.
¿Quién es el Wanderer? ¿Qué es el Wanderer?

Silencio.
Un borboteo que no era una voz.
—¿Qué es eso? —preguntó Tony.
—Una olla —contestó Thomas con cara seria—. Agua hirviendo.

El Wanderer es ciervo, rata, asno y topo. Es sapo, es golon-
drina, es águila. Y canta.
¿Usted lo ha visto, Fräulein Erika?
Quien ve al Wanderer ya no es rata, topo, zorro, ciervo. Es
Wanderer.
Me confunde usted.
Tejón. Usted es un tejón, Herr Professor. No puede entender.
¿Quién puede entender?
Quien escucha su canto. Deme la mano, Herr Professor.
Yo...
¿Tiene miedo?

El ruido de una silla que se arrastra.

Dieciocho lunas, Herr Professor. Está escrito en su mano.
Lo lamento.
¿Quiere decir que...?
Estoy cansada. Herr Professor. Y tengo hambre. ¿Quiere
un poco de mi estofado?
Una última pregunta y luego con mucho gusto probaré su
guiso.
Anímese. Está bueno.

Cuencos. Cucharones.
El borboteo se hizo más fuerte. El sonido de una tapadera.

Muy bueno.
Dulce como la miel. Sí.
Una pregunta, Fräulein Erika. Antes de... detener la má-
quina.
Da vueltas, y vueltas, y vuelve atrás.
Sí, es tecnología. El nuevo mundo.
El nuevo mundo será igual que el viejo mundo, Herr Pro-
fessor. Nada cambia en realidad. La pregunta.

Si yo soy el tejón, Fritz el asno y el párroco...
... el cerdo.
¿Usted, Fräulein Erika, qué animalito es?

Una carcajada.

El que siempre dice la verdad. El zorr...

La cinta se interrumpió.

Sesenta y seis

1

—Impresionante, ¿verdad?

Lo era.

Tony estaba empapado en sudor.

—¿Quién es esa mujer?

—El mayor fracaso del pobre Ignaz. Así lo escribió en una de sus últimas cartas. A pesar de su carrera fulgurante y de tener una familia que lo amaba, Ignaz murió amargado. No fue solo la curiosidad científica lo que lo llevó a Valle Aurina. Había sido una petición expresa de Viena.

—¿Por orden del káiser?

—Ignaz era muy famoso, y Francisco José se hallaba ante una cuestión espinosa. Había recibido una solicitud del obispado de Bresanona para procesar a una bruja.

—¿Fräulein Erika?

—La acusaban de haber matado y devorado a varios niños de la zona.

Tony se echó a reír.

—Será una broma.

—No, no lo es. El obispo necesitaba la aprobación del llamado «poder temporal» para iniciar el proceso, pero el emperador Francisco José era un soberano ilustrado que miraba con buenos ojos la tecnología y la ciencia. Y tampoco es que el obispo de Bresanona tuviera una mentalidad medieval. Aun así...

—¿La superstición popular acabó venciendo?

Sin dejar de hablar, Thomas empezó a guardar meticulosamente las bobinas en sus estuches.

—Efectivamente. Al obispo no le quedó más remedio que elevar la petición al káiser, y este, como de costumbre, no pudo negarle su ayuda. El Tirol tenía gran importancia estratégica para el Imperio y debía mantener contento al pueblo. Así que decidió enviar a Ignaz para que investigara.

—O sea, que se curó en salud. Por una parte atendía las súplicas del pueblo y por otra mandaba a un hombre de ciencia que nunca avalaría determinadas sandeces. ¿Me equivoco?

—En absoluto. Cuando concluyó la investigación, Ignaz escribió un informe detallado de su reunión con la mujer, en el que subrayó que no había hallado indicio alguno que pudiera vincularla con la muerte de los pequeños. Por tanto, el káiser negó su consentimiento y el obispo de Bresanona suspiró de alivio. Ignaz regresó a Innsbruck, donde vivía y enseñaba, convencido de haber cumplido con su deber y satisfecho de las grabaciones. Pero al llegar a casa se encontró con una carta de Fritz Giraldi que le comunicaba que la buena gente del pueblo se había rebelado contra el decreto imperial y había matado a Erika.

—¿La quemaron?

—Tenían su propio método. Arrojaban a la bruja al lago, y si después de quince minutos volvía a la superficie aún con vida, algo imposible para quien no hubiera hecho un pacto con el diablo, la quemaban. Por el contrario, si se ahogaba, significaba que era inocente, y entonces tenía garantizada su entrada en el paraíso.

Tony se tomó unos segundos para reflexionar.

—Siempre y cuando toda esa historia no sea una invención —dijo al fin.

—Michael See y Edvard Bukreev creen que estas cintas son el eslabón que une el *Unaussprechlichen Kulten* con Kenneth Grahame y algo aún más antiguo. Piense en los animales que Fräulein Erika menciona en la grabación.

—El sapo, el topo...

—Incluso el tejón. Todos ellos son personajes de *El viento en los sauces.* Mire esto —Thomas le entregó un cuadernillo—. Puede quedárselo si quiere.

Tony lo hojeó. Contenía la transcripción de la cinta cotejada con citas extraídas tanto del Von Juntz como del libro de Grahame.

«Los muertos siempre saben dónde se encuentran. A los muertos no les pasa nada», había dicho la bruja.

En *El viento en los sauces,* el Topo exclamaba: «En cuanto estás muy bajo tierra sabes exactamente dónde estás. Nada puede pasarte, ni nadie alcanzarte».

En el Von Juntz se podía leer: «Dondequiera que estén, ellos desaparecen. En la paz. Se convierten en alimento negro, dulce como la miel para el Amigo que vive en las bisagras. Son felices».

—Y luego está el asunto ese del capítulo siete de *El viento en los sauces.* ¿Lo recuerda usted?

Tony realizó un pequeño esfuerzo de memoria.

—¿«El flautista en el umbral del alba»?

—La Rata y el Topo están buscando al hijito de la Nutria, que ha desaparecido, cuando se tropiezan con una isla y oyen el sonido de una flauta. Tanto la Rata como el Topo caen de rodillas, presas del terror y del éxtasis. Grahame describe a la criatura que toca la flauta como una especie de dios Pan, y lo llama el Amigo y el Protector. Al *Wanderer* también lo llaman el Amigo en el Von Juntz. Para Von Juntz y Fräulein Erika, no obstante, el *Wanderer* no toca un instrumento musical: canta. Pero el concepto es el mismo. Además, el éxtasis en que caen los dos animales del libro de Grahame fue igualmente descrito por Fräulein Erika, ¿no le parece?

La cita exacta de las palabras de Fräulein Erika era: «Abres la puerta y oyes su canto. De rodillas, tiemblas y te desesperas, de rodillas no sentirás placer más grande».

—También sucede en el Von Juntz —precisó Thomas—: quien está en presencia del *Wanderer* cae de rodillas y canta con él.

¿No le había dicho Gabriel a Sibylle que el *Wanderer* hacía que sus víctimas se arrodillaran?

—Supongamos —dijo Tony— que realmente existiera una fábula popular transmitida oralmente sobre este... ¿guardián del umbral? ¿Demonio? ¿Dios?

—Criatura de la bisagra.

—Soy un profesional de las historias bien aderezadas, Thomas, y he de decirle que esta lo es. Lo que no logro entender es que un hombre como Bukreev se haya dejado engatusar, entre otras cosas porque, lamento llevarle la contraria, estas cintas, en ausencia de los cilindros originales de cera...

—Son patrañas.

—Hábleme del Von Juntz de Ignaz. Poseía dos ejemplares, ¿verdad? Una segunda edición que donó a la biblioteca del convento de Sabiona y una primera edición que hoy está en la colección Perkman.

—Colección Horst, no Perkman —lo corrigió Thomas—. Un hombre horrible.

—¿Lo conoció?

—La primera edición del Von Juntz, esa a la que Bukreev quiere echarle mano, se la robaron a mi familia durante el incendio del 61, que destruyó la vieja casa de los Zingerle. Probablemente el fuego fue una tapadera para el robo.

—¿Fue Bukreev quien lo organizó? ¿O el doctor Horst?

—Ambos eran demasiado jóvenes. El Von Juntz desaparece en el 61, permanece oculto durante catorce años y llega a Kreuzwirt en 1975.

—¿Por qué está tan seguro de que ocurrió exactamente en 1975?

—Hay una fotografía. Un reportaje periodístico de un diario local sobre Friedrich Perkman y la Krotn Villa. En la foto que acompaña el artículo, Perkman posa delante de una librería. Y detrás de él se ve el Von Juntz. Mi padre montó en cólera, removió cielo y tierra, pero no podía demostrar que era justo ese el volumen que había pertenecido a mi familia. En cualquier caso, por aquella época Perkman ya sabía cómo defender sus intereses. No obstante, mi padre descubrió ya por entonces a quien con toda probabilidad había planeado el robo. Se trataba de un hombre muy respetado, un profesor suizo llamado August Darleth, el mentor de Josef Horst en la Universidad de Ginebra.

—¿Recibió Horst el libro de él? ¿O se lo robó?

—Es imposible saberlo. Mi padre no averiguó nada más al respecto.

—Tan solo una pregunta más. La muerte del hijo de Grahame...

—Un triste ejemplo de puritanismo victoriano —dijo Thomas—. ¿O usted también cree que un padre puede matar a su propio hijo?

Sesenta y siete

1

A su regreso, Tony encontró a Sib extrañamente pálida y silenciosa.

—¿Va todo bien?

—Todo okey.

Nada convencido, mientras achuchaba a Freddy le contó a la chica su reunión con Zingerle; luego le enseñó la transcripción de la cinta de Fräulein Erika.

—¿Crees que es una falsificación? —preguntó la muchacha al terminar la lectura.

—Si es una broma, está muy bien elaborada.

—Puede que se trate de un fraude. El abuelo de Thomas a lo mejor quería aprovecharse de la fama de Ignaz para sacar tajada.

—¿Y venderle las cintas a algún ricachón loco como Bukreev? En ese caso no habría hecho falta utilizar cintas. La historia de la copia de un original perdido habría aumentado el atractivo de la leyenda, aunque tuviera menos credibilidad y alejara a potenciales clientes. ¿Quién querría pagar por algo que es una falsificación al noventa y nueve por ciento?

Sibylle señaló el manojo de papeles del Von Juntz.

—Tú lo has leído. ¿Es cierto que existen semejanzas?

—La lengua es diferente, claro. Pero sí, hay conceptos que de algún modo suponen una especie de eco, incluso de lo que te dijo Gabriel. El éxtasis que hace arrodillarse a quien oye el canto del *Wanderer*. El *Wanderer* que viste la piel de quien lo ha transportado desde la bisagra a nuestro plano de existencia.

—Tommy Rayodesol.

—Fräulein Erika cuenta que los animalitos se sienten al mismo tiempo aterrados y fascinados, y eso recuerda mucho al capítulo siete de *El viento en los sauces:* «El flautista en el umbral del alba». A propósito, hay algo que me gustaría que escucharas.

Sibylle parecía distante. «Quizás solo está cansada», pensó Tony al ponerse en pie.

Fue en busca de un CD de su colección, lo sacó del estuche y lo introdujo en el equipo de música.

—Pink Floyd —le explicó—. *The Piper at the Gates of Dawn.* Esta es la primera canción: «Astronomy Domine».

Sonidos espaciales seguidos de un acorde de guitarra envolvieron el estudio. Una señal morse. Un redoble de batería. Una voz dulce, aflautada, que iniciaba una cantilena.

Freddy sacudió la cabeza y se fue refunfuñando a su cama para refugiarse.

Sibylle era de la misma opinión.

—Prefiero Led Zeppelin. Los Pink Floyd siempre me han parecido demasiado cerebrales.

—Eso como mínimo —dijo Tony mientras apagaba el equipo de música—. Syd Barrett estaba obsesionado con el libro de Grahame. *The Piper at the Gates of Dawn* es el título en inglés del capítulo siete de *El viento en los sauces.* ¿Y sabes lo más divertido? Antes de venir aquí, he pasado por Carnival, la librería de Chiara. He comprado una edición del libro de Grahame, a saber dónde habrá acabado el mío. Al salir lo he hojeado y he descubierto que no había capítulo siete. Resulta que a veces no se imprime.

—¿Cómo es posible?

Tony abrió los brazos.

—A estas alturas el *copyright* ha expirado, cada cual puede hacer lo que quiera con el libro. A lo mejor algún graciosillo ha decidido que ese capítulo es demasiado terrible para los niños.

—Menuda estupidez.

Tony se sentó a los pies de la muchacha, con el rostro serio. Cogió las manos de Sib entre las suyas. Estaban heladas. Tony se las frotó para calentarlas. Un mechón de su pelo le cosquilleó la cara.

—No me estás escuchando, ¿verdad, Sib?

—He estado en el Departamento de Caza y Pesca. He tenido unas palabras con Rossini. El cortacapullos me ha ayudado a romper el hielo.

Tony abrió los ojos de par en par.

—No me digas que lo has amenazado...

La expresión preocupada del escritor hizo sonreír a Sibylle. Por fin un poco de vida en sus ojos.

—¿Una chiquilla indefensa como yo?

—¿Tú? Prácticamente eres shanghaiana honoraria.

Sib se sonrojó ante el cumplido.

—Rossini me ha dicho que vio a Mirella. Después de la desaparición.

—¿Qué significa después de la desaparición?

—Que, como dice tu nueva amiga Fräulein Erika —Sibylle leyó la transcripción que Tony había llevado consigo—, «el Wanderer es ciervo, rata, asno y topo. Es sapo, es golondrina, es águila». Lo que significa que se convierte en los animalitos que se arrodillan ante él.

Sibylle colocó la *tablet* frente a Tony.

Un artículo de prensa, una entrevista en lengua ladina. Al lado estaba la traducción. Tony la leyó tres veces antes de volver a mirar a Sib.

—Bienvenido al mundo de Ricky Riccardo, Tony.

Sesenta y ocho

1

Veronika Pohl tenía la cara redonda y llevaba gafas de montura gruesa. Cuando reía, se le marcaban los hoyuelos. Según la denuncia de su desaparición, trabajaba en la biblioteca de Ortisei, aunque había nacido y vivía en Santa Cristina, a un tiro de piedra, en Val Gardena. El 3 de septiembre de 2011, Veronika cogió su mochila y los palos de senderismo y se desvaneció en la nada.

Tenía veintisiete años.

Como había roto hacía poco con su novio, un tal Udo Trebo, y dado que el señor Trebo, mecánico, tenía algún antecedente —embriaguez, alteración del orden público y resistencia a la autoridad, la tríada sagrada del Tirol del Sur—, los carabineros lo habían presionado a conciencia sin hallar, no obstante, nada que pudiera incriminarlo. Tras las investigaciones, los llamamientos y la detención de algún sospechoso rápidamente liberado, no se supo más de Veronika Pohl hasta el 13 de octubre del año siguiente, cuando un guardia forestal, un tal Mark Kostner, durante una batida en busca de cazadores furtivos por un barranco de Val Fiscalina, se topó con lo que de lejos le pareció la carcasa de un ciervo.

Era Veronika.

Solo el ADN pudo revelar que se trataba de ella. El tiempo pasado al aire libre y la actividad de los animales de la zona habían dejado al patólogo pocas muestras con las que trabajar. La causa de la muerte, de hecho, nunca se estableció a ciencia cierta. Pudo sufrir una caída o un colapso.

La Usc di Ladins, el periódico en lengua ladina que cubría las noticias de los valles de Gardena, Badia y limítrofes, abordó el asunto del mismo modo en que lo habían hecho el *Dolomiten* y el *Alto Adige:* la historia de la pobre Veronika vertida en unos pocos párrafos púdicos y parcos en información. Por respeto a la familia y la comunidad, como es lógico, pero también (pensando mal) para no asustar a los turistas. A nadie le gusta ir de vacaciones a lugares donde la gente desaparece y acaba devorada por los animales.

Sin embargo, *La Usc di Ladins,* en un artículo firmado por Albert Dapunt, uno de los periodistas más activos del periódico, daba pábulo a la hipótesis (considerada delirante y sospechosa por los investigadores de la época) que apuntaba a Udo Trebo, el ex de Veronika.

Aquello convenció a Sibylle y a Tony de que debían acercarse a Brunico.

Sesenta y nueve

1

El hombre tenía la cara ancha y marcada, y un bigote ralo. Llevaba el mono embadurnado de grasa. Cuando salió de la oscuridad del taller de reparación, los ojos se le desorbitaron a la vista del coche de Tony.

—Espero que le haya partido usted la cara —dijo señalando la rayadura en el capó.

—Es una cuenta pendiente de saldar. Pero no estamos aquí por eso.

—¿Bromea? —protestó el hombre, escandalizado—. No puede ir por ahí con ese destrozo.

—Hagamos un pacto, señor Trebo: si me proporciona las respuestas que estoy buscando, le confiaré mi Mustang.

—Udo. Solo Udo. Está escrito en el cartel.

—Udo, de acuerdo —dijo Tony—. En 2011 usted conocía a Veronika Pohl, ¿verdad?

El hombre volvió a echar un vistazo al escritor y a Sibylle. La chica llevaba una carpeta bajo el brazo, parecida a las que Udo había visto a montones en las mesas de los carabineros cuando lo interrogaron acerca de la desaparición de Veronika.

Se puso a la defensiva.

—¿Son ustedes de la policía? ¿Periodistas?

—Ninguna de las dos cosas.

—Entonces ¿quién les ha hablado de mí?

—Una abogada que, al igual que nosotros, sabe mantener la boca cerrada. Y estamos seguros de que usted no fue responsable de la muerte de Veronika. Era su novia, ¿cierto?

Udo se frotó las manos en el pantalón.

—Cuando Veronika desapareció pasé cuarenta y ocho horas en el calabozo. Creían que la había matado yo. Hicieron declarar a mi familia, a mis amigos. Me trataron como a un criminal, esos hijos de puta. ¿Qué más puedo decir?

—¿Veronika era su novia? —repitió Tony.

—Si han visto el expediente, ya lo saben todo.

—Se lo ruego —dijo Sibylle—, haga un esfuerzo. Al parecer la investigación no fue lo bastante minuciosa. Veronika y usted habían roto poco antes, ¿verdad?

—Hacía unos meses. Llevábamos diez años juntos, desde el colegio.

—El primer gran amor.

Udo se encogió de hombros.

—Perdone mi crudeza —dijo Tony—. ¿Veronika salía con otro?

—Sí. Ya se lo dije a la policía. Pero no me creyeron.

—Es que ninguno de los amigos o parientes de Veronika la vio nunca en compañía de nadie que no fuera de su círculo habitual. Y usted no fue capaz de facilitar un nombre o una descripción de esa persona.

Udo lo miró aviesamente.

—Eso lo sé yo también, señor Xupa.

La muerte de Veronika aún debía de dolerle.

—Me tuve que trasladar —contó Udo—. Mi padre tenía un taller mecánico en Ortisei. Era una maravilla. Siempre había un montón de trabajo. Turistas con el coche averiado, alguna colisión, o el mantenimiento habitual: cambio de neumáticos, revisiones, cosas así. Pero después del asunto de Veronika la gente dejó de tratarme como a... uno de ellos. Tuve que mudarme aquí. Ya no mantengo contacto con nadie de Ortisei. Si me han encontrado, alguien ha tenido que informarles sobre mi paradero. ¿Ha sido Dapunt?

—El mismo —admitió Tony.

—¿Están aquí por esa entrevista?

—Dapunt nos ha asegurado que en aquella época fue usted muy convincente. En resumen, que le creyó.

—La poli no pensó lo mismo.

Tony intentó centrar la conversación. Y no cabrear a Udo-solo-Udo. La llave inglesa que aferraba en el puño no era precisamente amistosa.

—Recapitulemos. Veronika desaparece en otoño de 2011.

—El 3 de septiembre.

—Encuentran un cadáver en 2012, el 13 de octubre. No se sabe si es ella pero el ADN confirma su identidad. Y lleva muerta más de un año, así que probablemente perdió la vida el día de su desaparición.

Udo asintió.

En ese punto Tony echó mano de toda su delicadeza, porque ahora se adentraban en territorio de Ricky Riccardo.

—En diciembre de 2011, cuando sabemos que Veronika llevaba muerta aproximadamente dos meses, usted informa a la policía de que la ha visto, vivita y coleando, en un restaurante de la autopista.

—Exacto.

—La policía le aprieta las tuercas. Llega a insinuar que con esa información usted en realidad pretende confesar el asesinato de Veronika. Y eso lo llena de rabia y frustración. Así que, con idea de remover las aguas, concede una entrevista a *La Usc di Ladins*.

Udo colocó la llave inglesa en una estantería metálica.

—Fue un error.

—¿Puedo ser franco?

El mecánico se encendió un cigarrillo.

—Lo prefiero.

—Veronika no estaba como un fideo.

—¿Es un delito?

—No. Pero en los últimos meses, según dicen los testigos, antes de desaparecer...

Udo se rascó una ceja.

—La famosa dieta de Veronika. Y luego el senderismo. Eso también era una novedad. Veronika y yo éramos las únicas personas de Santa Cristina que detestábamos la montaña. Nada de esquís, nada de raquetas de nieve. A mí solo me interesaban los coches y los motores, y ella quería irse a vivir a Nueva York. Luego, cuando rompimos, de repente se puso a dieta y le dio por subir y bajar montañas.

Udo se secó una lágrima.

—¿Era ella? —lo apremió Sibylle dulcemente—. La mujer del bar de carretera, ¿seguro que era Veronika?

—Yo la vi.

—Explíquenoslo, por favor.

—¿Y de qué serviría?

—Es importante.

—Fue el 25 de diciembre. La peor Navidad de mi vida. Esa mañana había ido a misa con mi familia y hasta el sacerdote me miraba mal. Fingimos normalidad, pero fue duro. Intercambiar regalos al pie del árbol, sonreír para las fotos. Al final me subí al coche y fui a dar una vuelta. Para aclarar la mente, ¿comprenden?

—Por supuesto —dijo Sib.

—Me detuve en la estación de servicio de la A22, cerca de Bresanona. Voy a menudo. Conozco a algunos empleados porque durante un tiempo yo también trabajé allí. Tenía que repostar y vaciar la vejiga. Cuando salí de ese maldito baño, la vi —Udo se atusó el bigote—. Estaba en la otra punta del aparcamiento. Me saludó con la mano.

—¿Qué hora era?

—Las nueve de la noche.

—¿Hay alguna grabación?

—Si han leído el informe, también sabrán eso. Ese punto quedaba fuera del radio de acción de las cámaras de seguridad. La policía lo verificó. Cero. Por eso no me creyeron.

—¿Era Veronika?

—Llevaba una falda que le había regalado yo en su cumpleaños, y el pelo distinto, largo y rizado, como si se hubiera hecho la permanente, pero era ella. Estoy completamente seguro. Aunque...

—Aunque esa Navidad su cuerpo estaba sepultado bajo un metro y medio de nieve en Val Fiscalina.

—Después fui a hablar con los padres de Veronika. Menudo follón. Gritos, insultos, pero al final los convencí para que me dejaran revisar sus cosas.

—La falda había desaparecido —murmuró Sib.

—Y también la chaqueta con la que la había visto.

Udo lanzó la colilla al suelo, la pisoteó con rabia. Luego la recogió y la tiró a un cubo de basura.

—¿No intentó llamarla o ir a su encuentro?

—Quería hacerlo, pero se metió en un coche a toda prisa y se largó. Era un Alfa Romeo azul.

—¿Cómo se lo explica?

—O me equivoqué, o aquello era el fantasma de Veronika que venía a decirme adiós.

Le dio una patada al cubo.

—Y ahora márchense, por favor, váyanse de aquí. Necesito beber y no me gusta que haya nadie cerca cuando lo hago. Podría ser peligroso.

Setenta

Fue Sibylle quien lo dijo.

—Asesino en serie.

—Asesino en serie.

—¿De verdad lo crees?

Una sonrisa, abatida, en la cara de Tony.

—El *esquivoso* soy yo, ¿recuerdas?

Tony y Sibylle, sentados en extremos opuestos del sofá del piso de Shanghái. Ambos sostenían un vaso en la mano. Agua para Tony, Coca-Cola para Sib.

El hielo llevaba bastante tiempo derretido.

Se sentían aturdidos. Vacíos. Asustados.

El ruido del tráfico de via Resia y el vocerío del bar que había en el local de abajo llegaban atenuados. Un manto de nubes denso y oscuro tapaba el sol. La radio había anunciado lluvia, pero entretanto el bochorno que se cernía sobre Bolzano era insoportable. No obstante, en cuanto Polianna se despidió con una mirada entre perpleja y preocupada, Tony y Sib abrieron las ventanas.

Necesitaban aire. Insalubre, ardiente, pesado, pero aire al fin y al cabo.

Freddy, melancólico, estaba tendido bajo el aire acondicionado apagado. De vez en cuando daba un lengüetazo al agua del cuenco, quejoso. De fondo, Syd Barrett cantaba sobre una tal Emily y su inclinación a tomar prestados los sueños ajenos.

—¿Cuántas posibilidades existen de toparse con un asesino en serie?

Tony se encogió de hombros.

—A mi modo de ver, un solo homicidio es la suma de múltiples presiones que convierten a un hombre en asesino. Un asesino en serie es la suma de muchas más variables. Por eso son más raros. Pero mi criterio no sirve, yo nunca he creído en los móviles.

—Basta con encender la tele o abrir un periódico. Por sexo y por dinero la gente comete atrocidades todos los días. No puedes decir que no crees en los móviles.

—Es lo mismo que los icebergs. El sexo y el dinero son la punta. La parte que hace que nos sintamos aliviados.

Sib se incorporó, cruzó las piernas como los indios y dejó el vaso vacío sobre la mesita.

—¿Aliviados?

—¿No lo has notado? Cuando se descubre el móvil de un delito, la gente pierde interés. Una vez pasado el peligro, que pase el siguiente. En realidad, es una estupidez, porque el peligro no cesa hasta que el asesino acaba esposado, ¿no? Sin embargo, la gente se siente segura en cuanto se descubre el...

—... móvil.

—El móvil tiene el poder de hacernos pensar que a nosotros no puede ocurrirnos. Nadie va a matarme por la miseria que tengo en la cuenta corriente. Si nunca he mantenido una relación clandestina, ¿por qué iban a encontrarme descuartizado en una zanja? El móvil nos tranquiliza. Pero eso significa que al mismo tiempo, a nuestros ojos, la víctima se lo ha buscado. Culpable y víctima intercambian sus papeles.

Tony dio un sorbo. El agua estaba tibia.

—Por eso nos dan tanto miedo los asesinos en serie —prosiguió haciendo una mueca—. Resulta que Jeffrey Dahmer, el Carnicero de Milwaukee, practicaba el canibalismo porque se sentía solo. Dios santo, todos nos sentimos solos de cuando en cuando y no nos ponemos a secuestrar personas para hacerlas pedazos. ¿Entiendes lo que quiero decir?

—Un asesinato normal nos hace sentir seguros porque no va con nosotros: la culpa es de la víctima que ha hecho algo incorrecto, y por tanto nosotros nunca seremos víctimas. En cambio, en el caso de un asesino múltiple la víctima sigue siendo víctima. Solo ha pasado por el lugar equivocado en el momento equivocado, llamando la atención de alguien perverso. Y eso puede sucederle a cualquiera.

—Más aún —dijo Tony, sombrío—. Un asesino en serie nos lleva a preguntarnos si nosotros mismos, con las variables justas y sometidos a las presiones justas, seríamos capaces de comernos a alguien. ¿Quién no ha deseado alguna vez coger una ametralladora y barrer la maldita cola de correos? Mira a Freddy. Un simpático gordinflón, ¿verdad? Y sin embargo sus ancestros no habrían tenido reparos en despedazarnos. Los romanos los usaban como perros de guerra.

—Quieres decir —susurró Sibylle— que dentro de Freddy...

Tony se acordó del enfrentamiento entre el san bernardo y el zorro rabioso.

—Hay un poco de Freddie Mercury y un poco de Freddy Krueger, igual que en todo ser humano. La otra tarde, cuando te vi blandir el mango de la piqueta, creí por un segundo que ibas a atizarme en la cabeza. Era el clásico momento Freddy Krueger.

Sib volvió a retorcerse el mechón de pelo.

—¿Piensas que quien mató a Erika pudo matar también a Mirella, Veronika y a saber cuántas más?

—Es lo que nos ha dado a entender Gabriel. Y eso me preocupa porque empiezo a creerlo yo también.

Tony se frotó los párpados.

—Tanto a Mirella como a Veronika las vieron después de su muerte —dijo Sibylle—. Como no aceptamos que ahí fuera haya un demonio que se viste con la piel de sus víctimas, y dado que tanto Rossini como Udo han admitido que vieron a Mirella y a Veronika durante un breve lapso de tiempo y a cierta distancia, eso significa que alguien se puso la ropa de esas pobrecillas y se dejó ver. Una especie de...

—Una especie de alegoría del Von Juntz.

Tony se levantó. Recogió los vasos, los enjuagó y los llenó de agua fría.

—¿Sabes cuál es el problema de textos como el Von Juntz? —se sentó al lado de Sibylle y le ofreció un vaso—. Que cada uno puede entender lo que quiera.

—¿Y si alguien lo ha interpretado al pie de la letra? —sugirió Sibylle—. ¿Y si alguien ha creído que Von Juntz, Kenneth Grahame e incluso Fräulein Erika hablaban de cosas concretas? Podría haberse imaginado que el *Wanderer* es una entidad real.

—Me parece un disparate.

Sib le dio un golpecito en el hombro.

—Haz tu trabajo. Te pagan por imaginar, ¿no? ¿Crees que sería posible?

«Y no sabes lo que ocurre cuando me embalo...»

«Pero sí —se dijo Tony—. A tomar por culo».

Se masajeó las sienes antes de contestar.

—Mujeres que desaparecen. Que cambian de costumbres. Supongamos que el asesino las seduce, las mata y luego aparece vistiendo su ropa. Se deja ver ante personas que amaban a sus víctimas. ¿Siente placer al hacerlo? ¿O no es más que la confirmación de su poder? No lo sabemos. Pero sabemos que se muestra siempre de lejos y de pasada. Eso es obvio.

—Erika es la excepción. El fantasma era Gabriel, y nosotros sabemos que Gabriel no es el *Wanderer.* Estaba entre rejas cuando asesinaron a Veronika Pohl.

Tony se mordió los labios.

—No, Erika no es ninguna excepción.

—El fantasma era Gabriel —insistió Sib—, nos lo dijo Yvette. ¿O crees que mintió?

—No, pero puede que Gabriel no fuera el único que se paseaba por Kreuzwirt con una peluca rubia en la cabeza.

—¿Dos fantasmas?

—A estas alturas no podemos estar seguros de nada. Estoy especulando, así que sigamos el recorrido por la mente de Gabriel, que al parecer siempre ha ido un paso por delante de todos. En el Von Juntz, al *Wanderer* lo llaman el Amigo, un término que tranquiliza, ¿cierto? Un amigo te aconseja y te anima a dar lo mejor de ti. Un amigo acoge tus secretos, llora contigo y festeja tus victorias como si fueran suyas. De un amigo te fías. También la Rata, el Topo y los animales del bosque del libro de Grahame se alegran al encontrar al flautista. El terror llega más tarde, cuando caen de rodillas para adorarlo.

Tony buscó una página del *Unaussprechlichen Kulten.*

—«La adoración satisface al *Wanderer.* La cabeza hacia las estrellas y la rodilla en el suelo. Penitente y reverente. Allá donde el músculo es fuerte, se doblega. Donde la voluntad no cede, la mirada del *Wanderer* corta. De rodillas, el elegido por el Amigo que está en la bisagra del mundo, que es la bisagra del mundo y que del mundo sutil exuda, escucha Su canto.» O cuando el asesino se quita la máscara. Pero hasta ese momento quien encuentra al *Wanderer* lo considera un amigo.

Sib volvió a acordarse de la pesadilla con Erika vestida de rojo.

—Córtate el pelo. Adelgaza. Olvídate de las amistades negativas. Sé feliz conmigo. Solo conmigo. Haciendo lo que te digo. Alguien así provoca escalofríos. ¿Deberíamos llamar a la policía?

Tony se dio un manotazo en la rodilla.

—No tenemos ninguna prueba. Solo conjeturas. Se reirían en nuestra cara.

—¿Pero tú lo crees?

—Me temo que sí.

—Entonces, hemos de encontrar pruebas.

—¿Pero cómo?

Sibylle agitó la *tablet,* decidida.

—Comprobaremos cada caso. Podemos hablar con los amigos, novios o parientes de todas las personas desaparecidas en los últimos veinte años, incluidos los casos resueltos como el de Veronika. Ahí fuera hay más de uno que ha visto a un ser querido después de su desaparición y no ha tenido el valor de confesarlo. O lo ha hecho y lo han tomado por loco. Pero no perdamos de vista a Erika. A los Perkman. Son ellos los que mantienen a Gabriel fuera de juego. De una manera u otra, los Perkman están relacionados...

—A propósito —la interrumpió Tony—, ¿recuerdas lo que me contó Zingerle? ¿Que alguien robó el Von Juntz que más tarde reapareció en la Villa de los Sapos?

El escritor se frotó las manos, satisfecho.

Toda esa alegría hizo sonreír a Sibylle.

—¿Qué se le ha ocurrido a Tony Calzaslargas?

—Zingerle me dijo que hasta 1975 la primera edición del *Unaussprechlichen Kulten* estaba en posesión de August Darleth, un tipo a quien Horst conocía muy bien porque había sido su mentor en la universidad. Zingerle utilizó exactamente esa palabra: mentor. Pensé que sería interesante mantener una charla con él, así que llamé a la Universidad de Ginebra. Me hice pasar por un estudiante que buscaba ayuda para su tesis de doctorado. Tras remitirme a distintos departamentos, archivos y facultades, por fin me pasaron con una persona que había trabajado con el profesor Darleth. Lamentaba tener que comunicarme que el pobre August Darleth había fallecido años atrás. Entonces fingí que estaba desesperado, que necesitaba una publicación imposible de encontrar de aquel gran genio...

—Y se apiadaron de ti.

—Sí, esa persona me dio la dirección de su hijo, Samuel, que quizás pudiera proporcionarme lo que estaba buscando. Casi lloro de la emoción.

—¿Y qué te ha dicho?

—No he hablado con él, en la universidad solo me dieron su correo electrónico. Le he escrito contando más o menos lo mismo, que me es urgente localizar la publicación de su padre, etcétera. Y ahora no queda más que esperar y ver si muerde el anzuelo. Pero hay un detalle muy extraño. ¿A que no adivinas lo que enseñaba August Darleth?

Sib se encogió de hombros.

—Medicina, supongo. Horst era médico.

—Pues no. El padre de Darleth enseñaba física y astrofísica. Era una especie de genio.

—Entonces Horst...

Tony volvió a interrumpirla.

—No, no. No se hacía pasar por médico sin serlo. Horst estaba registrado en el colegio de médicos, lo comprobé. Pero resulta curioso, ¿no te parece? Un estudiante de medicina ya tiene bastantes libros con los que quemarse las cejas, ¿por qué querría seguir un curso de astrofísica?

Sibylle lo miró como si Tony fuera un alienígena.

—¿Bromeas?

—¿Por qué?

—Eres tonto, ¿lo sabes?

La expresión confusa de Tony era sincera. ¿Cómo era posible que fuera tan estúpido?

—¿Alguna vez has oído hablar de la pasión?

—Qué pinta aquí...

—¿Y tú escribes novelas de amor? —dijo la muchacha, exasperada—. A los cuatro años aprendí a montar en bicicleta. A los catorce pedí que me compraran el primer ciclomotor. Era un Testi más viejo que tú, con un motor de dos tiempos. Tardaba un siglo en alcanzar los treinta por hora. Y eso me fastidiaba. Así que empecé a pedirle consejos a Lucky Willy y él me enseñó a trucar los motores. Al final, se me daba tan bien que trucaba los ciclomotores de todos los chicos del valle, sin... —lo repitió para que el concepto entrara en esa cabeza tan dura— sin que mis notas bajaran. De lo contrario, la tía Helga me habría encerrado en casa y habría tirado la llave. Pasión. ¿Lo entiendes ya? Como la pluma en tu mano. Esa sensación de...

Tony lo comprendió al fin.

—Rectitud.

—La pasión es lo que hace que de un momento para otro ya no seas tú. Cuando te das cuenta de que has encontrado...

Sib pensó que había dicho alguna tontería, porque Tony la estaba mirando ahora fijamente, con esa expresión que adoptaba cuando iba a quedarse absorto. Solo que en ese momento estaba intensamente concentrado en ella.

—... aquello que te faltaba para sentirte completo —terminó Tony.

Sib tartamudeó:

—Solo lo decía para que entendieras...

No acabó la frase. Tony le cerró la boca con un beso. Ligero. Una caricia de los labios.

Setenta y uno

1

En plena noche, Tony todavía estaba echado en el sofá. Sibylle dormía abrazada a él, pegada a su pecho, con los labios entreabiertos. Freddy, por su parte, roncaba. Fuera llovía, y el aire que entraba por la ventana abierta de par en par era fresco.

Tony estaba cansado, asustado, confuso, pero no quería dormir. Quería pasar el resto de la noche mirando a la muchacha que yacía a su lado. En ese momento solo importaba el olor de la piel de Sibylle, que llenaba la habitación como una promesa: el mundo allá afuera ya no existía.

Todo era perfecto. Todo era paz. Luego Tony reparó en los destellos del teléfono móvil. Se dijo que sería el correo de algún chiflado que quería leerle el destino en los posos del café e hizo un esfuerzo para ignorarlo.

Apenas resistió unos minutos. El parpadeo del led lo estaba enloqueciendo.

2

Pero no se trataba de ningún experto en esoterismo; era la respuesta de Samuel Darleth.

Un correo conciso, en tono formal. Samuel Darleth manifestaba su alegría por el hecho de que, tantos años después, los estudios de su padre aún se consideraran dignos de atención. ¿Cuál de sus numerosos ensayos necesitaba? Si Tony fuera tan amable de especificarlo, estaría encantado de facilitárselo. La firma era somera, solo las iniciales. Abajo aparecía el logo de empresa.

Cuando Tony lo vio, pensó que era una broma. Luego se dijo que podía tener sentido. Intentó reflexionar, y en cuanto su mente empezó a relacionar nombres, lugares y fechas, le asaltó la misma sensación escalofriante que había experimentado en el claro, mientras el zorro rabioso asomaba tras el arbusto y el mundo, por un instante, se convertía en un mal sueño.

Con el corazón desbocado, en silencio para no despertar a Sib, se levantó del sofá y se encerró en el estudio. Se sentó frente al ordenador, abrió el correo electrónico y volvió a estudiar la marca comercial al pie del mensaje de Darleth.

Al contrario de la sonrisa del colibrí, que al principio le había parecido la cabeza de una serpiente, después una flecha rupestre y por último una señal de peligro alienígena, ese logotipo era un símbolo inequívoco: fruto de la estética de los setenta, geométrico, anguloso y con escaso atractivo, pero de fácil comprensión. Todo el mundo lo conocía.

Con mano temblorosa, Tony aferró un Bic, se lo llevó a los labios y empezó a formularse preguntas. ¿Y si Sibylle y él habían hecho lo mismo que Gabriel? ¿Y si a fuerza de perseguir fantasmas se habían perdido en el mundo de Ricky Riccardo? ¿No era preferible dejar de lado las coincidencias extrañas, las apariciones misteriosas, las fórmulas arcanas, y ponerse a razonar como un shanghaiano con los pies en el suelo?

Había que partir de Grahame y el Von Juntz.

¿Qué eran *El viento en los sauces* y el *Unaussprechlichen Kulten*? Papel, libros. Un cuento infantil y un libro valioso, escrito en una prosa rimbombante por un tipo que se embriagaba con opio. Eso era todo. ¿Y Erika? ¿Qué era Erika tendida a la orilla del lago sino un cuerpo carente de vida? Un cadáver. Exactamente igual que Elisa, ahogada y con la cabeza rota. A veces un libro es solo un libro...

—... Y un cadáver es solo un cadáver.

El logotipo al pie del correo electrónico de Samuel Darleth sugería una historia terrible, y la idea obligó a Tony a pulsar furiosamente las teclas del ordenador en busca de datos que demostrasen su inconsistencia. Cualquier fantasía esotérica habría sido un alivio frente al horror que ahora se desplegaba ante sus ojos.

Tony se sumergió en viejos artículos de periódico, leyó solicitudes, descifró gráficos y documentación técnica. Todo material público. Eso era lo que más le aterraba. Toda esa información había estado siempre a la vista de todo el mundo. Durante décadas.

Y cuantos más detalles, concurrencias y confirmaciones surgían, más se percataba Tony, conmocionado, de que existían no un único *Wanderer* sino tres criaturas demoniacas: August Darleth, Josef Horst y Friedrich Perkman.

Cuando el aire que entraba por las ventanas empezó a anunciar el amanecer y la luz le alcanzó las pupilas, de los labios de Tony brotó un gruñido animal.

—Krrrka.

Setenta y dos

1

Sibylle soñó que flotaba en el lago. Miraba las estrellas y las estrellas le devolvían una sonrisa. El agua que envolvía su cuerpo era tibia, acariciante.

No duró mucho.

Las estrellas desaparecieron una a una. Como bombillas fundiéndose, despedían un chisporroteo y la oscuridad se las tragaba. Cuando el cielo se transformó en una superficie plana de un negro deslumbrante, el agua se hizo gélida.

Sib se hundía.

Erika apareció a su lado. Tenía dientes largos y afilados, manchados de rojo.

La agarró y le dijo...

Setenta y tres

1

—¡Despierta!

Aturdida, Sib miró a su alrededor. La ropa estaba desparramada por todas partes. Amanecía y ese no era, en modo alguno, el despertar que había esperado. Cuando vio a Tony trasteando con la pistola se quedó boquiabierta.

—¿Qué haces con *eso*?

Tony introdujo el cargador en la calibre 22.

—Ha llegado la hora de tener unas palabras con Karin —se metió la pistola en la cintura trasera de los vaqueros.

El jaleo despertó a Freddy, que meneó la cola y escrutó primero a Tony y luego a Sibylle. Después olisqueó el aire, frunció el ceño, renunció a los mimos matutinos y volvió a su cama.

—¿De dónde has sacado esa pistola? —gritó Sib.

—Era de mi padre. Vámonos.

2

El Mustang devoró los kilómetros, rugiendo. Sib dejó de hacer preguntas cuando el velocímetro superó los ciento sesenta. Salieron de la A22, enfilaron la 621, giraron por la variante K. El límite en la variante K era de cuarenta kilómetros por hora, el Mustang volaba al doble de lo permitido.

Al llegar a Kreuzwirt, Tony siguió conduciendo hacia la villa en lugar de reducir la velocidad. Los árboles a los lados de la carretera cruzaban disparados, como manchas enloquecidas, y los pocos conductores de paso no tenían ni tiempo de tocar el claxon, tan solo de maldecir.

—Frena un poco, Tony...

Tony acabó por hacerlo, pero el morro del Mustang quedó a pocos centímetros de la puerta de hierro de la Krotn Villa.

Enseguida abrió la portezuela del coche, pero Sibylle le impidió salir al aire libre.

—Tú no vas a ningún sitio con esa pistola encima. No estás en tus cabales.

—No he estado más lúcido en toda mi vida.

Sibylle le dio un bofetón.

—La pistola se queda aquí.

Tony se llevó la mano a la mejilla. Titubeó. Sib no estaba cabreada, ni siquiera asustada: estaba triste. Su mirada decía: «O nunca más habrá noches como esta».

La calibre 22 pasó de las manos de Tony a las de Sibylle, que la escondió en la guantera.

Mientras se acercaban al portón, una cámara de seguridad seguía cada uno de sus movimientos. Tony contuvo el impulso de buscar una piedra y lanzársela. Encontró el timbre y lo pulsó.

—¿Qué quiere, señor Carcano?

Tony se dirigió al objetivo de la cámara y pronunció un nombre:

—Darleth.

Setenta y cuatro

1

Horst llevaba corbata. Tenía aspecto de haberse despertado fresco y descansado después de un buen sueño. Con la conciencia tranquila. No dijo nada en todo el recorrido.

La biblioteca de la Villa de los Sapos. Fue allí adonde Michl los condujo. Estanterías repletas de volúmenes que llegaban hasta el techo. Muebles de roble, algunos de ellos protegidos por vidrieras y cerraduras: la famosa sección prohibida de la colección.

Una mesa oval, hecha a mano y finamente taraceada. Encima de esta, un ejemplar del *Unaussprechlichen Kulten,* la famosa primera edición. La tapa de piel oscura tenía impresa a fuego una espiral. Michl señaló unas sillas. Luego se acomodó junto a Karin Perkman, quien los esperaba sonriendo.

Karin era la sombra de la chiquilla de la Polaroid: profundas arrugas de preocupación en torno a los labios finos, ojeras y ojos como puñales. Vestía una blusa de manga larga y una falda sencilla. Al contrario que Michl, seguramente necesitaba contar bastantes ovejas antes de conseguir conciliar el sueño. Un viejo reloj de péndulo escandía los segundos.

—Nos preguntábamos —dijo Karin— cuándo íbamos a tener el placer de su visita.

Tony ignoró el sarcasmo.

—Esta no es una visita de cortesía. Estoy aquí para hacer mi trabajo —Tony depositó su *smartphone* en la

345

mesa—. Para contarles una historia que empieza por el final. Ha empezado esta misma noche, de hecho, tras recibir un correo electrónico de Samuel Darleth. Samuel es hijo del profesor August Darleth, apreciado físico, astrofísico y emprendedor. August Darleth, el mentor de Josef Horst en la Universidad de Ginebra.

Tony advirtió que los dedos de Karin se cerraban en un puño. No lucía ningún anillo y llevaba las uñas muy cortas, como para evitar mordérselas.

—El mismo August Darleth que dejó la enseñanza en 1972 para dedicarse a su..., ¿podemos llamarla estrella en miniatura?

Tony señaló el símbolo de la compañía fundada por August Darleth, el símbolo al pie del correo que Samuel le había enviado esa noche. Un sol estilizado.

En el centro del sol: un punto rodeado por tres triángulos. El símbolo de la energía nuclear.

—Además, ¿qué es una central nuclear sino una estrella en miniatura?

—Está usted loco, señor Carcano —dijo secamente Karin.

Tony la ignoró.

—En 1972, August Darleth abandonó la docencia para dedicarse a su central nuclear en Karnach, Suiza, cuyo proyecto había comenzado en 1970. En 1972 deja la cátedra, pone en marcha su hermoso reactor y al cabo de poquísimo tiempo advierte que hay un problema. Ha subestimado el coste de la eliminación del material fisible y se encuentra con un montón de humeante mierda radiactiva y ni la menor idea de cómo deshacerse de ella.

Un par de toques al *smartphone* para mostrarles los artículos de prensa y las antiguas fotografías de manifestantes blandiendo pancartas.

—Hubo numerosas protestas de los ecologistas. Esos gilipollas aguafiestas melenudos que se dedicaron a rodear la central de Darleth con el contador Geiger en la mano y empezaron a detectar anomalías en los niveles de radiactividad en el aire.

Tony exhibió también un documento que había encontrado en los archivos de una asociación ecologista: «La central de Karnach y su impacto en el medio ambiente».

—En resumen: niveles de radiactividad tres veces superiores a lo aceptable. Los ecologistas suponían que la central almacenaba más uranio del permitido. Hubo tal polémica que la cosa acabó en denuncia e investigación oficial.

Tony iba ilustrando su explicación con una serie de documentos, uno detrás de otro. En muchos casos se trataba de hojas mecanografiadas y escaneadas, un poco oscuras pero perfectamente legibles, acompañadas de algunas instantáneas.

—Pero cuando los inspectores del Gobierno hicieron su entrada en la central no hallaron nada censurable. Todo estaba en regla. Hubo más protestas, y empezó una guerra pericial con acusaciones de un lado y otro de la barricada, marchas que acabaron en disturbios y, en ese momento, un bonito golpe de efecto.

En la pantalla, la primera página de un periódico local: «La central se abre al público».

—La operación transparencia de septiembre de 1973. August Darleth permitió a los melenudos entrar en la central de Karnach, sin restricciones. Y esos ingenuos se encontraron con las manos vacías. Darleth había hecho su magia.

Tony cruzó los brazos.

—Un hombre muy interesante, August Darleth. Físico, astrofísico, emprendedor de éxito, pero también un apasionado de los libros raros. Libros esotéricos. Hasta el punto de pasar por ser el primer y único sospechoso del robo de la primera edición del *Unaussprechlichen Kulten*, sustraída a sus dueños legítimos en 1961. El mismo ejemplar que en 1975 aparece consignado en esta espléndida biblioteca. ¿No resulta un tanto... anómalo? Darleth decide encargar el robo del libro y luego, de improviso, ¿lo cede así, sin motivo? ¿Por pura amistad?

—¿No se le ha pasado por la cabeza —dijo Karin— que mi padre pudo haberlo comprado?

Tony se permitió una risita.

—Soy escritor, no creo en los cuentos de hadas. En 2006, Edvard Bukreev ofreció siete millones de euros por ese libro. Aunque le hubieran hecho un buen descuento de Black Friday, en 1975 su padre no poseía tanto dinero. Y si lo hubiera tenido, seguro que no lo habría desembolsado para adquirir un libro: Friedrich debía echar a andar su propio milagro económico. Era Horst el que estaba obsesionado con esas chorradas, no él. Y Horst podía contar como máximo con el cincuenta por ciento del negocio de Friedrich, cosa que, francamente, dudo.

Tony rozó la cubierta de piel con la espiral grabada a fuego del *Unaussprechlichen Kulten*. Enseguida sintió el impulso de limpiarse los dedos en la camiseta.

—Y con esto llegamos a Josef Horst —prosiguió—. Médico, padre de un niñito llamado Michl. Josef Horst aterriza en Kreuzwirt en 1973, sin un céntimo en el bolsillo, exactamente igual que Friedrich, que por aquella época estaba a punto de declararse en bancarrota debido al cierre de la serrería. Sin embargo, en cuanto Horst y Perkman se unen para hacer negocios, todo se soluciona. ¿Pero dónde encaja el Von Juntz?

Esperó.

Ni Karin ni Michl respondieron.

Tony cerró los puños, los plantó en la mesa y se inclinó hacia delante.

—¿Saben lo que me dijo un amigo común con un raro acento ruso? Que los libros, ciertos libros, valen una fortuna. Son inversiones. ¿Y qué era eso tan importante que Friedrich podía ofrecer a August Darleth a cambio de su tesoro?

A Sibylle se le escapó un gemido. Un sonido estrangulado que llenó a Tony de dolor.

Sib lo había entendido.

—Un lugar seguro —dijo la joven—. La finca de los Perkman. Las tierras. El lago en medio de la turbera, profundo, lejos de todo y poco frecuentado. Horst hizo de intermediario entre Friedrich y Darleth, ¿no es así?

—Sí —contestó Tony.

—Horst le propuso a Friedrich que firmara un pacto con el diablo —prosiguió Sibylle, la voz más afilada que la hoja del cortacapullos—. Parecido al de los habitantes de Kreuzwirt: una vida tranquila, geranios en las ventanas y algún tumor de vez en cuando. Todo el mundo lo sabía. Porque ese ir y venir de bidones radiactivos no podía mantenerse oculto, pero nadie hizo nunca preguntas. Hasta que Erika, Erika la Rarita...

La voz de Sib se apagó en un estertor.

Su mirada se perdió en el vacío.

—Erika —continuó Tony por ella, apuntando con el índice a Karin y Michl— se suicida en vuestra cloaca familiar. Así que toca hacer que el cuerpo desaparezca, porque el cadáver de Erika es una prueba. Hay que incinerarla. Del mismo modo que, cuando Elisa muere, hay que incinerarla también a ella. Al fin y al cabo, ha muerto en las mismas aguas que Erika. Las que salen del lago. Puede que los cadáveres no hubieran absorbido demasiada radiación, pero ¿para qué arriesgarse? Y otro problema: el condenado Gabriel sigue haciendo preguntas. Está loco, por supuesto, pero... casi acierta. En realidad, no existe ningún *Wanderer,* sino que hay tres.

Los labios de Karin se habían convertido en dos exangües franjitas. Por su parte, Michl, a pesar de su aire insolente, respiraba de forma entrecortada.

—August Darleth, Josef Horst y Friedrich Perkman —concluyó Tony—. Decidnos: ¿cuántos bidones radiactivos pescaremos en ese lago?

—Cero —contestó Karin.

—No me tome el pelo.

—El transporte duró dos años escasos —dijo Karin—. Entre 1973 y 1974. En el 74, la planta de Darleth se dotó con mejores sistemas de seguridad y ya no fue necesario. A fuerza de corromper a funcionarios, peritos, agentes de aduanas y todo lo demás, sin embargo, Darleth acabó en un aprieto, de modo que para saldar deudas se vio obligado a ceder a Friedrich y a Josef el Von Juntz. En cualquier caso, Friedrich y Josef no habrían aceptado seguir traficando con ese material.

—Eso... —preguntó Sibylle— ¿es lo que se cuenta a sí misma para poder dormir por las noches?

—No. Es la pura verdad. A Friedrich le interesaba salvar Kreuzwirt tras el cierre de la serrería; a Horst, empezar algo nuevo. No les movía la codicia, solo eran ambiciosos. El lago está hoy limpio. Si se sumergiera en aquellas aguas, no encontraría un solo barril de uranio. Mi padre y el padre de Michl los hicieron desaparecer en 1998.

—¿En el 98? —estalló Sibylle—. ¿Cuando Erika se escapó de casa? ¿Vio algo que no debía ver? ¿La mataron porque descubrió lo que estaban haciendo?

La respuesta de Karin dejó a Sibylle sin aliento.

—A Erika —dijo la mujer, casi con dulzura— la asesinaron, es cierto. Pero no fue mi padre. Ni tampoco el padre de Michl.

Setenta y cinco

1

Elisa se ponía la misma chaqueta durante todo el invierno y su falda estaba llena de remiendos. Elisa nunca tenía dinero, y se avergonzaba de sus padres, que apestaban a estiércol y que, pese a ser jovencísimos, parecían dos ancianos, molidos como estaban por los esfuerzos de la vida en la granja.

Los armarios de Karin, en cambio, rebosaban de ropa que no se había puesto más que una vez; en su vestidor se alineaban infinidad de zapatos, y poseía collares y otras joyas que su madre le había dejado en herencia, pero lo habría cambiado todo por una hora, solo una, de esa libertad con la que Elisa no sabía qué hacer.

Además, Elisa era hermosa. Mientras crecía, Karin había ido tomando conciencia de ello. Por mucho que se maquillara y vistiera con elegancia, a la última moda, nunca superaba el estilo natural de Elisa. Cuando Elisa aparecía, era como si alguien encendiera la luz en una habitación a oscuras. Y por encima de todo, Elisa no cargaba sobre sus espaldas el peso del apellido Perkman. Karin envidiaba incluso a Erika la Rarita. Cuando eran más pequeñas, Erika le daba un poco de miedo. Las cartas del tarot. Las frases misteriosas. Luego, al crecer, se dio cuenta de que todo era un engaño. Más tarde, bebiendo cerveza a escondidas con Elisa en el tejado de la escuela, en febrero de 1998, comprendió que Erika la Rarita era en realidad Erika la Furcia.

—¿No te hace feliz ser tía? —le había preguntado Elisa—. Tía Karin. Suena bien.

—¿De qué hablas?

—Erika y Martin.

—No lo dirás en serio.

—Completamente en serio. Erika la Furcia ha encontrado un modo de conseguir dinero. Tu dinero.

—Pero...

—¿Creías que el pervertido de Martin nunca iba a caer? —se burló Elisa—. ¿Quieres que te enseñe la cicatriz? ¿Quieres que te recuerde todas las veces que se me echó encima para abrazarme y tocarme?

No era necesario. Cuando Martin se le acercaba, Elisa salía disparada a la velocidad de la luz; Erika, en cambio, no hacía más que reírse y... ¿restregarse?

—Y ahora te han jodido. Tendrás que darle de comer toda la vida. Cuando tu padre lo descubra...

—Martin no sale nunca de la villa.

—No mientas, sabes que se escapa de vez en cuando.

—Bueno, pero va solo. ¿Cómo iba a citarse con Erika? Elisa chascó los dedos. *Chas. Chas.* Luego más rápido. Una ráfaga de ametralladora. *Chaschaschaschas.*

—¿Estás borracha?

—Eso significa «nos vemos más tarde» en la lengua de Erika y Martin.

A Karin le entró la risa tonta.

—Estás loca.

—Los he visto —dijo Elisa, seria—. Erika trepa por los muros de la villa, Martin se asoma a la ventana. Y hablan. Tienen un lenguaje secreto. Así. Volvió a chascar los dedos. *Chas.*

—Pero...

—El monstruo no sabe hablar, ¿no?

—Sí que puede hablar, pero...

Chas. Chas. ¿Acaso no había oído Karin esos ruidos? ¿En plena noche?

Elisa cambió de tema, ya había plantado la semilla de la duda. Karin, no obstante, necesitaba pruebas.

Desde la torre astronómica era posible ver todo el lado este de la villa, incluida la ventana de la habitación de Martin y un tramo del muro que separaba la casa de los árboles y la turbera. Allí emplazada, Karin se puso a espiar a su gemelo y comprobó que Elisa no había mentido. Martin en la ventana y Erika escondida entre los árboles, sentada a horcajadas en la tapia, hablaban en esa extraña lengua secreta. Karin montó en cólera y empezó a tramar su venganza.

Si algo había heredado de su padre era la fuerza de voluntad: Erika se las pagaría. Por medio de Martin. Sabía cómo hacerlo. En primer lugar, descuidó un poco sus obligaciones: verificar que la puerta de Martin estuviera cerrada con llave, que las ataduras estuvieran bien apretadas en sus muñecas. Dejó de leerle *El viento en los sauces* (Dios, ¡cómo odiaba aquel libro!), con el fin de que se pusiera más nervioso.

Más agresivo.

La ocasión para llevar a cabo su venganza llegó con el *Maturaball*. Karin espió sus conversaciones secretas y descubrió que la noche del *Maturaball* Erika y Martin se habían citado en el lago. Esa noche la puerta del cuarto de Martin se quedaría abierta. Martin saldría para acudir a su cita. Muy, muy nervioso. Y cuando el monstruo estaba nervioso... Elisa sabía muy bien lo que pasaba cuando Martin perdía la cabeza. Se enfadaba. Bastante. Pronto también Erika se enteraría.

Setenta y seis

1

—¿Soy hija de Martin? ¿Soy... tu sobrina?

Karin guardó silencio. Luego se dirigió a Michl.

—¿Puedes encargarte?

El hombre, con un gesto afirmativo, se acercó a una vitrina y la abrió con llave. Al instante liberó de libros uno de los anaqueles, en el fondo del cual brilló una caja fuerte de la que extrajo un sobre anaranjado. Se lo entregó a Karin, quien sacó una hoja doblada en cuatro y la blandió ante Sibylle.

Fue Michl quien lo explicó.

—Es una prueba de ADN. De tu ADN. Uno de los muchos análisis de sangre prescritos por mi padre. No hay nada de los Perkman en tus venas.

—Eso es lo que decís vosotros —protestó Tony.

—¿Y por qué íbamos a mentir?

—Porque vuestro relato resulta muy cómodo —los hizo callar Sibylle—. Martin mata a Erika, dibuja el símbolo y regresa a casa. Horst se percata de que algo no va bien, así que sigue los pasos de Martin hasta el lago y encuentra el cuerpo. El resto ya lo sabemos. Perfecto, diría yo. Incluso demasiado. Vosotros dos salís limpios como una patena.

Karin abrió el Von Juntz. Dentro estaban las otras fotografías imposibles. Las fotos de la dos a la seis. Erika tirada en la orilla del lago, con la sonrisa del colibrí a su lado.

—No hay nada perfecto. La verdad nunca lo es.

—Las fotos —preguntó Sib—. ¿Por qué guardarlas?

Una mueca en el rostro de Karin.

—Para castigarme.

—¿Como a Martin?

—Martin..., sí, claro. El pobre, el pequeño Martin. Martin el topito. Martin la víctima —Karin se incorporó y se inclinó sobre Sibylle con el puño levantado—. ¿Y yo qué? Yo estoy encerrada aquí dentro con él. Yo debía hacerme cargo de ese mentecato y protegerlo de Erika. Yo tengo que guardar el secreto. Tengo que proteger Kreuzwirt. Tengo...

—Cariño... —Michl la rozó con la mano.

El gesto pareció tranquilizar a la mujer.

—Esas fotos sirvieron para que no me olvidara de las consecuencias de mi gesto. Para enseñarme a no hacer tonterías.

—¿Y tal vez —preguntó Tony— impedir que Martin matara de nuevo?

—¿Estás pensando en Elisa? Aquello fue un accidente. Elisa no era la buena chica que todo el mundo describe. Nunca lo fue. Pero murió en ese maldito arroyo, así que...

—Y también la incineraron —dijo Tony—. La foto. La número uno. ¿Quién se la envió a Sib?

—Creemos que fue Martin —respondió Karin—. Aprovechó la confusión del funeral de mi padre para robarla y hacérnoslo pagar. Como buen Perkman.

Tony sintió que la sangre se le helaba.

—¿Acaso no está sedado? ¿Atado?

—No siempre.

—Entonces podría salir. Si quisiera.

—¿Lo dices por el *Wanderer*? —se mofó Michl.

—¿Cuánto sabe Gabriel? —preguntó Sib.

—Nada. El problema de los locos como Gabriel es que a fuerza de gritar llaman la atención. Aunque los bidones ya no estaban ahí, un laboratorio podría haber detectado rastros de radiactividad en el agua. Por eso, cuando empezó a hacer preguntas intentamos comprarlo, mandarlo lejos de aquí. Pero por las buenas no funcionó. Estaba locamente enamorado de tu madre. No tenía el valor de declarársele, pero se veía a la legua. Y también era evidente que Erika no se daba cuenta. La muerte de Erika fue un golpe durísimo para él, y a partir de entonces, trastornado, comenzó con el asunto del fantasma. Era su forma de...

—Vengarse de Kreuzwirt. ¿Por qué no matarlo? Mejor aún, ¿por qué no matarlos a los dos? A Gabriel y a Martin. Si os los hubieseis quitado de en medio, se habrían acabado los problemas.

—No somos asesinos —respondió Michl—. Y creo que ya es hora de volver a la realidad. Todos sabemos que nunca podrán imputar a Martin el homicidio de Erika. No existen pruebas. Ya no.

—Es cierto —objetó Tony—, pero podemos coger una muestra de agua del lago, hacerla analizar y arruinaros para siempre.

—A menos que queráis conocer la identidad del padre de Sibylle a cambio de vuestro silencio. Sabemos quién era y dónde vive. Sabemos con certeza que es su padre. Tenemos un test de ADN que lo confirma.

—¿Y qué nos impide aceptar, estrecharos la mano y luego joderos de todas formas?

—Nunca golpees a un animal moribundo —dijo Karin—. No dudará ni un instante en morder. Morder de verdad.

El papel permaneció suspendido en el aire.

Sib se levantó, abrió la puerta y gritó:

—¡Estáis acabados! Acabados, ¿queda claro?

Y se marchó.

Karin le entregó a Tony una tarjeta de visita.

—Será mejor que la chica entre en razón, señor Carcano. Tiene tiempo hasta mañana. Después...

—Tomaréis medidas.

2

Fuera llovía. Una llovizna tibia y molesta. Rudi estaba en el umbral, y cuando Tony pasó a su lado aquel le señaló el Mustang, más allá del portón.

—Es un coche precioso. Ya no los hacen así.

El puño salió disparado por su cuenta.

Rudi trastabilló hacia atrás. Tropezó y cayó.

—Ahora estamos empatados —dijo masajeándose la mandíbula dolorida—, pero lamento que se lo tomara a mal, señor Carcano. No era más que una actuación, ¿entiende? Yo solo hice lo que Karin y Michl me pidieron. He heredado las tareas de mi padre: asustar a la gente, inocular la rabia a los zorros...

—Para impedir que nadie se acerque al lago... Que os den por culo a ti y a esos zorros de mierda.

Rudi se incorporó. Se sacudió el pantalón.

—Señor Carcano, confío, realmente confío...

—¿Confía en no tener que matarme? ¿Es eso lo que está diciendo?

Rudi negó con la cabeza, parecía triste.

—Confío en que usted y la señorita Knapp sean felices. Nosotros seguiremos clavados aquí, pero ustedes pueden ser libres.

Setenta y siete

1

Tony conducía. Sibylle permanecía encogida en el asiento de al lado. No era difícil adivinar lo que estaba sintiendo. Dolor. Rabia. Desesperación.

—Deberíamos hablar, Sib.

—No.

—Es una decisión que no me corresponde a mí.

Sib se giró hacia él, furiosa.

—Yo ya he decidido. Vamos a hacer que estalle esta bomba.

—Así no. No puedes tomar una decisión semejante en...

Sib dio un manotazo en el salpicadero, encendió el equipo de música y subió el volumen al máximo. Elvis. *Hound Dog.* Esa canción llevaba doce años allí, al acecho.

Cuando llegaron a Val d'Isarco, Tony bajó el volumen.

—Los Carcano siempre han sido gente con callos en las manos. Mi padre era un obrero. Mi abuelo y mi bisabuelo, peones. Y otro tanto por el lado materno. Gente que se partía el lomo de sol a sol para arar los campos de otros. Los Carcano vivían en un mundo de mierda y estaban bien. Cabreados, por supuesto, pero era el santo cabreo de los Carcano. Les daba fuerzas para seguir adelante cada día, hasta cavarse la fosa.

Tony bajó la ventanilla.

El agua tibia lo abofeteó.

—Cuando a mi padre le detectaron el tumor, el oncólogo le dio seis meses de vida. Él resistió dos años. Un final propio de los Carcano: obligados a luchar hasta el último aliento. ¿Pero llorar en casa? Imposible. Los Carcano no lloran. Así que me llevaba a mi madre al cine y llorábamos allí. ¿Recuerdas lo que te conté de *Dos*?, ¿el chico y la chica cogidos de la mano en el cine? Nunca existieron. Éramos mi madre y yo.

Sib le daba la espalda.

Tony prosiguió.

—Cuando *Dos* entró en la lista de los libros más vendidos, mi padre estaba en el hospital, moribundo, pero no quería ni oír a mi madre cuando le leía las críticas. Mi éxito, para él, era un error del sistema, y cuando el sistema se diera cuenta me destrozaría. Los Carcano tienen callos en las manos, no éxito. Por eso encargué el Mustang. A mi padre le encantaba aquella película, *Bullitt*. Hice instalar el lector de CD porque le gustaba Elvis. Sí, Giuseppe Carcano escuchaba a Elvis Presley. Yo rezaba cada noche para que mi padre resistiera un día más, el tiempo suficiente para enseñarle el Mustang. Quería que entendiera que había triunfado. Era una bofetada, no un regalo. El Mustang llegó cuando el pobre hombre estaba en las últimas. Irreconocible, aunque sus ojos fueran aún los de Giuseppe Carcano. Un tipo que creía que liarse a puñetazos con su propio hijo lo ayudaría a convertirse en adulto.

—¿Tu padre y tú?

La voz de Sib: un susurro roto.

—Sí. El día que anuncié que me iba de casa y nunca trabajaría en la acería. Fue una buena pelea. Me marché de allí todo amoratado y sin nada en los bolsillos, y pasé la noche bajo el puente Resia. Nunca he dormido mejor, te lo aseguro. Me dormí jurando que ese cabronazo me las pagaría. Que Tony no acabaría como el resto de los Carcano.

Tony sonrió.

—¿Sabes lo que me dijo mi madre en el funeral? Que mi padre le había dicho lo mismo al suyo antes de echar mano a la maleta y emigrar a Bolzano.

Elvis comenzó a cantar *Love Me Tender*.

—Él siempre juzgó a la gente por el dinero que llevaba en el bolsillo. Quien tenía dinero era mejor que quien no lo tenía. El Mustang hablaba su idioma: costaba cuatro años de su sueldo. Lo aparqué debajo de la habitación del hospital donde mi padre se estaba apagando. Quería que viera mi regalo envenenado. Luego subí, lo saqué de la cama, lo arrastré hasta la ventana y se lo enseñé. Masculló que solo se lo creería cuando le demostrara que era realmente mío. Así que lo bajé en brazos y lo senté donde tú estás sentada ahora. «¿Es mío o no es mío?», le dije. Y ese cabronazo contestó que tal vez sí, pero que seguro que el motor no era un 428 como el de Steve McQueen. Entonces arranqué el coche y le hice escuchar el estruendo de esta bestia. «¿Quién es el fracasado, papá?», le pregunté. «¿Quién es ahora el fracasado, estúpido hijo de puta?»

Tony meneaba la cabeza.

—¿Y sabes lo que hizo? Me dijo...

Setenta y ocho

1

Giuseppe Carcano alargó una mano, un garfio devastado por la enfermedad, y dijo:

—Dame un cigarrillo y vamos a dar una vuelta, Tonino.

—Sabes que ya no fumo.

—Pero sabes conducir, ¿no?

Tony enfiló via Vittorio Veneto. Puso en marcha el equipo de música.

—Elvis —silbó su padre.

—Un tipo duro como tú, ¿eh, papá?

Era uno de los estribillos de su padre. Elvis era duro porque había tenido el valor de cantar como un negro delante de todos esos blancos racistas de mierda.

Giuseppe Carcano hizo un gesto con la mano, como para exigirle que no dijera estupideces.

—¿Te lo tragaste? Elvis me recuerda la primera vez que hice el amor con tu madre, lo demás son gilipolleces para chiquillos idiotas como tú. En la época de Elvis la gente escuchaba la radio, y en la radio no importaba el color de la piel, pedazo de listillo.

—¿Es eso lo que soy para ti, papá? ¿Un chiquillo estúpido?

—Un chiquillo estúpido que no entiende nada. Nada.

El semáforo ante el que estaban detenidos pasó del rojo al verde. Tony salió disparado, haciendo chirriar los Firestone. La risa de Giuseppe fue el arañazo de la muerte en sus pulmones.

—Así se hace —dijo—. Dale un poco más de caña a esta máquina, Tonino.

—Odio —dijo Tony, acelerando— que me llames así. De nuevo esa risa.

Tony apretó un poco más el acelerador.

—No sabes nada —protestó—. Ni de mí ni de ti mismo. No sabes nada de cuando llevaba a mamá al cine para dejar que llorara en paz, puesto que tú, tonto de las narices, no quieres que la gente llore delante de ti. Porque tienes miedo. Tienes miedo de todo el amor que sientes por ella y por mí. El tipo duro, ¿verdad? El Steve McQueen de via Resia.

Adelantó a un Alfa Romeo. Luego, a una Ducato. El conductor le lanzó una descarga de improperios. El Mustang rugía. Tony no tenía valor para mirar a su padre. Así que aceleró más todavía.

—Ahora me toca hablar a mí, papá. Te ha salido un tumor para cabrearme. Porque habría sido bonito verte envejecer, ver cómo comprabas un ejemplar de alguno de mis libros. Verte feliz, joder, feliz por lo que estoy construyendo. Porque estoy construyendo algo. Les estoy regalando un final feliz a los Giuseppe Carcano de este mundo. Para ahuyentar los fantasmas de una vez y acabar con el odio. Pero tú estás hecho de una pieza, tú no aceptas que las historias puedan acabar bien. Tú te marchas antes de que tu hijo encuentre el valor de decirte lo que tú, cobarde, tendrías que haberle dicho hace muchos, muchos años...

Se saltó un semáforo. Un Toyota gris tuvo que frenar en seco. Tony lo evitó.

—Que te quiero, maldito capullo.

Redujo la velocidad, y el rugido del Mustang fue dando paso a un ligero bisbiseo.

—Te quiero, papá.

Tony estaba bañado en sudor. En el primer cruce, cambió de sentido. Y por fin encontró el coraje para mirar a su padre. Dormía. A Tony se le escapó la risa.

«Uno a cero para ti, papá.»

Lo despertó al llegar al hospital. Confuso, Giuseppe le pidió un cigarrillo. Tony lo arrastró fuera del habitáculo del Mustang. Un enfermero corrió hacia ellos empujando una silla de ruedas y cubriéndolo de reproches.

Cuando estuvo bien sentado en la silla, su padre abrió los ojos. Movió los labios.

—No fumo, papá.

Giuseppe le hizo una señal para que se acercara. Tony tuvo que agacharse y aspirar el olor de la enfermedad.

—Te he dicho que no...

Giuseppe le apretó el brazo. Con fuerza.

2

—Se acabó —jadeó su padre— la época en que los Carcano doblaban la cerviz, ¿de acuerdo, muchacho?

Setenta y nueve

1

Shanghái.

Sib se enjugó una lágrima.

—La gente como los Perkman siempre cae de pie —dijo Tony—. Nunca irán a la cárcel. Habrá un escándalo, algún colaborador de la compañía perderá su puesto, ¿pero Karin y Michl? Seguirán allí, en la Villa de los Sapos. Kreuzwirt olvidará. Se les da bien olvidar, tú lo sabes también. Yo pude pelearme con mi padre. Pude comprender cuánto de él había en mí. Y aunque quisiera herirlo, supe cómo hacerlo feliz. Al final, pero tuve esa posibilidad.

2

El teléfono sonó a las tres de la tarde. Karin caminaba arriba y abajo, ligeramente achispada.

Fue Michl quien contestó.

—¿Qué condiciones? —dijo, frunciendo el ceño.

Después su rostro se contrajo en una mueca.

—Lo primero es posible. Pero lo segundo...

Silencio.

—Esta noche. De acuerdo.

Terminó la comunicación.

Karin se sirvió otro Martini.

—¿Y bien?

—Aceptan.

—Lo sabía —dijo Karin, radiante.

—Pero Sibylle quiere hablar con Martin. Y Carcano ha pedido...

Ochenta

1

Tony era la tercera noticia, después de la fuga de algunos cerdos de una granja de Val di Maces y las declaraciones de un concejal sobre el restablecimiento de la circulación tras un desprendimiento en Val Gardena. La cámara de televisión encuadraba a una mujer vestida de oscuro que, de no ser por su expresión malhumorada, habría salido muy guapa.

Polianna apagó el cigarrillo. Si Tony hubiera descubierto que, por la noche, después de cenar y de tomarse una copita de licor, se permitía uno de esos venenos, se habría vuelto loco. Pero las damas debían tener sus secretos. Formaba parte de su encanto. Polianna se frotó las manos, saboreando de antemano el espectáculo.

La mujer vestida de negro apareció en primer plano.

El texto al pie de la pantalla decía: «Giovanna Innocenzi, periodista».

«Ha sido un error —decía la mujer—. Una fuente ha tratado intencionadamente de hundir la imagen de Las Perlas de Giò, desacreditándonos con noticias falsas y un hábil montaje de imágenes que no responden a la verdad».

«Y ha pagado los platos rotos el célebre escritor Tony Carcano.»

«Sí, desde luego, él también.»

«Entonces podemos afirmar que las fotografías que mostraban al escritor...»

La mujer negó con la cabeza, irritada.

«Ha sido una fuente la que ha engañado a nuestra redacción. Por tanto...»

Polianna rechinó los dientes, medio incorporada en el sofá. Subió el volumen del televisor.

«Por tanto, pedimos disculpas a nuestros lectores y sobre todo pedimos disculpas a la persona directamente afectada.»

«¿Se refiere usted a Tony Carcano?»

«Sí, a él me refiero.»

La cámara se demoró unos segundos en la cara de Giò. Parecía que acabara de tragarse un par de kilos de limones. Polianna rompió a reír ruidosamente.

—¡Maldita zorra! —exclamó—. ¡Chúpate esa, pedazo de idiota!

La retahíla de insultos continuó un buen rato. Pero al igual que con el cigarrillo, Polianna no se sentía culpable en absoluto. Después de todo, había nacido y crecido en Shanghái.

Ochenta y uno

1

Tante Frida dejó de cepillarle el pelo a Severino en cuanto vio asomar la cara de Giovanna Innocenzi en la tele de cincuenta pulgadas del salón de su casa. Advirtiendo la tensión en el aire, Severino enroscó la cola y frotó su cabeza contra la muñeca de la abogada. En cuanto la periodista vestida de negro empezó a hablar, *Tante* Frida se puso en pie de un salto y Severino decidió salir pitando. El tiempo de las caricias había terminado. No se lo tomó a mal. Era un gato, y los gatos no sienten rencor. Al menos hasta que *Tante* Frida volviera a acercársele. Brincó con agilidad entre los anaqueles de la estantería, se hizo un ovillo encima de un ejemplar de *Moby Dick* y cerró los ojos. Era un sitio perfecto para echar un sueñecito.

El reportaje del telediario se evaporó.

Tante Frida aferró el teléfono.

«¿Qué estás tramando, Tony? ¿Qué está pasando? ¿Por qué no contestas?»

Ochenta y dos

1

El olor de la turbera ahuyentaba el cansancio. Perfumes. Olores. Una delicia.

Los sonidos, en cambio, lo asustaban un poco. No tanto como los truenos, porque no había nada peor que los truenos, pero esos crujidos, esos murmullos, hacían que volviera a su memoria la Cosa babeante salida del bosque. La Cosa babeante que decía «¡Krrrka!» y con la que Freddy había soñado más de una vez.

Solo que en los sueños, en vez de desaparecer en la espesura del bosque, la Cosa lo atacaba. Peor aún: la Cosa hundía los colmillos en la carne de Tony. Tony gritaba, imploraba su ayuda, pero Freddy no podía detenerla.

Freddy gruñó.

Solo eran sueños, ahora estaba despierto y no iba a pasar nada malo, porque Tony estaba con él y Tony no era un humano como los demás, pues sabía cantar la canción mágica que espantaba el miedo.

La misma que Tony estaba mascullando en ese momento, sin percatarse siquiera.

2

Michl la condujo al interior de la villa. En la primera planta recorrieron un pasillo que daba a una empinada escalera de caracol y subieron a la cumbre de la torre astronómica. Karin estaba esperándola. Pareció alegrarse de verla. Pero cuando Sib se sentó frente a ella, se dio cuenta de que en realidad estaba borracha.

—Esto es para ti —dijo Karin deslizando un sobre por encima de la superficie de la mesita entre ella y la muchacha. Sib ni siquiera lo miró.

—¿Dónde está Martin?

—Martin no...

—Sin Martin no se hace nada.

Karin se retocó el peinado. Había una alegría malévola en su mirada.

—Tan solo quería ahorrarte el sufrimiento.

La dejó sola.

Sib aferró el sobre. Le dio vueltas entre las manos. No era el nombre de su padre, sino el de un fantasma, lo que había dentro. Tony nunca lo entendería. Como no entendería lo que estaba a punto de hacer. Por eso le había contado una mentira. «He de decirle adiós a Erika y he de hacerlo sola.» Tony no había protestado.

«Los fantasmas son instructivos y crueles», había dicho el escritor en cierta ocasión. Sib estaba de acuerdo. Erika había sido cruel con ella. Aunque sabía que a su madre la habían asesinado, que no la había abandonado, la rabia acumulada durante todos esos años la acompañaría aún por mucho tiempo. Quizás para siempre.

Por eso había mentido a Tony. No había aceptado el pacto con los Perkman para conocer la identidad de su padre. Su padre era un fantasma y ella no necesitaba más espectros en su vida. Lo había hecho únicamente para poder ver a Martin, para revivir a través de sus palabras lo que sucedió la noche del 21 de marzo de 1999, decirle adiós al fantasma de Erika y hundir el cortacapullos en el corazón de su asesino.

3

«Los fantasmas saben ser instructivos y terribles», pensó Tony cuando la Krotn Villa engulló a Sibylle, con sus muros cubiertos de hiedra, el mausoleo y la torre astronómica como un dedo apuntando al cielo.

¿Señalaba a Dios? A lo mejor. O quizás al espacio oscuro entre una estrella y otra. El oscuro eje entre los mundos, como lo habría llamado Von Juntz. Para rehuir semejantes pensamientos Tony se internó en el bosque y caminó hasta el lago.

Contemplándolo, apacible bajo la luna llena, se sorprendió. Esperaba hallar algo, una huella de la sangre derramada en sus orillas, el eco de la muerte que anidaba en su fondo. Pero del horror que allí se había consumado, de la muerte de Erika y el ultraje de su cadáver, no quedaba ni rastro.

Incluso Freddy meneaba la cola como si ese fuera un lugar como cualquier otro. A lo mejor el san bernardo tenía razón, pensó Tony. El infierno era un sitio cualquiera.

Se acuclilló y le acarició el lomo. Freddy respondió lamiéndole la cara.

—Muy bien, cachorrito, muy bien.

Polianna lo había telefoneado. Le había contado que Giò se había disculpado en la tele. Era la primera condición que Sibylle había impuesto a los Perkman. «Tenías que haberle visto la cara a esa puñetera sabelotodo», dijo Polianna. Tony nunca la había oído hablar en esos términos. La mujer le rogó que tuviera cuidado. «No sé qué estáis tramando, pero esa muchacha me gusta. Y me gusta que tú le gustes. No la pierdas de vista. Hazlo por mí, ¿vale?»

También *Tante* Frida lo acribilló a llamadas, aunque Tony no respondió. Una llamada de *Tante* Frida podía complicar la situación. Cada cosa a su tiempo.

Las luces de la villa llamaron su atención. No se había percatado de lo cerca que estaban la casa y el lago. Calculó unos ochocientos metros en línea recta. En la oscuridad que circundaba la turbera, la torre brillaba como un faro.

4

Karin lo había llamado «monstruo». Qué insensibilidad. Sin embargo, cuando Martin hizo su aparición, Sibylle pensó exactamente lo mismo. Era como si su cara la hubiera modelado un Dios absurdo y cruel.

El hombre al que Michl acompañó a lo alto de la torre astronómica tenía la mitad de la cara devastada por el fuego y la otra mitad, la izquierda, libre de quemaduras y casi idéntica a la del honorable y orgulloso Friedrich Perkman que aparecía radiante en las fotografías de boda que la tía Helga le había enseñado.

Michl lo ayudó a sentarse. El ojo ciego de Martin no hacía más que mirar a la muchacha. El gemelo de Karin apoyó las manos en la mesa. Tenía dedos largos y fuertes. Vestía un traje oscuro, con una corbata negra en la que destacaba un pequeño alfiler en forma de ave. Un minúsculo colibrí con las alas extendidas.

—Si me necesitáis...

Michl no terminó la frase. Salió y cerró la puerta.

—Tú mataste a mi madre.

Ninguna respuesta.

—¿Fuiste tú quien dejó su fotografía en mi buzón?

Martin se ajustó la corbata.

—¿Por qué lo hiciste?

Un estremecimiento.

—¿Por qué mataste a mi madre?

Martin chascó los dedos. *Chas. Chas.* Una rápida sucesión. Y un chiflido. Un silbo melodioso.

—«El Bosque Salvaje está bastante poblado ahora —recitó con voz ronca e insegura—, con la gente de costumbre: buena, mala y regular, sin mencionar nombres. De todo hay en la viña del Señor. Pero me imagino que a estas alturas tú también sabrás algo del asunto».

—*¿El viento en los sauces?*

Martin asintió. *Chas. Chas.*

—*Lehrerin* Rosa me ha dicho que no tienes un pelo de tonto. Así que no hagas teatro. Quiero respuestas.

El cortacapullos hizo su aparición.

—A cualquier precio.

—A veces —dijo la voz desmadejada de Martin— confundo los sueños con la realidad. Y viceversa. A veces, como esta noche, creo que no hay diferencia entre lo que sueño y lo que veo. ¿Puedes jurar que esto es real? ¿Puedes probar que no estoy soñando? ¿Que tú misma no estás soñando? ¿O que no somos más que el sueño de una chica que muere a la orilla del lago? —se pasó la mano por la mejilla lastimada—. Erika era la única que no me tenía miedo. Nunca me amenazó con una navaja como esa.

—Si lo hubiera hecho, aún estaría con vida. Y tú, muerto.

—¿Quién te dice que no lo estoy?

Sibylle rechinó los dientes.

—Déjate ya de jueguecitos.

—¿Has aceptado el pacto? ¿Como hizo mi padre? ¿Como hicieron todos en Kreuzwirt?

Sibylle no se molestó en contestar. Aferró el sobre y lo rompió por la mitad. Luego en otras dos mitades. Redujo la identidad de su padre a un puñado de papel y tinta.

—He aceptado para poder hablar contigo. A solas.

—Y matarme.

Sibylle lo miró largo rato antes de responder.

Sibby Calzaslargas se despidió de Tony. «No hay futuro para los asesinos», pensó.

—Y matarte.

Ochenta y tres

1

Una sombra salió de la villa. Una sombra que sonreía. Saboreaba anticipadamente la muerte que la noche traía consigo.

2

—Erika cantaba para mí. Para el topo. El topo está bajo tierra, como los muertos. Los muertos están en paz, los muertos lo saben todo. Yo no estaba en paz, pero lo sabía todo. Sabía lo que mi padre y Horst escondían en el lago. Los oía hablar.

Una risotada.

—Ratoncitos. Como ratoncitos en las paredes. Nunca me descubrieron. Nadie ve al topo. El topo es silencioso. El topo es invisible. Solo Erika lo veía. Y cantaba. Cantaba para mí. A ella no le daba miedo mi cara. Mi...

—¿Locura?

Martin asintió. Luego meneó la cabeza.

—No es locura. El topo odia. Odia y punto.

—¿A quién?

—A todos.

Martin emitió esa respuesta con una extraña alegría infantil, como si experimentar odio hacia cualquiera fuese lo más natural del mundo. Sibylle se sobrecogió; apretó la navaja con más fuerza.

Martin hacía chocar las uñas unas contra otras. *Tictictic*. Como un insecto.

—Karin decía que el fuego mató lo bueno que había en mí y dejó solo lo malo. Por eso soy como soy. Eso decía. El topo. Las llamas se ensañaron conmigo y no con ella. Por eso yo estoy solo y ella ha encontrado el amor.

—¿Michl?

—Un hombre cuyas cicatrices van por dentro.

—Él...

—Igual que su padre. Horst y sus libros. Si estás aquí, habrás leído el Von Juntz. Y conocerás a Grahame.

—¿Grahame mató a su hijo?

—Tal vez. O tal vez no —Martin señaló el observatorio—. Pero lo encerró.

Una risita. Un doble chasquido. *Chas. Chas.* Martin se levantó. Sibylle hizo lo mismo, de un respingo, con la navaja en el puño. Martin ni siquiera lo advirtió.

Se acercó a la ventana, dándole la espalda.

—Quiero que me hables de Erika —dijo Sib—. ¿Cómo la mataste?

—Erika predijo este momento. Con el tarot. Me dijo que algún día vendría a verme una mujer bellísima y muy enfadada. Que esa mujer traería malas palabras que convertirían al topo en príncipe.

Martin se dio la vuelta.

—Erika siempre tuvo esperanza. Siempre. Por eso murió. Porque confiaba en la gente.

—Confiaba en ti. Y tú la mataste. Ibais a encontraros, quería acompañarte al *Maturaball*...

—Ay, el *Maturaball*... Cantos, bailes y risas. ¡Cuántas risas! Erika quería presentarme a todo el mundo. Dijo que algunos sentirían miedo o repulsión, pero que muchos otros lo comprenderían. El topito ya no estaría muerto, no tendría que seguir bajo tierra. El topo, decía Erika, podría ver la luz del sol.

—No solo cuando te escapabas a escondidas de la villa.

—Esa no era luz de verdad.

—Te quería.

—Sí.

—Y aun así la mataste.

—Karin lo descubrió todo, escuchaba nuestras conversaciones secretas. Había descifrado nuestro lenguaje. Me torturó durante días antes del *Maturaball*. Quería ponerme furioso, igual que con Elisa. Dejó la puerta abierta. Luego se marchó al *Maturaball* con Michl. Pero yo no salí. Aquella noche no salí en ningún momento de esta casa. Tenía miedo. De todos esos ojos, de toda esa gente que me habría mirado y habría visto al monstruo —Martin la miró de frente: las lágrimas surcaban su rostro desgarrado—. No fui yo quien mató a Erika.

3

—Siempre me ha gustado este lugar —dijo una voz que procedía de la oscuridad.

—Michl.

—¿Le he asustado? Lo siento.

Michl se inclinó sobre Freddy. Le acarició el hocico. El san bernardo emitió un sonido de satisfacción.

—¿Me estaba siguiendo?

—Imaginaba que lo encontraría aquí. Como ya le he dicho, es un hermoso lugar. Siempre me ha gustado. Tiene el poder de calmar los malos pensamientos.

—Usted no me da la impresión de ser un insomne.

—No lo soy. Es Karin la que tiene dificultades para dormir, aunque tampoco se la podría calificar de insomne. No técnicamente, en cualquier caso.

—¿Y Martin?

—Martin es una criatura sencilla —contestó Michl—. Necesita pocas cosas.

—¿Alguien que le lea *El viento en los sauces* y encubra sus asesinatos?

—Ha hablado en plural. Los asesinatos. ¿Cree usted que Martin es el *Wanderer*?

—En realidad, lo que me preguntaba es dónde estaba usted el 21 de marzo de 1999.

Michl se echó a reír. Su risa se prolongó largo rato. Las tinieblas de la turbera se alimentaron de ella.

—Acompañé a Karin al *Maturaball* —dijo Michl—. Llevaba un vestido precioso. No hacían más que mirarla, todo el mundo. Hubo muchos chismorreos esa noche, si entiendes lo que quiero decir.

—O sea, un montón de testigos. Todos ellos buena gente de Kreuzwirt, me imagino. Todos ellos con grandes deudas con la familia Perkman. Todos los que conocían los manejos de su padre.

La sonrisa desapareció de la cara de Michl.

—Hay ciertas cosas sobre las que es mejor no bromear.

—¿Tan fácil es comprar a un ser humano?

—¿Me está interrogando, señor Carcano? ¿O es tan solo que su espíritu de escritor se siente inspirado por este paisaje?

—Soy una persona curiosa.

Horst le hizo una caricia a Freddy, y a continuación apuntó a Tony con una Beretta.

Freddy se puso rígido.

—Tire la calibre 22, por favor —dijo Michl.

—¿Qué 22?

—El arma que lleva escondida a la espalda.

Tony obedeció.

La pistola se perdió entre los arbustos de la turbera.

Freddy comenzó a agitarse. Michl le apuntó con su arma.

—Haga que se porte bien, detesto la idea de hacerle daño a un perro.

Tony se acuclilló y comenzó a acariciar al san bernardo, tratando de calmarlo.

—¿No había ningún pacto, verdad, Horst? —preguntó mientras Freddy se tranquilizaba poco a poco—. ¿La idea es hacer desaparecer los cadáveres en el lago?

—Los cadáveres se encontrarán, horriblemente quemados. Buenos amigos del hospital identificarán en ellos a Michl Horst, Karin y Martin Perkman. Sobre esto último ni siquiera tendrán que mentir. Una auténtica tragedia, ¿no te parece?

Tony se incorporó. Michl volvió a apuntarlo con la pistola. Freddy aulló, pero nada más. Su hocico se movía inquieto, husmeando a su dueño y al otro hombre.

Tony le hizo una última caricia en la cabeza.

—Subestima usted a Polianna —dijo.

—¿Su asistenta? —se rio Michl—. ¿Es que debería preocuparme?

—Por supuesto que debería hacerlo. Si mañana no me encuentra en casa, se pondrá hecha una furia, se asustará e intentará ponerse en contacto conmigo. Si no lo consigue, llamará a mi agente, quien se cabreará como un mono porque aún he de entregarle una novela por la que ya he cobrado un buen cheque del que, a su vez, ya ha sacado su sacrosanta tajada. Todo ello dará lugar a una cadena de acontecimientos que conducirá a un montón de gente enfadada a la búsqueda del abajo firmante. Nunca hay que interponerse entre un editor y su libro, créame.

Michl se echó a reír.

—Valoro su intento, de verdad. Camine, se lo ruego. Yo iré detrás de usted. Y no suelte la correa de ese hermoso animal. Hay un montón de zorros rabiosos por los alrededores.

Ochenta y cuatro

1

Karin estaba bañada en sudor. Michl montó en cólera cuando la encontró borracha, y la forzó a tragar café hasta que le entraron náuseas. La borrachera cedió lo suficiente para que pudiera hacer lo que estaba haciendo. Quemar la cárcel. La Krotn Villa. Destruirla.

Cuando su padre murió, Michl y ella respiraron aliviados. La reclusión había terminado. Una caída por las escaleras eliminaría al monstruo, y después serían libres. Pero Martin lo estropeó todo. Le mandó la fotografía a Sibylle, y cuando Karin y Michl se percataron, cuando Sibylle empezó a hacer preguntas..., todos los sueños de libertad se desvanecieron.

Así que tuvieron que elaborar un nuevo plan de fuga que incluyera, al margen de la de Martin, la desaparición de Sibylle y el escritor.

—Pero el monstruo debe morir primero.

El eco de sus palabras retumbó en la villa. Aquella maldita villa estaba llena de fantasmas. Pero ellos también, pensaba Karin, morirían en el incendio.

Con el tanque de gasolina en la mano, se dirigió a la torre astronómica.

2

La cara de Martin se contrajo en un rictus de dolor.

—Si hubiera salido aquella noche, puede que Erika siguiera con vida. Pero no lo hice. Me quedé en la ventana escuchando la música que llegaba del Black Hat. Se lo dije a mi padre, se lo dije al doctor Horst. No me creyeron. Yo solo era el topo, el monstruo, ¿por qué iban a creerme? El único que lo hizo fue Gabriel. Le expliqué lo que había pasado y él...

—Se volvió loco.

—No, Gabriel siempre ha sido el animalito más lúcido del Bosque Salvaje. El único que ha comprendido que Tommy Rayodesol está entre nosotros.

Sibylle sintió que se le paraba la respiración.

—¿El *Wanderer*?

—El *Wanderer* existe. El *Wanderer* mata. Y todos los animalitos del bosque cantan para él.

En ese momento notaron el olor. Gasolina. Luego el ruido. Como una explosión. A continuación, el humo. Acre. Se filtraba por debajo de la puerta en volutas densas y negras.

Sibylle intentó mover el picaporte, pero alguien había cerrado con llave.

—Mier...

Martin se le echó encima.

El cortacapullos salió volando.

3

Michl se protegía la cara con un pañuelo. El viento empujaba el humo en su dirección, el olor era nauseabundo.

Tony, delante de él, no dejaba de toser. Freddy miraba a su alrededor, asustado, tembloroso, pero sin tirar de la correa. Freddy lo acompañaría hasta el infierno, con tal de no abandonarlo. Y eso llenaba a Tony de rabia. Se aferró a ella. La rabia era mejor que la desesperación, que le traía a la mente la imagen de Sib retorciéndose entre las llamas que salían de la torre. Tony la ahuyentó. Sib estaba bien, no había muerto, y si quería ayudarla debía permanecer lúcido; de lo contrario, cuando Michl le ofreciera una oportunidad, no sería capaz de aprovecharla.

Michl empujó a Tony hacia la puerta de lo que antaño había sido el invernadero de la señora y que tras su muerte se había utilizado como almacén de herramientas.

—Adelante. Está abierto.

Tony derribó la puerta de una patada.

—A la mierda.

Oyó a Michl comentar a sus espaldas:

—Teatral, pero liberador. A la izquierda hay una barandilla, agárrate a ella y avanza.

Un cristal estalló sobre sus cabezas. El fuego se estaba propagando deprisa.

Freddy ladró.

4

Karin se esperaba las llamas, pero no una explosión. En cambio, en cuanto la cerilla cayó sobre el charco de gasolina, una mano dura e invisible la lanzó contra el suelo.

La mujer se levantó y subió tambaleándose las escaleras hasta la segunda planta. Se movió con rapidez por el pasillo hasta llegar a la biblioteca. El suelo estaba cubierto de alfombras, y sobre las alfombras Michl había colocado un bidón de gasolina, como habían planeado. Karin hizo ademán de proseguir, pero algo la detuvo, un detalle fuera de lugar: el Von Juntz no estaba en el centro de la mesa oval donde lo habían dejado el día anterior.

«Michl», pensó. Michl no quería que ese libro ardiera junto a los demás. Había protestado cuando ella le dijo que el *Unaussprechlichen Kulten* correría la misma suerte que el resto de los volúmenes de la colección.

Karin odiaba ese libro. El doctor Horst los había obligado a ella y a su hijo a pasar horas y horas inclinados sobre él, estropeándose la vista y llenándose la cabeza de gilipolleces. Lo odiaba casi tanto como a su hermano gemelo, que siempre estaba escuchando a escondidas. O a su padre, que había dado su aprobación a esa tortura.

No, el Von Juntz tenía que acabar hecho cenizas. Michl había cedido. No era más que un libro estúpido, había dicho, besándola en la frente. El beso de Judas: Michl había mentido. Y Michl, decidió Karin reemprendiendo el camino, se las pagaría. A mitad del recorrido, una voz invocó su nombre: Martin.

Karin apretó los puños.

Michl le había asegurado que la puerta del observatorio astronómico no se abriría, que era robusta. Ese idiota había dicho que Martin y Sibylle morirían a causa del humo, antes incluso de que los alcanzaran las llamas. En cambio...

—¡Karin!

Había recriminación en su voz. Había rabia. Había furia.

Karin se volvió hacia él y le sonrió.

—Hermanito.

Martin se detuvo, atónito.

—Te quiero, hermanito. Siempre he cuidado de ti. ¿Recuerdas? *El viento en los sauces.* ¿Quién te lo ha leído todos estos años? ¿Quién te ha alimentado? ¿Quién te ha protegido del frío? ¿Quién te permitía ir al bosque, hasta el lago?

Martin se tambaleó.

Pero no por culpa del peso de Sibylle, que colgaba exánime de su macizo hombro.

Karin le tendió los brazos.

—Ven conmigo, hermanito. Deja a esa chica. Está muerta. No hay nada que podamos hacer por ella. Lleva muerta mucho tiempo.

—No, Sibylle...

Karin se rio, y su risa se superpuso al crepitar de las llamas.

—No es Sibylle, tonto. Sibylle es un bebé. Es a Erika a quien has matado, el cadáver con el que cargas desde hace muchos, muchos años. Pero Erika no te quiere como yo, hermanito. Ven conmigo, nos marchamos. Juntos. Cuidaré de...

Las llamas alcanzaron el bidón en la biblioteca y el mundo fue devorado por un estruendo que pareció sacudir los cimientos de la Krotn Villa. A las llamas siguió un humo denso y espeso.

Karin intentó ponerse a salvo alcanzando la escalinata que llevaba a la planta baja, pero un dolor terrible, cegador, le fulminó los tobillos y se lo impidió. Gritó. Las piernas dejaron de sostenerla, se le doblaron las rodillas y, cuando rozó el suelo, su cuerpo rebotó y la cabeza salió despedida hacia atrás.

En ese momento, Karin vio. Y comprendió que había estado ciega y sorda durante toda su vida. Tal como había escrito Von Juntz, el *Wanderer* existía. Y tal como el *Unaussprechlichen Kulten* prescribía, ella se encontraba de rodillas en su presencia.

Ochenta y cinco

1

En cuanto llegaron al salón principal de la Krotn Villa, bajo la mirada de los cuadros que retrataban a Friedrich Perkman, la señora y el doctor Horst, Michl le instó a que se girara. Tony obedeció. El cañón de la Beretta le pareció enorme.

—De rodillas.

—¿Como delante del *Wanderer*?

—No seas ridículo.

Tony negó con la cabeza.

—Lo siento. La época en que los Carcano se arrodillaban acabó hace tiempo, Horst. Si quieres matarme, tendrás que hacerlo mirándome a los...

Tony saltó hacia delante. Vio claramente el dedo de Michl presionando el gatillo. La Beretta tronó. Tony cerró los ojos. La bala pasó silbando a pocos centímetros de su cuello.

Freddy ladró, espantado, pero no huyó. Una segunda bala se estrelló entre sus patas y Freddy se escoró hacia un lado, pero ni siquiera entonces se dio a la fuga.

En ese instante, Tony cogió impulso. Golpeó a Michl con un cabezazo en plena cara. Notó cómo la consistencia del cartílago de la nariz se hacía trizas.

Michl trastabilló llevándose las manos al rostro. Tony golpeó una segunda vez, lanzó un puñetazo al hígado y Michl se dobló hacia delante. Un rodillazo lo dejó tumbado en el suelo.

Tony no le dio tiempo de recuperarse: se echó encima de él y le inmovilizó los brazos usando la fuerza y el peso de sus piernas; luego, sentado sobre el pecho de Michl, comenzó a golpear, metódicamente, hasta que los nudillos hicieron salpicar sangre. Horst gimió una última vez, puso los ojos en blanco y perdió el conocimiento.

Tony recogió la Beretta y apuntó con ella la frente de Michl. Sería fácil. Sería justo. Quizás. Pero ese «quizás» fue suficiente: Tony no disparó.

Soltó un grito animal. Se enderezó, se permitió una última patada, pero no disparó. En vez de eso, se agachó junto a Freddy, que temblaba y aullaba intentando evitar las chispas que, como una nieve infernal, caían del techo.

—Vamos a buscar a Sib —le dijo Tony— y nos largamos de aquí, ¿vale, Fred?

Una voz jadeante lo llamó por su nombre.

—¡Carc... Carcano!

Rudi.

Rudi era una máscara de sufrimiento. Los labios partidos, el ojo izquierdo tan hinchado que no podía permanecer abierto, respiraba con dificultad y se sujetaba el pecho como si tuviera más de una costilla fracturada. Pese a todo, se arrastraba escalinata abajo, a tientas, intentando alcanzar a Martin, que había llegado ya al último peldaño, también él cubierto de sangre pero sosteniendo entre sus brazos el cuerpo inerte de Sibylle. Freddy aulló.

—Erika ha muerto —dijo Martin mostrando a Sibylle—. Erika ha muerto.

No hubo dolor. No hubo rabia ni desesperación. Tony no sintió nada. Solo frío.

Apuntó con la pistola.

—No se llama Erika. Se llama Sibylle.

—Sibylle es la niña. Sibylle no sabe cantar.

—Tú —fue la única palabra que salió de la boca de Tony. El índice se posó en el gatillo.

—El mundo es el centro del claro —dijo Martin—, nosotros somos los animalitos. Yo soy el topo. Erika era el zorro. Erika ha muerto ahora. Sibylle es...

Sibylle se movió.

La Beretta permaneció muda.

Por el rabillo del ojo, Tony advirtió que Rudi casi había llegado a la espalda de Martin. En la mano derecha, el guarda de la Krotn Villa apretaba un cuchillo de hoja estrecha y afilada que reverberaba a la luz del incendio. Tony vio cómo el hombre reptaba hasta la barandilla, se agarraba a ella sujetándose el pecho y trataba de enderezarse.

«Date prisa, maldito bastado, y te juro que me olvidaré incluso de lo que le hiciste al Mustang.»

Tenía que ganar tiempo.

—Fuiste tú —le dijo Tony a Martin— quien mató a esas mujeres, ¿verdad? ¿Cuántas? ¿A cuántas mataste?

No hubo respuesta.

—En todas las ocasiones era a Erika a quien matabas, ¿no es así? —prosiguió Tony, acosándolo—. La matabas una y otra vez. Luego salías por ahí vistiendo su ropa. Te convertías en ella. Como el *Wanderer.*

El fuego estaba por todas partes. El aire era irrespirable. La ceniza formaba remolinos negros. La temperatura era insoportable. Tony rezó para que el sudor no se le metiera en los ojos. Rezó para que Rudi se diera prisa. Para que terminara la pesadilla.

Rudi se incorporó por fin, trabajosamente, encorvado, con el cuchillo en la mano derecha.

«Hazlo», pensó Tony.

Rudi cogió aire, arqueó la espalda y flexionó el brazo hacia atrás, la punta de la hoja vuelta hacia el exterior, como si fuera a golpear a Martin con una fusta en vez de con un cuchillo. La hoja se disparó. El guarda de la Krotn Villa acompañó el latigazo doblándose hacia delante con las piernas y el torso, como un niño que se dispone a lanzar piedras para hacerlas rebotar en el agua.

La hoja del cuchillo dibujó un arco brillante, atravesó el humo y segó la carne de Martin justo por encima de los tobillos, en un único gesto, eficiente, práctico y casi elegante. La sangre brotó de las heridas y las piernas de Martin cedieron de golpe.

Con un gemido estrangulado, el gemelo de Karin cayó de rodillas en el instante en que Rudi se alzaba, tambaleante, y Tony se dio cuenta de que el guarda de la Krotn Villa no estaba sujetándose el pecho: estaba protegiendo algo contra el pecho.

Un libro de tapas negras, con una espiral grabada a fuego. El *Unaussprechlichen Kulten*.

Martin abrió los ojos de par en par y dejó caer el cuerpo de Sibylle. Tony ni siquiera se movió para agarrarla, se había quedado estupefacto ante la visión del Von Juntz y el modo en que Rudi, a pesar del fuego, el humo y el caos reinante, guardaba el libro dentro del pantalón tras limpiar con la manga de la camisa las salpicaduras de sangre de Martin, quien, de rodillas, masculaba algo.

«Martin —pensó—, de rodillas».

Como...

2

«—Rata —susurró tembloroso, recuperando por fin el aliento—, ¿tienes miedo?

—¿Miedo? —murmuró la Rata, con los ojos brillando de amor—. ¡Miedo! ¿De Él? ¡Nunca! Y sin embargo... sin embargo... ¡Oh, Topo, tengo miedo!

Entonces los dos animalitos se arrodillaron, inclinaron la cabeza y lo adoraron».

3

«La adoración satisface al *Wanderer*. La cabeza hacia las estrellas y la rodilla en el suelo. Penitente y reverente. Allá donde el músculo es fuerte, se doblega. Donde la voluntad no cede, la mirada del *Wanderer* corta.»

4

... como en presencia del *Wanderer.*

Tony desplazó la Beretta de Martin a Rudi, quien entretanto había llegado a la altura de Sibylle, la había levantado y la sostenía sujetándola por la cintura. Ya no parecía el muerto viviente de antes.

—No lo hagas —le instó Tony.

Rudi parecía pasmado.

—Al suelo —le gritó Tony—. Tira ese cuchillo al suelo. Y suelta a Sibylle.

Martin, de rodillas, gorjeó algo.

—Erika.

En los oídos de Tony sonó: «¡Kkkraka!».

Rudi apoyó la hoja en la garganta de Sibylle.

—¿Quieres oírla cantar?

Por primera vez, Tony vio la verdadera cara de Rudi el de las mil caras. El patán del pueblo, el brazo armado de los Perkman, el amigo que te lleva a pescar, aquel con quien es agradable charlar un rato. El hombre que sabía observar, estudiar, calcular. El depredador. El que aconsejaba nuevas aficiones, nuevas amistades, nuevos peinados. La sonrisa que revoloteaba en sus labios tumefactos, tan sincera, tan inofensiva, ¿era quizás la que había seducido a Mirella? Tal vez, pero detrás de todas esas máscaras Tony vio el rostro del *Wanderer.*

—¿Quieres oírla cantar?

—No.

Rudi avanzó en su dirección escudándose en el cuerpo de Sibylle, sin que la hoja de metal se apartase de la garganta de la muchacha.

—Tira esa pistola.

Tony bajó el arma, el *Wanderer* se acercó.

—Tírala.

Tony lanzó la Beretta entre las llamas. Rudi no dejaba de sonreír, la punta afilada rozando la garganta de Sibylle.

—Soy el Amigo que viene de lejos —dijo.

Tony reconoció la cita, el Von Juntz.

—He hecho un largo viaje para venir a verte, Tony. He atravesado los mundos. Las bisagras son mi hogar; los mundos, mi territorio de caza. Te traigo el éxtasis, la gloria y...

—La sangre —dijo Tony.

Rudi asintió.

—Así está escrito.

Tony se arrodilló.

—Como está escrito en el Von Juntz. Tú eres el *Wanderer*. Ahora lo sé. Tuyo es el poder de mostrar los mundos. Muéstrame los mundos, te lo ruego.

Rudi se mantuvo lejos del alcance de Tony.

—¿Es un truco, Carcano? ¿Estás insultando al *Wanderer*?

—Muéstrame los mundos.

Tony agachó la cabeza, deslizó las manos entre los muslos y las pantorrillas y las aplastó con su propio peso. En esa posición no podía hacer nada para protegerse del cuchillo de Rudi.

El *Wanderer* se situó a su espalda y dejó caer a la muchacha. Sibylle gimió, alargó una mano para alcanzar a Tony, pero Rudi se la sacudió de una patada. Tony no se movió.

El *Wanderer* se aproximó a la espalda del escritor. Tony permaneció inmóvil. El *Wanderer* le tocó la nuca a Tony. Tony sintió sus manos bajar y recorrer su columna vertebral. Sintió los dedos de Rudi contando las vértebras.

El *Wanderer* encontró el punto, agarró a Tony del pelo para obligarlo a doblar la cabeza hacia atrás, dejando la garganta al descubierto, y levantó la hoja igual que un torero listo para asestar el golpe de gracia. Una gota de sangre cayó sobre la cara de Tony. Sintió cómo se escurría, tibia, por su mejilla. En ese momento, el escritor habló.

—Nunca —dijo, con los ojos desorbitados como un zorro rabioso—, nunca amenaces al dueño de un san bernardo de ciento diez kilos.

Se oyó un horrible rugido que no provenía del fuego. Rudi retrocedió, con los brazos delante de la cara.

Demasiado tarde.

Seis meses después

Ochenta y seis

1

Una fuerte tramontana había blanqueado las cumbres de las montañas que rodeaban la prisión. Cuando la radio graznó, el director Zanon dio la orden de que abrieran la puerta principal. Deprisa.

El Mustang conducido por Tony hizo su entrada. En el capó del coche campaba la palabra «Xupa», aerografiada artísticamente por un grafitero de Shanghái. El mejor, según explicó Tony. Le gustaba esa pintada. Añadía estilo.

El fanfarrón de costumbre, comentó *Tante* Frida sin medias tintas. Los Próstata Boys se declararon de acuerdo con ella. Nadie, sin embargo, se lo dijo a Tony.

No había ni rastro de ironía en la expresión del escritor cuando salió del Mustang y el viento lo obligó a levantarse el cuello de la chaqueta. Un saludo silencioso a *Tante* Frida.

Del Mustang también salió Sibylle. Traje oscuro, el pelo recogido en una cola de caballo. Gafas negras. *Tante* Frida se le acercó en un último intento.

—No estás obligada.

—Lo sé.

La voz del fiscal interrumpió sus pensamientos.

—Podemos entrar.

2

Ni siquiera había ventana. Solo una silla de metal, atornillada al suelo. Sentado en ella, Rudi.

Desde que le habían puesto las esposas en las muñecas, los animalitos del bosque no hacían más que temblar. Temblaron cuando lo subieron a la ambulancia. Temblaron mientras le cosían las heridas causadas por el perro. Noventa puntos de sutura, como los capítulos del Von Juntz.

Temblaron cuando dictó sus condiciones. Proporcionaría una confesión completa y detalles de cada homicidio, incluso de aquellos que no se le imputaban y que la policía y los carabineros jamás habrían descubierto. Pero solo si Sibylle iba a verlo. De lo contrario, que intentaran descifrar la obra del *Wanderer* por su cuenta.

Tenían los cuerpos que había ocultado en el lago de Kreuzwirt, el lugar más seguro del mundo, pero esos cuerpos no eran los únicos. Había cadáveres que Rudi no había logrado llevar hasta el lago. Unas veces, por mala suerte. Otras, por falta de experiencia, antes de reparar en que el lago, con sus secretos, era el escondrijo perfecto para sus presas. ¿Querían esos cuerpos? Que llamaran a Sibylle.

Quería charlar con ella, hablarle de Erika. Habían temblado. Habían obedecido. Mejor aún: Sibylle había obedecido. ¿Y por qué no iba a hacerlo?

Nadie en este mundo podía contrariar al *Wanderer*.

3

Tony observó a Sibylle mientras accedía a la sala de interrogatorios. No había cristales con espejo como en las series americanas, sino una cámara de seguridad conectada a los monitores de la sala donde se encontraba el escritor, junto con los abogados, jueces, carabineros y policías.

Tony vio que Sib se sentaba en una silla metálica que alguien le había proporcionado al entrar. Habría querido estar allí con ella y con Freddy. Había un único motivo por el que Tony le impidió al san bernardo que matara a Rudi, luxándose un hombro para contener su furia: de haber completado el trabajo, a Freddy lo habrían sacrificado.

Tony no podía permitir que el san bernardo se convirtiera en la última víctima del *Wanderer*. Así que lo detuvo y lo sacó de la villa junto con Sibylle. Luego volvió a por Rudi, Martin y Michl, pero no a por Karin. Demasiadas llamas, demasiado humo. En cualquier caso, le dijeron, habría sido inútil. Mientras Tony arrastraba a Sibylle y los demás fuera de la Krotn Villa, la hija de Friedrich Perkman ya estaba muerta, devorada por el incendio que ella misma había provocado.

También Michl había muerto. Se había suicidado en la celda. El día en que se colgó utilizando las sábanas, Gabriel y él se habían cruzado en el patio de la prisión y habían hablado. Algunos testigos dijeron que, al final de esa conversación, Gabriel había abrazado a Michl. Las palabras que habían intercambiado seguían siendo un misterio.

Al día siguiente trasladaron a Gabriel a una clínica psiquiátrica, y a pesar de los esfuerzos no volvió a decir nada sobre Michl. En cambio, a través de *Tante* Frida le envió a Sibylle una nota que decía: «Gracias», y en la que en lugar de su nombre firmaba con la sonrisa del colibrí. Sib y Tony arrojaron el mensaje a la basura.

Tante Frida le pasó a Tony la mano por el hombro para animarlo.

—Lo logrará.

4

—¿Realmente piensas que eres el *Wanderer*? —fueron las primeras palabras de Sibylle.

—Uno de sus receptáculos, como Grahame.

—¿Grahame era el *Wanderer*?

—Utilizó el Von Juntz para convocarlo. Su hijo fue la puerta a través de la cual lo hizo pasar. Por eso Grahame lo mató. Para completar la obra.

—No existen pruebas de que Grahame matara a su hijo, mucho menos de que tuviera un cerebro carcomido como el tuyo. Y Von Juntz no era más que un grafómano y un drogadicto. Te has dejado joder la vida por un libro inmundo que ahora es ceniza.

Rudi le dirigió una sonrisa de conmiseración.

—El Von Juntz no es ceniza.

—¿En serio? —se burló Sibylle—. ¿Y dónde crees que está?

—El *Unaussprechlichen Kulten* tiene vida propia. Se ha escrito en miles de lenguas, por mil manos diferentes. Viaja entre los mundos, cambia de forma, se mofa del tiempo. ¿Cómo voy a saberlo?

A Sibylle se le escapó un suspiro asqueado.

—¿Fue Horst quien te hizo leer el Von Juntz? ¿Fue él quien te jodió la mente hasta este punto?

—Horst era un imbécil. Como todos en la Villa de los Sapos. Karin, celosa de su hermano sin saberlo. Elisa, envidiosa del poder, del dinero de los Perkman. Hacía de todo para seducir a Friedrich, ¿lo sabías?

—No. Y, francamente, me interesan muy poco los chismes.

—Por su culpa el viejo Perkman ya no quiso que hubiera niños en la villa. Elisa intentó besarlo. Yo lo veía todo. Lo oía todo. Yo conozco todos los secretos de Kreuzwirt.

—Rudi el mirón.

—Eso fue antes de que me convirtiera en el *Wanderer*.

—¿Y Elisa? ¿Fue un accidente?

—Ambas cosas.

A Sib le costaba descifrar el lenguaje críptico de Rudi.

—¿Quieres decir el del 88 y el de 2005?

—En el 88 Elisa encontró un nido. Un pequeño nido de pájaros. Y se le ocurrió matarlos uno a uno, la muy cochina. Así que Martin la golpeó. ¿Puedes culparlo?

—¿Fue Martin quien mató a Elisa?

—Fue una casualidad, el destino. Pero la muerte de Erika... Muchas cosas habían cambiado dentro de mí. Muchísimas. Aún no lo había entendido. Elisa me hizo comprender en qué me había convertido.

Ochenta y siete

1

Estaba borracha y fumada, pero el disgusto no se le pasaba. El banco le había negado un préstamo. Cincuenta mil euros. Una fruslería. Con ese dinero habría podido impulsar el negocio. Contratar a un par de guías, mejorar la imagen *online* de su trabajo. Atraer a nuevos clientes. Idiotas a los que desplumar.

Se bebió lo que quedaba de la botella de vodka y la lanzó lejos. Fue entonces cuando vio a Rudi. O mejor dicho, vio su silueta escondida entre el follaje. Pero era Rudi, lo sabía. Rudi el mirón. Ya no era el chiquillo en los huesos que siempre se pegaba a su grupito de amigos. Amigos, cómo no...

Gabriel el idiota, Karin la niña de papá y Erika la Rarita. Bonita panda de perdedores.

Elisa suspiró. Si el vodka y la hierba no funcionaban, solo podía hacer una cosa para superarlo. Se quitó la camiseta. No llevaba sujetador. Se quitó los pantalones y las braguitas. A la luz de las estrellas su cuerpo era el de un hada.

—Ven.

Rudi salió de la oscuridad.

Elisa lo besó. Se frotó contra él y enseguida notó su erección. Pensó que a lo mejor esa iba a ser su primera vez, nunca había visto a Rudi el pervertido en compañía de una mujer. Le dio la mano y lo llevó hasta el arroyo.

—¿Me quieres? —preguntó.

2

—La golpeé con una piedra. Cayó al agua y se ahogó. Fue así como comprendí que el *Wanderer* había pasado a través de Erika para entrar en mí, para convertirse en mí. Gracias a Erika.

Ochenta y ocho

1

La época del *Maturaball* le encantaba. Había agitación en el aire. Electricidad. Rudi podía percibirla. Una corriente que traspasaba la piel, recorría el vientre y subía hasta el cerebro. Se había pasado el día soñando con el momento en que el pueblo entero se concentraría en el aparcamiento del Black Hat, dejando sin vigilancia casas, dormitorios, armarios.

Entrar en las casas era una experiencia a la que Rudi no sabía darle nombre, pero no podía resistirse. Contemplar la almohada sobre la que sus conciudadanos apoyaban la cabeza antes de dormir. Percibir su olor. Tocar sus objetos, los joyeros, los álbumes de recuerdos. Botellas, vasos en el fregadero que aún conservaban la huella de los labios de quien había bebido en ellos. Cepillos de dientes, perfumes. Y vestirse con sus ropas. Cada vez que lo hacía, Rudi cambiaba. Ya no era él. Se convertía en ellos. Se convertía en la señora Trina, que escondía revistas pornográficas entre los detergentes de la cocina, el único lugar donde su marido nunca pondría las manos. Se convertía en Hans, el esposo de Trina, que en el cajón de la mesita de noche, debajo de calcetines y calzoncillos, guardaba las insignias de las SS. Y se convertía en cada una de las chicas de Kreuzwirt.

Esas transformaciones le excitaban tanto que alcanzaba el éxtasis.

Había empezado por Karin. La primera mujer a la que Rudi había visto desnuda. Estaba ayudando a su padre a acarrear leña para la chimenea de la villa cuando la vio.

Karin había dejado abierta la puerta de su habitación. Estaba peinándose delante del espejo. Desnuda. Lo había hecho a propósito. Karin sabía que no estaba sola en la Krotn Villa. No le preocupaban Rudi y Peter, que siempre trajinaban por allí: Rudi y su padre solo eran... comparsas en la Krotn Villa, nadie les prestaba atención. Pero Karin sabía que Michl estaba en la casa.

Karin había montado ese espectáculo para él. Sin embargo, fue Rudi y no Michl quien la vio. Quien soñó con ella y, dos días más tarde, entró en la habitación.

Michl casi lo descubre. A Rudi le caía bien el hijo del doctor Horst. Una vez, cuando Rudi tenía cinco años, Michl le sacó una espina que se le había clavado bajo la uña del pulgar sin hacerle daño. Michl lo animaba a leer, a estudiar. «Que tu padre sea un palurdo —le decía— no significa que debas seguir sus pasos. Puedes elegir. ¿Quieres ser como tu padre?».

Michl le había dado acceso a la biblioteca. Una copia de las llaves. A Rudi le gustaban los libros. Su padre los odiaba: si lo encontraba con un libro en la mano lo azotaba. Pero Rudi había perseverado. Leía, aprendía. Escuchaba. Le encantaba escuchar a escondidas a *Lehrerin* Rosa cuando leía el libro de Martin, *El viento en los sauces*. Había magia en esas palabras. Eso era lo que su padre no entendía. Las palabras eran mágicas.

Podrían abrir los ojos al mundo.

Pero no solo eso.

Las palabras lograban convencer a las personas. Las palabras le ayudaban a no ser solamente el hijo de Peter el palurdo. Las palabras eran como la escopeta de caza de su padre: apuntabas a algo y, si tenías buena puntería, lo abatías.

Michl era un maestro en ese arte. Rudi lo veía. Karin estaba perdidamente enamorada de él. Pero a Rudi no le molestaba, no era celoso. A él no le interesaba la gente sino la sensación. La mutación. Y, en cualquier caso, se olvidó pronto de Karin y comenzó a admirar a Erika. Y a Elisa.

Adoraba a Elisa, su favorita. Pero era condenadamente difícil entrar en su dormitorio, allá arriba en la granja. Lo había logrado una única vez. Convertirse en Elisa le había provocado un estado de agitación tan intenso que tuvo que salir corriendo de la granja, bajar la montaña y lanzarse al agua fría del lago para calmarse.

Erika, en cambio...

Erika hablaba con los animales. Erika leía el futuro. Erika poseía una magia que a Elisa y Karin ya les habría gustado tener. Entre todas las mujeres y todos los hombres de Kreuzwirt, Erika brillaba. Como se decía en aquel libro de la colección prohibida, el de la sonrisa del colibrí, Erika estaba entre dos mundos.

Era una criatura sutil.

Por eso el 21 de marzo de 1999 Rudi se ocultó, preparado para actuar. Quería entrar en su cuarto, ponerse su ropa, cepillarse el pelo enmarañado con los peines de Erika. Metamorfosearse en ella. Brillar como ella brillaba. Esperaría a que Helga apagara la luz y se durmiera. Y entonces entraría.

Sin embargo, Erika no se dirigió aquella noche hacia el Black Hat, y esto despertó la curiosidad de Rudi. Kreuzwirt tenía más secretos que habitantes, y ella era el mejor guardado de todos.

Rudi la siguió.

La turbera era como su casa. Pasaba allí días enteros con su padre colocando trampas para los zorros. Los capturaban vivos, luego su padre los infectaba con la rabia y los soltaba. Su padre le había enseñado cómo se hacía. Bastaba con mantener a los murciélagos (murciélagos especiales, infectados) en el mausoleo de la señora.

Rudi siguió a Erika hasta el lago. Vio cómo miraba a su alrededor, se sentaba y hacía tiempo. Luego, justo cuando la muchacha se disponía a regresar, mientras el viento llevaba hasta el lago la música a todo volumen del *Maturaball*, se oyó un ruido. Algo había caído al agua. Un zorro había resbalado y había acabado en el lago.

Los zorros no sabían nadar. Rudi lo sabía. Erika lo sabía. La muchacha no se lo pensó dos veces. Entró en el lago. Un zapato se quedó en la orilla, pegado al limo. El cielo estaba limpio. Erika cantaba para tranquilizar al zorro. El vestido mojado se adhería a su cuerpo. Una llamarada de placer, casi dolorosa, envolvió a Rudi, que salió al descubierto, acercándose.

Erika no se percató de su presencia. Estaba demasiado ocupada intentando rescatar al zorro, que bregaba y mordía el aire. Rudi cayó al suelo. Hundió las manos en el lodo, presa de la excitación. Miraba a Erika, sumergida en el agua hasta las rodillas. La veía resplandecer. Y entonces dibujó en el barro la sonrisa del colibrí.

—Erika —llamó.

Luego empezó a lanzarle piedras.

Ochenta y nueve

1

En la sala de interrogatorios, la figura encadenada de Rudi parecía enorme. A cada palabra, Sibylle sentía que las paredes se le echaban encima, dejándola sin aire.

—Piedras... —murmuró.

—No sabía lo que estaba haciendo, pero el *Wanderer* sí. Era él quien movía mi mano. Al principio, Erika pensó que se trataba de una broma. Me dijo que parara. No lo hice. Cada piedra lanzada era un paso más hacia el centro del claro. Lo veía a través del cuerpo de Erika, y podía oír al *Wanderer* que me decía: continúa, continúa.

—Y tú obedeciste.

Rudi asintió, haciendo tintinear las esposas que mantenían sus muñecas atadas a la espalda.

—A fuerza de arrojarle piedras, la empujé más allá del talud donde el lago se hace profundo. Allí el agua está mucho más fría y el frío entumece los músculos. Primero Erika se enfadó, luego empezó a implorarme. El zorro se ahogó antes. Erika dejó de debatirse, su cabeza se hundía y volvía a emerger. Se la tragaban las tinieblas. La puerta estaba abierta. Los mundos se alinearon. Y Erika cantó. Era el *Wanderer* quien cantaba a través de ella. Me llamaba. Así que me zambullí y la llevé a la orilla. No sentí cansancio. No sentí frío.

Rudi levantó los ojos al cielo.

—Erika ya estaba en la orilla cuando Horst apareció —prosiguió—, mintió al decir que la encontró flotando. Cuando la arrastré fuera del agua, Erika se estaba muriendo, aunque tardaba demasiado. Así que me senté encima de ella. Era poco más que un niño y no pesaba casi nada, pero lo bastante para asfixiarla. Cuando dejó de respirar, fuimos una misma cosa. Fue un estallido. Como en el libro de Grahame, cuando la rata y el topo oyen al flautista y tienen miedo, pero nunca han oído nada tan maravilloso. Fue así como me hizo sentir Erika. Fue así como me convertí en el *Wanderer*. Después...

Rudi soltó un largo suspiro.

—Robé el zapato de Erika que había quedado en la orilla, quería conservarlo. Pero a medio camino me di cuenta de lo patético que habría sido ese gesto. Lo abandoné cerca de la turbera. A partir de entonces no volví a entrar en las casas de los habitantes de Kreuzwirt, seguí espiándolos solo para conocer sus secretos, por si algún día podía beneficiarme de ellos, pero todo lo demás me parecía tonto, insípido. Erika me había cambiado, aunque me llevó un tiempo saber qué debía hacer para escuchar de nuevo su canto.

—Erika —jadeó Sibylle, mientras se limpiaba el sudor de la frente— no estaba cantando. Se estaba ahogando.

Rudi se pasó la lengua por los labios.

—En la biblioteca de la villa encontré los libros de medicina de Horst. Los estudié a conciencia para averiguar cómo proceder. Primero hay que hacer que se arrodillen. El Von Juntz lo prescribe. Es fácil, basta con cortar el talón de Aquiles. Luego es necesario contar las vértebras, encontrar el punto exacto. La sexta cervical. Ahí se introduce la hoja. Una hoja delgada. La hoja secciona la carótida y la tráquea. Se debe taponar la herida inmediatamente, para contener la sangre dentro. En los pulmones. En ese instante es posible oír el aliento de la sangre, y ellas...

—Se ahogan —dijo Sibylle—, igual que Erika.

—Cantan. ¿Quieres oír el canto?

—No.

—¿No quieres ver los mundos?

Sib se puso de pie.

—¿Te crees un Dios, Rudi? No eres más que un parásito. El parásito de todas esas chicas, de los habitantes de la villa, y de Kreuzwirt. De sus secretos. De sus pecados. He venido para liberarme del fantasma de Erika, no para escuchar la palabrería de un parásito.

—¿Adónde vas? —bramó Rudi.

—No lo entenderías.

Rudi se echó a reír. Sibylle alcanzó la puerta de la celda, con la mano cerrada, dispuesta a aporrearla para que la sacaran de allí. La carcajada de Rudi se extinguió.

—¿No quieres saber nada de tu padre? ¿No quieres que te revele el misterio de tu concepción?

—¿Sabes quién es?

—Conozco cada secreto de Kreuzwirt. Pero... —murmuró Rudi— si sales de esta celda nunca lo sabrás.

—Mejor así.

Sib golpeó el acero. Una vez fue suficiente. La puerta se abrió. Tony estaba al otro lado, esperándola. Ella le sonrió y Tony lanzó un suspiro de alivio.

—No necesito más fantasmas —le dijo Sibylle al hombre que se había creído un dios y que se pasaría el resto de su existencia devorado por la duda de haber vivido como un parásito—. He venido hasta aquí para decirle adiós a mi madre.

Noventa

1

Karin se despertó.

Perdida. Sus ojos se movieron de un lado a otro. Un dormitorio. Sombras. Monitores. Tubos que le salían por todas partes. No podía hablar. No era capaz.

Le volvió todo a la mente. El fuego, la aparición inesperada de Rudi con un cuchillo en la mano, Martin que intentaba defenderla y al fin la abandonaba, creyéndola muerta, para ir en busca de Sibylle. Rudi persiguiéndolo con el Von Juntz apretado contra su pecho. Y después el suelo que cedía bajo su cuerpo. El dolor. Destellos. Luces insoportables.

Sentía la garganta seca. Le dolían los labios. Le dolía todo. Intentó incorporarse, pero descubrió que tenía los tobillos y las muñecas atados a la cama. Forcejeó, pero no pudo liberarse. Estaba demasiado débil. Una figura entró en su campo visual.

Edvard Bukreev se ajustó las gafas y le sonrió.

—Señorita Perkman.

Karin lo maldijo, pero de su boca no salió ningún sonido.

—Su estado de salud no es bueno, pero mejorará. Tiene quemaduras en el noventa por ciento del cuerpo. Me temo que ya no volverá a ser la de antes. Pero no ha muerto, como todo el mundo cree. Será mi invitada durante todo el tiempo que necesite hasta recuperar las fuerzas. No estamos en Kreuzwirt, naturalmente. Pero es una localidad igual de agradable. Cuando se haga de día, una enfermera le mostrará el paisaje, la dejará sin respiración.

Karin intentó hablar. Quería saber, entender. Pero solo obtuvo más dolor.

Bukreev le acarició la mano.

—No se esfuerce, sus cuerdas vocales están dañadas. Irremediablemente, me temo. Pero creo haber adivinado lo que se estará preguntando. Llegué a un acuerdo con su hermano, un pacto entre caballeros. Decían que estaba loco, que era un pobre incapaz; en cambio, me sorprendió vérmelas con un joven preparado y voluntarioso. Mejor incluso que el legendario Friedrich Perkman, permítame que se lo diga. Martin sabe exactamente lo que quiere y cómo obtenerlo. Tuvo la disposición de ánimo necesaria para salvar el Von Juntz de las llamas, arrebatándoselo al patán que quería robarlo, y suficiente inteligencia como para comprender que si quería protegerse a sí mismo y a su querida hermana, en fin, debía vendérmelo a mí. Lo cuidaré, no se preocupe. Está en buenas manos.

El hombre desapareció de su campo visual.

—Los dejo solos.

Cerró la puerta.

Martin surgió de entre las sombras. Se movía en una silla de ruedas. Llevaba una peluca, rubia y rizada. Karin gritó, pero de su boca no salió más que un gorjeo. Martin le pasó una mano por la cabeza. Luego comprobó las ataduras y la besó en la frente.

Nota

Las citas de las págs 313, 376-377 y 394 han sido extraídas de Kenneth Grahame, *El viento en los sauces,* traducción de Lourdes Huanqui, Madrid, Alianza Editorial, 2016.

Agradecimientos

La lista de las personas que han demostrado paciencia, fe y amor hacia este libro solo puede empezar por Alessandra, que sabe cómo domesticar a los fantasmas. Mi gratitud va después para Maurizio, Michele, Piergiorgio, Luca, Francesco, Herman, Paolo, para toda la familia Einaudi y para Seve, que, lo sé, está leyendo estas palabras en voz alta. Gracias también a las tres generaciones de shanghaianos que han querido mezclar sus recuerdos con los míos. Que fueran realidad, invención o broma no tiene importancia. Nosotros, chicos malos de via Resia, via Parma y via Piacenza, sabemos bien que el mejor camino para decir la verdad es hacerlo a la shanghaiana: haciendo trampas.

Este libro se terminó
de imprimir en
Móstoles, Madrid,
en el mes de
octubre de 2020

Descubre tu próxima lectura

Si quieres formar parte de nuestra comunidad,
regístrate en **libros.megustaleer.club**
y recibirás recomendaciones personalizadas

Penguin
Random House
Grupo Editorial

 megustaleer